Ernst Kaufmann

BLEICHE ERBEN

Inspektor Ruprecht und die Schönheit

VERLAG ANTON PUSTET

Ernst Kaufmann

BLEICHE ERBEN

Inspektor Ruprecht und die Schönheit

VERLAG ANTON PUSTET

Impressum

Bibliografische Information der Deutschen Nationalbibliothek
Die Deutsche Nationalbibliothek verzeichnet diese Publikation
in der Deutschen Nationalbibliografie; detaillierte bibliografische
Daten sind im Internet über http://dnb.d-nb.de abrufbar.

Grafik, Satz und Produktion: Tanja Kühnel
Lektorat: Martina Schneider
zusätzliche Korrekturen: Rosemarie Fürst
Druck: Florjančič tisk d.o.o.
Gedruckt in der EU

ISBN 978-3-7025-1088-6

Auch als eBook erhältlich
eISBN 978-3-7025-8104-6

www.pustet.at

Wir bemühen uns bei jedem unserer Bücher um eine ressourcenschonende Produktion. Alle unsere Titel werden in Österreich und seinen Nachbarländern gedruckt. Um umweltschädliche Verpackungen zu vermeiden, werden unsere Bücher nicht mehr einzeln in Folie eingeschweißt. Es ist uns ein Anliegen, einen nachhaltigen Beitrag zum Klima- und Umweltschutz zu leisten.

Bleiben wir in Verbindung – melden Sie
sich hier zu unserem Newsletter an

Einfacher, als eine Lösung zu finden,
ist es, den zu kaufen, der sie hat.

Stephan Rottwanger

Dienstagnacht

Hallein

Das fahle Licht des abnehmenden Mondes, der wie eine schmale Sichel über dem Dürrnberg stand, wurde durch die aufziehenden Wolkenbänke fast völlig verdeckt. Sie brachten einen feinen Nieselregen, in dem sich die Felswand an der Gabelung der neuen mit der alten Landesstraße als dunkler Schatten auf den Asphalt der Fahrbahn legte.

Er hatte sein Auto direkt in der langgezogenen Kurve seitlich neben der Kreuzung abgestellt. Das Warten zehrte bereits seit einer halben Stunde an seinen Nerven. Fahrig tastete er nach den Zigaretten, zündete sich eine an und kurbelte das Fenster ein Stück nach unten. Die kühle Nachtluft tat gut und vertrieb die ständig wiederkehrenden Bilder aus dem Kopf, mit denen er sich den Ablauf seines Plans immer wieder ausmalte.

Würde alles funktionieren? Tat er überhaupt das Richtige? Das Grübeln quälte ihn bereits mehrere Tage, schon seit er begonnen hatte Jonas auszuspionieren – wo dieser abends hinfuhr, wie lange er dort blieb und welchen Weg er dann nach Hause nahm. Die Sache war einfacher gewesen als gedacht. Jonas verbrachte beinahe jeden Tag in einer kleinen Bar bei Berchtesgaden, die neben harten Drinks und lauter Musik auch Mädchen anbot. Dort blieb er bis zur Sperrstunde um Mitternacht und fuhr dann im Renntempo über die verschlafenen Landesstraßen zurück nach Hallein. Es lag also nahe, die Sache auf dieser Strecke zu erledigen. Nachts gab es hier keine Zeugen.

Er hatte den Auftrag aus einer Laune heraus angenommen. Es gab eine Menge Kohle dafür und er war an dem Abend schon ziemlich betrunken gewesen. Außerdem mochte er die verwöhnten Reichen nicht, die nur auf Kosten anderer lebten. Mit Jonas würde es endlich einmal den Richtigen treffen. Und wenn es so lief, wie er es sich ausgedacht hatte, würde es keine Spur geben, die ihn irgendwie damit in Verbindung brachte. Das hoffte er zumindest.

Er sah auf die Uhr – Punkt zwölf. Jonas musste gleich kommen, es war keine Zeit mehr für Gewissensbisse. Hastig zog er ein letztes Mal an seiner Zigarette, drückte sie in den Aschenbecher und stieg aus. Er ging zwei Schritte vom Fahrzeug weg zur Straßenmitte und spähte durch die Bäume in Richtung der deutschen Grenze, die nur einige hundert Meter entfernt lag. Tagsüber verdeckte ein bewaldeter Hügel den Straßenverlauf, aber nachts warfen die Scheinwerfer deutliche helle Streifen durch die Bäume. Überhaupt, wenn es so dunkel wie heute war, konnte man ein Fahrzeug mit aufgeblendetem Fernlicht kilometerweit sehen.

Es dauerte weitere endlose Minuten, dann sah er den Reflex des Lichts über den Wipfeln. Zehn nach zwölf – stimmte genau. Er hatte es selbst schon ausprobiert: drei Minuten vom Lokal zum Auto, sieben Minuten Fahrzeit bis über die Grenze. Das musste Jonas sein, sonst war um diese Zeit hier niemand unterwegs. Und er würde in genau einer Minute da sein.

Er startete sein Auto, ließ es mitten in die Kurve hineinrollen, wo er es mit laufendem Motor und angezogener Handbremse abstellte. Dann drehte er das Licht auf, sprang hinaus, lief zum Straßenrand und duckte sich hinter das massive Eisengitter der Straßenbegrenzung.

*

Jonas hetzte den Mustang in einem Wahnsinnstempo vorbei am Ziller Steinbruch und dann über die bewaldete Kuppe hinunter zur Grenze, die man lediglich durch die blaue Tafel mit *Republik Österreich* im gelben Sternenkreis wahrnahm.

Die Heimfahrt von der Bar genoss er stets in vollen Zügen als ultimativen Schlusspunkt des Abends. Er war zwar gern mit Rita in ihrem winzigen Zimmer oberhalb des Lokals zusammen, doch den noch größeren Lustgewinn verschaffte ihm das freigesetzte Adrenalin der stürmischen Fahrt auf der nächtlich leeren Strecke danach. Es gab ihm ein Gefühl der Freiheit, die sonst wahrscheinlich nur Freeclimber erfuhren, wenn sie auf zwei Fingern hängend über einem Abgrund baumelten.

Die Gegend war ausgeblendet, nur einzelne Konturen der Berglandschaft standen in der Dunkelheit als flache schwarze Pappkulisse vor ihm, aus der die vorauseilenden Scheinwerfer das Band der Straße herausschälten. Wie in einem Computerspiel raste er in das Bild vor der Windschutzscheibe hinein. Seine Bestzeit von der Bar in Berchtesgaden bis zur Halleiner Stadtbrücke waren bislang achteinhalb Minuten, die er noch zu unterbieten versuchte.

Unmittelbar nach der Anhöhe schaltete er zurück in die Zweite, um mit dem schweren Wagen die scharfe Einmündung in die Landesstraße zu schaffen. Danach kam seine Lieblingsstelle – eine breite, langgezogene Rechtskurve, die die Fahrbahn wie auf einer Rennstrecke in die Gegenrichtung drehte.

Sein Mustang nahm die Stelle, die nachts genügend Platz bot, locker mit hundertdreißig. Besonders wenn Regen, so wie heute, die Fahrbahn etwas schmierig werden ließ, konnte man das Heck zum Ausbrechen bringen und wie mit einem Gokart um die Ecke driften. Allerdings musste man höllisch aufpassen, denn am Ende der Kurve mündete die alte Dürrnbergstraße ein, und direkt an der Kreuzung der beiden Fahrbahnen stand ein schroffer haushoher Felsen mit Gedenktafeln der hier Verunglückten.

Jonas war sich sicher, dass ihm so etwas nie passieren würde und belächelte die Sonntagsfahrer oft. Er kannte hier jeden Zentimeter wie seine Westentasche und fing das Auto immer genau am richtigen Punkt ab.

In dem Augenblick, als er zum Schalthebel griff, blitzte es vor ihm auf. Da ist jemand auf meiner Fahrbahn, durchzuckte es ihn. Die fremden Scheinwerfer kamen rasend schnell näher, sein Tacho stand auf satten Hundertzwanzig und das fremde Licht sprang förmlich auf ihn zu. Im momentanen Schock des bevorstehenden Aufpralls riss er instinktiv am Lenkrad, trat gleichzeitig auf die Bremse und versuchte, den Wagen mit der harschen Aktion zur Seite in die alte Straße hineinzulenken.

Wie in Zeitlupe schlitterte der Mustang in die Kreuzung, streifte etwas mit einem hellen Klirren und drehte sich dann auf die andere Seite. Jetzt waren es nicht mehr die Lichter, die er auf sich zujagen sah, sondern der Felsen am Straßenrand. Von dem grellen Fernlicht angestrahlt schien er unwirklich weiß, und die Äste der Büsche davor reckten sich Jonas wie ausgestreckte Hände entgegen.

Er wollte schreien, seiner Angst Luft machen, doch stattdessen bemerkte er, dass Bushido mit einem Rap aus den Boxen dröhnte – *Schmetterling.*

Seltsam, dachte er noch, war das Radio wirklich die ganze Zeit an?

Dann nahmen ihn die dunklen Büsche in ihre Arme.

Genf

Durch die Bäume am Quai du Mont-Blanc spiegelten sich die Lichter vom gegenüberliegenden Ufer des Sees. Davor schaukelten einige mit hellen Planen abgedeckte Boote auf der nächtlich schwarzen Wasseroberfläche.

Piet Havenbrook hatte sich im *Cottage Café,* dem gemütlichen Treffpunkt am Südufer, einen schnellen Imbiss genehmigt. Wann immer er in Genf zu tun hatte, kehrte er in dem urigen Lokal mit den dunkel gestrichenen Holzwänden und den gemütlichen roten Lederbänken ein. Die private Atmosphäre empfand er als angenehmen Gegensatz zu den geschäftlichen Terminen.

Havenbrook arbeitete bei der Europäischen Arzneimittel-Agentur EMA in Amsterdam, die eine zentrale Rolle bei der Zulassung und wissenschaftlichen Bewertung von Präparaten in der Europäischen Union spielte. Die Abgesandten der großen Pharmafirmen versuchten deshalb ständig, Druck auf seine Behörde auszuüben und sich gegenseitig mit neuen Wirkstoffen zu übertrumpfen.

Hier in dem kleinen Café gab es keine aufdringlichen Bittsteller, die versuchten, ihn für ihre Sache einzuspannen. So konnte er in Ruhe über seine nächsten Schritte nachdenken und sich auf Gespräche vorbereiten. Er war wegen eines Treffens der EU-Gesundheitsminister in Genf und nahm gleichzeitig die Gelegenheit wahr, seinem einträglichen Zusatzverdienst nachzugehen. Seit geraumer Zeit arbeitete er für die *Biodon AG* als

Lobbyist. Der Schweizer Konzern gierte geradezu nach neuen Verkaufsfeldern und war für alle Erweiterungen offen. Über den Passus in seinem Dienstvertrag, der diese Art von Tätigkeiten verbot, machte er sich keine großen Gedanken. Jeder der Beamten hatte eine derartige Klausel in seinem Vertrag stehen, und kaum einer hielt sich daran.

Er sah auf die Uhr, stand auf, zahlte den Spinatstrudel und das Glas Wein und ging hinüber ins *Kempinski,* das fünf Minuten entfernt an der Promenade lag. Die Nacht fühlte sich trotz Anfang Mai recht kalt an und er war noch immer verärgert darüber, dass ihn der Konzernchef so spät zu einer Besprechung zu sich beorderte.

*

Der Vorstandsvorsitzende der Biodon saß in der Lounge der zweiten Etage des Luxushotels bei einem *Wodka Sour* und blickte bereits ungeduldig durch das große Panoramafenster auf die Lichter des Seeufers hinunter. Es war drei Minuten nach der vereinbarten Zeit und er hasste unpünktliche Menschen.

Alles im Leben des Stephan Rottwanger lief nach einem exakten Plan, nichts überließ er dem Zufall und verlangte auch von seinen Mitarbeitern eine strikte Einhaltung der von ihm vorgegebenen Strategien. So hatte er es bereits mit Mitte vierzig und ohne akademische Würden zum Chef des zweitgrößten Schweizer Pharmaunternehmens gebracht.

Rottwanger – ursprünglich im Management der Finanzabteilung – übernahm den Konzern nach dem überraschenden Unfalltod des alten Vorsitzenden quasi in einem Handstreich. In der allgemeinen Verwirrung, die das plötzliche Machtvakuum der fehlenden Leitung auslöste, gelang es ihm, die Bank für die Finanzierung der Übernahme zu gewinnen. Zur Besicherung gab er die Offshore-Konten des Konzerns an, wo die inoffiziellen Reserven lagerten. Als Finanzmanager wusste er über diese Gelder natürlich Bescheid, die man – an der Steuerbehörde vorbei – für Bestechungen und Absprachen verwendete. Dass er damit den Konzern mit dessen eigenem Geld kaufte, kümmerte die Bank, die wegen des einbrechenden Aktienkurses bereits Verluste befürchtete, nur wenig. Und so übernahm Rottwanger nicht nur die Leitung, sondern auch das Aktienpaket des Vorbesitzers.

In dem Wunsch nach einer immer bedeutenderen Marktposition hatte er in den folgenden Jahren bereits einige schwächere Konkurrenten aufgekauft und wollte jetzt unbedingt noch diese Salzburger Firma haben. Obwohl er die paar Millionen praktisch aus der Portokasse bezahlt hätte, war der Kauf schon einmal an der Sturheit des alten Besitzers gescheitert. Und auch der neuerliche Versuch lief anscheinend nicht reibungslos. Deshalb hatte er Havenbrook zum Rapport bestellt.

»Guten Abend«, sagte dieser mit einer Entschuldigung wegen der Verspätung und setzte sich auf einen der Fauteuils.

Rottwanger nickte etwas herablassend. Wie immer trug der sportliche Konzernchef auch am späten Abend eine dezent karierte Hose mit einem englischen Tweedsakko und hob sich schon dadurch von dem untersetzten Holländer mit dem rötlich verschwitzten Gesicht in seinem grauen Alltagsanzug ab.

»Und?«, fragte er direkt, ohne die Begrüßung seines Lobbyisten zu erwidern. Obwohl sie einander schon lange kannten, war der Gesprächsstoff bei ihren Treffen ausschließlich auf geschäftliche Dinge beschränkt. »Gibt es Neuigkeiten?«

»Ja, es geht in die gewünschte Richtung.«

Rottwangers Augen wurden um eine Nuance schmäler. Er verabscheute derart nichtssagende Floskeln. Dass es in die von ihm gewünschte Richtung ging, war selbstverständlich und brauchte nicht eigens erwähnt zu werden.

Havenbrook spürte die eisige Stimmung und versuchte, die Sache näher zu erläutern. »Der Plan ist …«

»Belasten Sie mich bitte nicht mit Details«, unterbrach ihn Rottwanger schroff. An längeren Erklärungen über Dinge, die nötig waren, um eine Sache erfolgreich durchzuziehen, fehlte ihm jegliches Interesse. »Wann kann ich mit den Verträgen rechnen?«

»Wir werden sie demnächst finalisieren«, erklärte Havenbrook eifrig. »Ich fliege Ende der Woche nach Salzburg, die Sache kommt gerade ins Laufen.«

Splitter

1

Ruprecht war erst vor einer Viertelstunde aus Salzburg weggekommen und hielt unterwegs zum Tanken an der *Jet* in Hallein, die lag am Weg und hatte nachts offen. Die Reflexe der grellen Spots über den Zapfsäulen der Tankstelle weckten Ella. Verschlafen hob sie den Kopf und spähte hinaus.

»Du kannst weiterschlafen«, sagte er über die Schulter nach hinten und hielt an. »Wir brauchen nur Sprit und ich hol mir schnell einen Kaffee.«

Er stieg aus, streckte sich und sah auf die Uhr. Gleich eins und noch fast eine Stunde bis Hallstatt. Es wäre besser gewesen, Konstanze abzusagen, dachte er und gähnte.

Sie hatten am frühen Abend telefoniert und wollten seinen morgigen Urlaubstag gemeinsam verbringen. Das Verhör in der Alpenstraße hatte aber deutlich länger gedauert als erwartet und volle vier Stunden gebraucht, bis sie endlich eine halbwegs vernünftige Aussage bekamen.

Er zahlte im Shop, nahm sich einen Espresso im Pappbecher mit und blieb damit an den Wagen gelehnt stehen. Als sie vom LKA wegfuhren, hatte es genieselt, inzwischen war der Himmel wieder klar und die Straße trocknete langsam auf. Die frische kühle Luft tat gut und vertrieb die Müdigkeit ein wenig. Zuvor war Leonard Cohen auf Ö3 gelaufen – die ruhigen Klänge und seine rauchige Stimme passten perfekt zu der nächtlichen Stimmung auf der Tauernautobahn, lösten aber eine ziemliche Schläfrigkeit aus.

Er öffnete die Tür einen Spalt und kraulte Ella hinterm Ohr. Sie hob nur kurz den Kopf von der Decke und rollte sich auf die andere Seite. Er grinste in der Dunkelheit, offenbar wirkte Cohens Stimme auch auf Spanieldamen beruhigend.

Vom Almbach herunter kamen blaue Einsatzlichter auf die Tankstelle zu – Polizei. Wenige Meter dahinter bog ein weiteres Einsatzfahrzeug aus der Nebenstraße heraus. Es war ein Rettungswagen des Roten Kreuzes, das direkt gegenüber die Einsatzzentrale hatte. Ruprecht richtete sich auf, um besser über den Tankautomat sehen zu können.

Wahrscheinlich ein Unfall auf der Autobahn, nahm er an und überlegte bereits, ob er das Stück bis zur nächsten Auffahrt die Bundesstraße nehmen sollte, um nicht in eine Sperre zu geraten. Aber sie bogen nicht zum Zubringer ab, sondern mit quietschenden Reifen zur Innenstadt hinein.

Was konnte mitten in der Nacht in dem verschlafenen Hallein geschehen sein?

Die unerwartete Richtung der vorbeieilenden Einsatzkräfte und das forsche Tempo weckten Ruprecht aus seiner gemächlichen Stimmung. Augenblicklich war er munter und beschloss, sich die Sache anzusehen. Obwohl er gleichzeitig vor sich hinmurmelte, dass ihn das Ganze gar nichts angehe, warf er den Becher mit dem restlichen Espresso in den Abfall, sprang ins Auto und hoffte, dass er den Anschluss nicht verlieren würde. Sein alter Volvo, eine Amazone aus den Sechzigerjahren, war für schnelle Verfolgungsfahrten nicht wirklich gut geeignet.

Auf der Brücke über die Salzach stoppte er und starrte die Häuserkulisse am Fluss gegenüber an. Die Ampeln warfen ihr farbiges Licht in Streifen auf die Fahrbahn, die Fußgängerzone von gegenüber lag still unter der fahlen Straßenbeleuchtung und die Schaufenster der meisten Geschäfte waren bereits dunkel. Alles schien menschenleer, keine Spur von einem nächtlichen Einsatz.

Verdammt! Er war doch nicht weit hinter ihnen gewesen. Wo waren sie, hatte er sie verloren?

Er beugte sich vor, blickte nach beiden Seiten und sah nun einen schwachen blauen Lichtschein hinter den Häusern der Altstadt. Das mussten die beiden Fahrzeuge sein, denen er gefolgt war. Im selben Moment blitzte über den Dächern der Volksbank und des Stadtkinos das Blaulicht des voranfahrenden Polizeiwagens vom Hügel herüber. Sie waren also hinauf zum Dürrnberg unterwegs.

Er war zufrieden, dass sie ihn nicht abgehängt hatten, fuhr erleichtert hinunter auf die Pernerinsel und nahm die Promenade mit Neunzig. Draußen auf der Landesstraße würde er sie schon einholen.

Außerhalb der Festspiele gab es hier um diese Zeit keinen Verkehr. Den Kreisverkehr nach der alten Saline kürzte er einfach ab und wollte gegen die Fahrtrichtung gleich nach links auf die Salzburgerstraße hinausbiegen. Plötzlich sah er ein Blaulicht aufleuchten und gleichzeitig schossen ein Kommandowagen und ein Rüstfahrzeug der Halleiner Feuerwehr mit ziemlichem Tempo in die Kreuzung. Er konnte den Volvo gerade noch anhalten, bevor der LKW vorbeidonnerte und zur Warnung jetzt auch die Sirene aufheulen ließ.

Nach einer Schrecksekunde atmete Ruprecht scharf aus und wischte sich über die Stirn. Auf Ellas Unmutslaut, die durch sein Bremsmanöver auf der Rückbank kräftig durchgeschüttelt worden war, murmelte er eine Entschuldigung nach hinten. Normalerweise vermied er mit dem Oldtimer wegen der hart gefederten Starrachse und des Hinterradantriebs solche Aktionen.

Durch den kurzen Schock war auch der letzte Rest seiner Müdigkeit verflogen und er folgte den beiden, die wie erwartet die scharfe Abzweigung in die Rampe zum Dürrnberg hinauf nahmen.

Bereits nach einem Kilometer, unmittelbar nach der Überbauung der Straße zum Schutz vor Steinschlag von den steilen Hängen, stand ein Polizeiwagen schräg über die Fahrbahn. Die Einsatzfahrzeuge nahmen die Spur der Gegenseite und fuhren, ohne sich darum zu kümmern, vorbei. Als Ruprecht ihnen in einigem Abstand folgen wollte, versperrte ihm ein Beamter mit roter Kelle den Weg. Er deutete, dass die Straße gesperrt sei und wies mit seinem ausgestreckten Arm zum Fuchsturm und dem Parkplatz bei dem alten Halleiner Stadttor. Ruprecht ließ sich davon nicht beirren, sondern fuhr bis zu dem Polizisten. Der schüttelte energisch den Kopf und begann mit einer unfreundlichen Zurechtweisung, verstummte aber sofort, als er im hinuntergekurbelten Fenster den Dienstausweis sah.

»Entschuldigung, Herr Chefinspektor«, kam es nach einem Blick auf Ruprechts Dokument bedeutend freundlicher. »Ein Stück weiter oben gibt es einen schweren Unfall, und ich hab die Anweisung, niemanden …«

»Schon gut«, unterbrach ihn Ruprecht. »Wo genau?«

»Bei der Einmündung der alten Straße.«

»Danke«, sagte Ruprecht noch, fuhr aber bereits weiter.

Nach einigen hundert Metern sah er die Einsatzfahrzeuge auf der bezeichneten Stelle stehen und parkte den Volvo in einer Ausweiche am Straßenrand. Er nahm Ella an die Leine und spazierte das letzte Stück zu Fuß hinauf.

Die Straße in der langgezogenen Kurve war sehr schmal, gerade zwei Fahrspuren breit, ohne eine Möglichkeit, bei unerwarteten Geschehnissen irgendwohin auszuweichen. Auf der Innenseite lag die Fahrbahn etwas erhöht und war mit schweren eisernen Leitstreben abgesichert, die Außenseite hingegen bestand aus bloßen Felsen. Mit Geröllschutzmatten bespannt ragten sie unmittelbar an der Fahrbahn auf. Hier gab es nicht einmal eine Leitplanke. Kam man in der Kurve ins Schleudern und rutschte von der Straße, prallte man direkt in die Steinwände.

Und genau das schien hier geschehen zu sein. Ein roter Sportwagen steckte förmlich in dem Felsen bei der Einmündung der alten Landesstraße. Es sah von der Ferne so aus, als wäre die halbe Schnauze darin verschwunden. In Wahrheit musste sich die Front durch den Aufprall ein großes Stück zusammengeschoben haben und nach der aufgerichteten Stellung der Vorderachse zu urteilen, hatte es den Motor unter die Fahrgastzelle gedrückt.

Die Feuerwehr richtete zwei Flächenscheinwerfer aus, die den Wagen und die Kreuzung in ein grelles Licht tauchten. Ruprecht kniff die Augen zusammen, um sich an die Helligkeit zu gewöhnen und zog Ella, die beim Aufflammen der starken Spots erschrak und leise knurrte, näher zu sich.

Er blieb mit ihr vorerst im Halbdunkel auf der Gegenfahrbahn und versuchte, sich mit einem gewissen Abstand einen groben Überblick zu verschaffen. Das war sein übliches Vorgehen. So bekam er schneller ein Gefühl dafür, wie Dinge abgelaufen sein könnten. Im Unterschied zu vielen seiner Kollegen, die bei jeder Sache gleich in greifbare Fakten eintauchten und einzelne Details zueinander in Bezug setzten, trat er am Beginn lieber zurück und betrachtete alles wie ein Außenstehender. Als halber Jurist – eine Bezeichnung, die er sich selbst oft gab, da er sein Jus-Studium zugunsten der Polizeiausbildung abgebrochen hatte – näherte er sich gern langsam an, versuchte, falsche Schlussfolgerungen zu vermeiden und zog seine Kreise von außen nach innen. So behielt er den Überblick und seine Lust am Lösen von heiklen Fällen, wobei er nicht annahm, dass dies hier einer sein würde.

Die Szenerie wirkte irreal in dem grellen Licht, das alles rundum in einem absoluten Dunkel verschwinden ließ, fast wie ein Stück auf einer Bühne. Die Rücklichter des Wagens brannten noch, der Dampf des Kühlwassers stieg in einer weißen Säule aus der geknickten Motorhaube und die Pfützen des ausgelaufenen Öls schillerten blaugrün. Dazu wirkten die eingespielten und sowohl abgezirkelten wie wortlos ausgeführten Bewegungen der Feuerwehrleute, die pneumatische Spreizer und Bergeschere für die Öffnung des Fahrzeugs ausluden, auf Ruprecht wie ein skurriles Ballett.

Offensichtlich versuchten die Rettungsleute, ein im Fahrzeug befindliches Unfallopfer zu versorgen. Einer der Sanitäter steckte durch das Beifahrerfenster bis zur Hüfte in dem Wagen, ein zweiter an der Fahrerseite hielt einen Infusionsbeutel. Bei dem Sportwagen handelte es sich um einen knallroten Ford Mustang. Ruprecht konnte das Baujahr nicht genau zuordnen, er sah aber ziemlich neu aus.

Ein anderes Fahrzeug gab es nicht, auch fanden sich im Straßenverlauf keine Hindernisse, die im Weg lagen. Er war also einfach von der Straße abgekommen und gerade aus der Kurve geflogen. Was Ruprecht nicht wunderte, so wie das Auto aussah, war das Tempo sicher enorm gewesen.

Einige Flecken von der Bremsspur waren im Halbdunkel zu erkennen. Sie liefen von der Mittellinie zwischen den Fahrbahnen gerade nach außen zu dem Felsen. Der Lenker hatte die Kurve demnach sportlich geschnitten, die Kontrolle über den Mustang verloren und das Schleudern durch sein Bremsen wahrscheinlich noch verstärkt.

Obwohl sich dieser Eindruck sofort aufdrängte, wunderte es Ruprecht trotzdem, dass sich keiner der Polizisten um die Spuren kümmerte. Für sie war ein Selbstverschulden durch überhöhte Geschwindigkeit und Fahrfehler anscheinend so klar, dass sie es als unnötig erachteten. Ganz automatisch nahm er sein Mobiltelefon und machte einige Aufnahmen von dem Straßenstück und der Unfallstelle.

»Heh, des is net für Schaulustige!«, schrie ein Mann, der durch das Blitzlicht des Handys aufmerksam geworden war, in breitem Dialekt von der anderen Straßenseite. »Lass des g'fälligst und mach an Abgang!«

Er kam mit schnellen Schritten über die Straße. Es war ein älterer Polizist in Uniform. Ruprecht legte Ella die Hand auf die Schnauze, damit sie den zornigen Fremden nicht verbellte und damit unnötigen Wirbel verursachte. Der Polizist stoppte jedoch einige Schritte vor den beiden und schaute ungläubig.

»Ruprecht?«, sagte er dann, und schien total überrascht zu sein. »Martin Ruprecht?«

Ruprecht bejahte automatisch, nicht sicher, wen er vor sich hatte.

»Aber was macht denn da Chef vom Blut aus Salzburg do bei unsern Unfall?«

Ruprecht musste über die Bemerkung trotz der ernsten Situation schmunzeln. Chef vom Blut war eine äußerst saloppe Bezeichnung für den Leiter der Mordabteilung im Landeskriminalamt. Jetzt erkannte er den anderen auch – Bezirksinspektor Roland Fuchs. Mit dem hatte er bei einem anderen Fall zu tun gehabt und ihn als äußerst pragmatischen Beamten in Erinnerung, der sich mehr um das Gelingen einer Sache kümmerte als um die Vorschriften. Das war jedoch vor einigen Jahren gewesen; der ältere Inspektor musste ein ausgezeichnetes Personengedächtnis haben, ihn hier in der Dunkelheit sofort zu erkennen. Er streckte ihm die Hand entgegen.

»Hallo Roland«, sagte er freundschaftlich. »Ist schon eine Weile her.«

»Ja, richtig, wir warn per Du …« Er schüttelte Ruprecht kräftig die Hand. Dann deutete er über die Schulter zu dem Unfallwagen. »Also, Martin, warum interessiert dich die Schweinerei? Du wirst uns doch hoffentlich net dreinpfuschn!«

»Hab ich nicht vor, ich war zufällig unten in Hallein und wollt nur schauen, was los ist.« Ruprecht schlug einen vertraulichen Tonfall an. »Was habts denn bis jetzt?«

Fuchs kratzte sich am Hinterkopf. »Na, eigentlich net viel, aber ich glaub, es is eh alles klar. Gemma rüber, dann kannst ja an Blick drauf werfen.«

Er ging voraus und Ruprecht folgte ihm ins helle Licht zur Unfallstelle. Zu einem seiner Kollegen, der mit fragendem Blick auf die beiden zukam, sagte Fuchs nur knapp: »Passt scho, des is der Ruprecht vom LKA.«

Der Gerätemeister von der Feuerwehr hatte die wuchtigen Spreizer platziert und die Geräte drückten die verzogene Tür wie Butter auf – nicht verwunderlich bei einem Druck von 25 Tonnen. Das restliche Glas barst aus dem Rahmen, splitterte zu Boden und das dumpfe Blechgeräusch, das sich wie ein heiseres Kreischen anhörte, spürte Ruprecht unangenehm bis in die Magengrube.

Der Sanitäter auf der Beifahrerseite hielt die Person am Sitz fest, damit sie nicht aus der sich langsam öffnenden Seitenwand kippte. Blut rann über den verbogenen Türschweller, tropfte hinunter auf den Schotter neben dem Asphalt und bildete eine dunkle Lache. Vorsichtig hoben sie das Unfallopfer aus dem Sportwagen – Ruprecht sah, dass es ein junger Mann war – und versuchten, ihn vorsichtig und, ohne den Körper zu viel zu bewegen, auf eine Trage zu bekommen. So eine Bergung war ein enormes Risiko, da der Rettungsarzt nicht wissen konnte, ob ein Wirbel gebrochen war – dann konnte die kleinste Verschiebung eine Querschnittslähmung bedeuten.

Obwohl die Airbags ausgelöst hatten, gab es auf der Stirn des Mannes eine lange Wunde und ein Teil des Haaransatzes war weggerissen und das über die Wange gelaufene Blut begann langsam zu trocknen. Fuchs sah Ruprechts Blick.

»Des is wahrscheinlich vom Rahmen über der Scheibn, den hats komplett eindruckt«, sagte er dazu und deutete dann auf die Beine des Opfers. »Aber noch ärger san leider de Haxn beinand …«

Ruprecht folgte seiner Handbewegung, wendete sich aber in der Sekunde wieder ab. Ein Bein des jungen Mannes musste unter dem Knie abgetrennt worden sein, es hing nur mehr an der verdrehten Hose fest, die wie ein nasser Lappen mit dem austretenden Blut vollgesogen war, aus dem Oberschenkel des anderen Beins stand ein Stück des Knochens aus dem Fleisch.

»Ja«, meinte Fuchs. »Des is net schön!«

Der Verwundete war am Leben, wie der Arzt bestätigte, hatte aber eine Menge Blut verloren und war nicht ansprechbar. Sie luden ihn in den Rettungswagen.

»Bringt ihr ihn nach Hallein?«, fragte Ruprecht den Fahrer des Transportfahrzeugs, während der Mann eingeladen wurde und der Arzt bereits mit der Erstversorgung begann.

»Nein, er kommt direkt in die Uniklinik nach Salzburg«, war die Antwort. »Bei uns ist die Intensiv im Moment zum Brechen voll, außerdem braucht es bei seinen Verletzungen ein großes Team, und die richten schon den OP her. Schaut aber angeblich nicht gut aus …«

Als der Rotkreuz-Bus weg war, wandte sich Ruprecht wieder Fuchs zu. »Was macht ihr weiter?«

»Na, net viel. Wir habn a paar Fotos gmacht, vermessen brauchn wir in dem Fall net, weils ja kan zweitn Beteiligten gibt.«

»Du schließt also vollkommen aus, dass jemand anderes in den Unfall verwickelt war?«

»Absolut! Da gibt's kan Hinweis drauf.«

»Und wie habt ihr von dem Unfall erfahren?«

»War a anonymer Anruf.«

»Aha …«

»Geh bitte, Martin, ich weiß genau, was du denkst!« Fuchs deutete auf das Auto. »Aber schau dir doch an, was der für an Zahn draufghabt habn muss. Und a Mustang mit vierhundert PS und noch dazu mit Hinterradantrieb … Außerdem hats vorher g'regnet.«

»Die Kurve ist aber bestimmt zweihundert Meter lang, da hätte er doch eigentlich schon viel früher rausfliegen müssen und nicht erst ganz am Ende, oder?«

»Ka Ahnung? Des können dir unsere Experten aber sicher genauer erklären.«

»Und er hat erst ganz knapp vor dem Felsen gebremst, als hätte er absichtlich so lange gewartet, wo es dann schon zu spät war.«

»Du denkst, er wollt sich umbringen und hat dann die Courage verlorn?«

»Ich denke einmal gar nichts«, entgegnete Ruprecht. »Ich versuch mir nur ein Bild zu machen.«

»Wozu?« Fuchs sprang auf die Bemerkung sofort an und klang etwas eingeschnappt. »Is eh a Angelegenheit vom Verkehr, wir machn uns scho unsere Bilder.«

Ruprecht ließ ihn stehen und ging um das Wrack herum. An der Rückseite, als er das Nummernschild sah, stutzte er – *Roehm 1*. Er kannte nur eine Familie mit diesem prominenten Namen in Salzburg. Das waren die Eigentümer des bekannten Halleiner Pharmaunternehmens *Röhm Chemie*. Ruprecht wusste das deshalb, weil erst kürzlich der Tod des Industriellen Hermann Röhm alle Medien beherrschte, der den Konzern an seine beiden Kinder vererbt hatte. Das Echo darauf in der Presse war enorm gewesen.

»Ist dir die Nummer schon aufgefallen?«, fragte er Fuchs, während die Feuerwerker die lose hängende Fahrertür für den Abtransport vom Rahmen trennte.

»Na, wieso?«

»Das dürfte der junge Röhm sein, der unlängst die Firma von seinem Vater geerbt hat.«

Fuchs zuckte mit den Achseln. »Ich hab noch net ins Auto reinkönnen und ka Gelegenheit ghabt, die Papiere zu suchen. Wieso glaubst du des?«

»Wer sollte sonst in Hallein einen solchen Sportwagen mit dem Kennzeichen *Roehm 1* fahren.«

»Aha. Und warum is des wichtig?«

»Kann ich nicht sagen, ist nur ein Gefühl. Nur wenn der Lenker tatsächlich ein Röhm-Erbe war, wird es ein gefundenes Fressen für die Presse werden. Du solltest dir die Sache also in jedem Fall genau anschauen und sie nicht gleich ablegen«, meinte Ruprecht und sein Tonfall war um eine Nuance deutlicher geworden. »Einiges an den Umständen scheint mir da nämlich nicht so klar zu sein, wie du meinst.«

Fuchs ließ sich davon nicht beeindrucken. »Geh bitte, Martin, mach doch kan Fall für die Kripo draus, nur weil der a Promi is!« Damit schob er Ruprecht ein Stück von der Unfallstelle weg. »Wir müssn jetzt auch weitermachn. Hat mi g'freut, dich zu sehn.«

Für die Verkehrsinspektoren war es immer unangenehm, wenn sich die Kriminalabteilung bei Unfällen mit nicht ganz erklärbaren Umständen einschaltete. Dann mussten sie übergenaue Berichte verfassen, man wurde mit einer Menge Fragen gequält, wieso man dieses oder jenes unterlassen hatte und kam sich oft wie ein Polizist zweiter Klasse vor. Und weil es danach nur selten einen Anlass für weitere Ermittlungen gab, empfand Fuchs das Ganze als reine Zeitverschwendung.

Ruprecht ließ Ella, die während des Gesprächs an dem Wrack herumgeschnuppert hatte, wieder ein Stück laufen und spazierte zurück zu seinem Auto. Im Gehen sah er auf die Uhr, es war mittlerweile zwei vorbei. Er verspürte überhaupt keine Lust mehr, noch eine Stunde bis nach Hallstatt zu fahren. Also nahm er sein Handy, um Konstanze eine Nachricht zu schicken und tippte, dass er doch länger gearbeitet habe und nicht mehr kommen würde. Dann überlegte er kurz und fügte den Satz an, er müsse überraschenderweise auch morgen – in Klammer *heute* – etwas Dringendes erledigen und seinen freien Tag leider verschieben.

Es war eine kleine Notlüge, aber er wollte sich ausschlafen und dann nochmals in Ruhe die Fotos, die er von der Unfallstelle gemacht hatte, durchsehen.

2

»Ist ja gut«, brummte Ruprecht verschlafen auf Ellas Winseln und zog sich die Decke über den Kopf, um weiterzuschlafen.

Nicht mit mir, dachte sie offenbar und stupste ihn mit ihrer kalten Schnauze an.

»Okay, okay!« Er richtete sich auf, gähnte herzhaft und blinzelte auf die Uhr am Nachttisch. Es war kurz vor sieben. »Du gehst vor, um acht war ausgemacht.«

Ruprecht warum halb drei heimgekommen und, ohne Licht zu machen, direkt ins Schlafzimmer gegangen. Eigentlich hatte er die Aufnahmen gleich am großen Computermonitor anschauen wollen, warf sich aber dann todmüde im T-Shirt aufs Bett. Morgen ist auch noch ein Tag, war sein letzter Gedanke.

Er sammelte seinen Pullover und die Jeans zusammen, die auf dem Boden neben dem Bett liegengeblieben waren, ließ Ella durch die Terrassentür hinaus auf die Wiese hinterm Haus und schlurfte ins Bad. Er vermied einen allzu intensiven Blick in den Spiegel. Ruprecht behauptete von sich zwar, nicht eitel zu sein, trotzdem ertrug er graue Bartstoppeln und den matten Blick nach einer anstrengenden Nacht nur schwer. Brennheiß geduscht, frisch rasiert und nach einer Tasse starken Kaffees sah man eben zehn Jahre jünger aus – mindestens.

Er holte sich eine bequeme Hose und seine schwarze Lederjacke aus dem Kasten, nahm Ella, die bereits ungeduldig am Zaun wartete, an die Leine und spazierte durch das Waldstück die zehn Minuten hinunter zum See.

Aus dem Pfad zwischen den Bäumen hinaus zum See zu treten, der den Blick auf St. Gilgen an der gegenüberliegenden Seite freigab, war für Ruprecht immer wieder ein Erlebnis. Der niedere Felsblock, auf dem er gern saß, war von der Nacht noch feucht, lag aber bereits in den ersten Sonnenstrahlen, die sich weiter draußen an der Oberfläche des Sees brachen. Die Büsche und Gräser entlang des Wassers standen Anfang Mai schon voll im Saft, und die Uferbank, die von der Promenade weg sanft in die Tiefe abtauchte, ließ das Wasser von einem gelblichen Schottergrau über ein helles Grün bis zum tiefen Dunkelblau schimmern.

Er zupfte etwas Moos von einem Stein ab und roch daran. Der erdig aromatische Geruch und das Farbenspiel des Sees hatten für ihn etwas mit Heimat zu tun, ein Begriff, den er sonst selten verwendete.

Er ließ Ella laufen und nahm den Weg hinein in den Ort. Es war noch etwas kühl, würde aber ein schöner warmer Frühlingstag werden, den man genießen sollte, da für die nächsten Tage wieder Schlechtwetter angesagt war. Trotz der frühen Stunde und des Wochentags war in den Bootshäusern entlang des Sees bereits reger Betrieb. Die meisten Eigner fuhren allerdings nicht hinaus, sondern überholten das Tauwerk der Segelboote, polierten die Beschläge am Deck und säuberten die Liegeplätze von dem im Winter angesammelten Schwemmgut.

Ruprechts Übersiedlung hierher an den Wolfgangsee war ein Zufall gewesen und – wie sich bald herausstellte – ein glücklicher. Als geborener Salzburger, der später in Wien studiert und dort die Polizeischule besucht hatte, fühlte er sich in seiner Jugend als Städter und hatte mit einem Leben *am Land*, wie er alle Gegenden außerhalb der urbanen Zentren bezeichnete, gar nichts am Hut. Als kurz nach seinem Vater die Mutter verstarb, wollte er das elterliche Haus in Aigen nicht übernehmen und suchte nach einer Wohnung in der Innenstadt Salzburgs. Nach einigen frustrierenden Besichtigungen und der Einsicht, dass mit dem Gehalt eines Polizeibeamten die wirklich lebenswerten Plätze deutlich zu kostspielig waren, bekam er das renovierungsbedürftige Haus in der Nähe von St. Gilgen angeboten und schlug spontan zu. Inzwischen waren zehn Jahre vergangen und er konnte sich gar nicht mehr vorstellen, in der Stadt zu wohnen.

Er ging am Seehotel vorbei – wie sollte ein Hotel am See auch sonst heißen – und bog dann beim Jachtclub zu der kleinen Pension ab, die sein Geheimtipp für ein süßes Frühstück nach einer kurzen Nacht war. Die Besitzerin, die selbst kochte und ihre Gäste verwöhnte, machte jeden Morgen etwas Süßes zum Frühstück. Ruprecht kannte sie seit Jahren gut und besaß das Privileg, anklopfen zu dürfen und etwas von den Köstlichkeiten abzubekommen. Auch heute war Frau Anna in der Küche, und er musste nicht einmal läuten. Das Fenster war offen und sie sah ihn schon kommen, als er um die Ecke bog.

»Da habn S' aber grad noch Glück, Herr Inspektor«, meinte sie statt einer Begrüßung. »Um dreiviertel acht ist normalerweise schon alles weg.«

»Ich weiß, meistens komm ich früher, aber heute war ich schon mit Ella am See.«

Sie beugte sich hinaus. »Ja, wo ist denn mein Schatzi?«, fragte sie und begrüßte Ella, die vor dem Fenster hochsprang. »Keine Angst, ich hab eh was für euch.«

Sie ging kurz nach hinten in die Küche, kam mit einem großen Stück Kuchen auf einem Pappteller zurück und reichte ihn hinaus.

»Ein römischer Auflauf«, sagte sie dazu. »Ein uraltes Klosterrezept und von mir selbst verfeinert.«

»Was bekommen Sie?«

»Aber ich nehm doch von der Polizei kein Geld!«

»Dann ist es Bestechung«, meinte Ruprecht, grinste und setzte hinzu: »Ganz korrekt heißt es ja *Anfüttern von Amtsträgern …*«

»Na bitte«, entgegnete sie lachend. »Stimmt sogar!«

Etwas später saßen sie am Holzsteg beim Strandbad in der warmen Sonne. Der Römerauflauf war ein Gedicht! Nach dem alten Rezept eigentlich mehr ein schwerer Kuchen, traf er genau Ruprechts Verlangen und vertrieb den Hunger nach der kurzen Nacht. Schon als Jugendlicher hatte er seine Mutter oft mit dem Wunsch nach einem richtig speckigen Gugelhupf gequält. Nur selten und unter Protest nahm sie dann extra viel Milch und weniger Backpulver, damit der Teig nicht so stark aufging und eine feste feuchte Schicht bildete, also *sitzen blieb,* was für eine gute Köchin immer ein mittleres Desaster darstellte.

Nachdem der erste Appetit gestillt war, nahm Ruprecht sein *Tablet* und holte sich die Fotos vom Unfall online aus der *Cloud.* Ella, die entgegen aller Ernährungsregeln für Hunde auch etwas abbekommen hatte, lief einstweilen am See entlang, buddelte im seichten Wasser nach interessanten Dingen oder spähte nach jagdbaren Enten aus.

Er wusste selbst nicht, was ihn letzte Nacht am Dürrnberg gestört hatte. Vielleicht war es nur das offensichtliche Desinteresse der Polizisten an den Bremsspuren gewesen oder ihre Sicherheit, dass es sich lediglich um zu hohe Geschwindigkeit gehandelt haben konnte. Mit dem Tempo lagen sie auf jeden Fall richtig, sagte er sich, trotzdem scrollte er die Aufnahmen mehrmals durch. Auf dem Display des Geräts und in der Vergrößerung waren die Details nicht nur klarer zu erkennen als auf dem Handy, sondern durch den Blitz sogar deutlicher als auf der Straße.

»Sie hätten die Fahrbahn ausleuchten sollen«, murmelte er ärgerlich.

In jedem Fall hatte Jonas Röhm zu spät gebremst. Falls der Wagen bereits vorher schleuderte, war er am Ende der Kurve nicht mehr abzufangen. Hatte er etwas getrunken oder Drogen genommen und deshalb nicht rechtzeitig reagiert?

Auch liefen die abgesetzten Spuren, die das ABS statt einer durchgehenden Bremsung hinterließ, vollkommen gerade nach außen zu dem Felsen. Das war auf zwei Fotos ganz deutlich zu sehen. Genau das sollte das ABS aber verhindern, indem die Räder nicht blockierten. Warum hatte Jonas nicht versucht, die Kurve zu nehmen? Jeder normale Fahrer würde versuchen, das Auto nach innen zu bekommen und diesen Versuch müsste man irgendwie in den Spuren erkennen.

Wollte er tatsächlich Selbstmord begehen und überlegte es sich im letzten Augenblick anders, wie Fuchs gemeint hatte, oder gab es einen anderen Grund?

Ruprecht wollte sich in Gedanken das letzte Stück Römerauflauf vom Pappteller nehmen, tastete aber ins Leere.

»Ella!«, rief er tadelnd und sah sich um.

Sie lag hinter ihm und hob den Kopf mit engelsgleicher Unschuldsmiene. Ruprecht musste ansatzlos lachen, schüttelte den Kopf und kraulte sie liebevoll. Außer ihr schaffte es niemand, ihn so plötzlich aus der Konzentration zu reißen und dafür sogar noch ein Lob zu ernten.

Seit er sie vor vier Jahren bei einem Mordopfer als winziges Hundeknäuel gefunden und vor dem Tierheim oder der amtlichen Euthanasie gerettet hatte, waren die beiden unzertrennlich.

Sie sei die wichtigste Frau in seinem Leben, sagte er ihr oft. Es dauerte jedoch einige Monate, bis sich die beiden – er hatte nie ein Haustier und sie noch keine Familie gehabt – an ihr neues Leben gewöhnten, bis sie das richtige Futter herausfanden, das keine üblen Durchfälle auf dem Wohnzimmerteppich verursachte, bis sie wusste, welche Schuhe für Hundezähne tabu waren und bis er keinen Wecker zum Aufstehen mehr brauchte, weil er schon lange vor dem Klingeln mit ihr am See entlanglief.

Ganz nebenbei hatte sie sich das Herz seiner Kollegen erobert und residierte, obwohl Hunde am Arbeitsplatz verboten waren, stolz in ihrem Korb bei seinem Tisch.

Er stand spontan auf und packte das Tablet ein. »Komm, wir fahren noch einmal auf den Dürrnberg, ich muss mir das live ansehen. Mit den Fotos komm ich nicht weiter.«

Er griff nach einer schwarzen Brasil und zündete sie an. So früh am Morgen rauchte er sonst nicht, aber auf dem Rückweg zum Haus vertrieb eine Zigarre die Ungeduld, die er immer spürte, wenn ihn eine Sache nicht losließ.

Es war gleich halb elf, als sie in Hallein wieder in die Dürrnbergstraße einbogen. Ruprecht hatte kurz mit Konstanze telefoniert und sich für sein Nichtkommen und den verpatzten Tag entschuldigt. Sie war darüber aber nicht verstimmt, da ohnehin zu Mittag Freunde von ihr nach Dahnberg zum Reiten kamen und sie sich ihnen nun in Ruhe widmen konnte. Sie genoss jede Gelegenheit, bei der sie über die Felder galoppieren konnte, wie sie es früher mit ihrem Vater, dem bekannten Pferdezüchter, getan hatte. Also machte sich Ruprecht weiter keine Gedanken, und als er den Wagen in derselben Ausweiche wie vor einigen Stunden anhielt und ausstieg, war er bereits wieder voll mit seinen Überlegungen beschäftigt.

In der Vormittagssonne schien die Umgebung, die dem Unfall nachts eine so unheilvolle Stimmung gegeben hatte, nichts weiter als eine ruhige, beschauliche Bergkuppe zu sein. Sogar der Felsen wirkte durch seine dichten grünen Büsche, die an den Wänden emporwuchsen, harmlos. Doch die Reste des nächtlichen Geschehens an der Einmündung der alten

Dürrnbergstraße – heute ein einspuriger, schmaler Zufahrtsweg zu den Höfen einiger Anrainer – lagen noch überall herum. Der Mustang war zwar weggebracht worden und die Feuerwehr hatte Bindemittel auf die ausgelaufenen Flüssigkeiten gestreut, aber eine Menge an Glasscherben und kleineren Blechstücken nur lose zur Seite gekehrt. Um die Entsorgung und die restliche Säuberung würde sich im Lauf des Tages die Straßenreinigung kümmern.

Ruprecht ging die Stelle bis zum Kurvenanfang ab und ließ Ella trotz ihres empörten Blicks im Auto. Zum Glück war es trocken geblieben und die Straße war nur wenig frequentiert, sodass es noch deutliche Spuren gab. Er ging zur Mitte der Straße und sah über den Verlauf der Bremsspuren zu dem Punkt des Aufpralls. Sie führten tatsächlich wie eine strichlierte Linie kerzengerade aus der Kurve.

Zurück beim Auto stieg er ein, fuhr ein Stück weiter bergauf und drehte um. Er wollte die Stelle einfach abfahren, um sie von der Position des Fahrers aus zu sehen. Das erste Mal versuchte er es mit den vorgeschriebenen Fünfzig, was die Kurve ewig lang erscheinen ließ und ihm keinen Aufschluss gab. Dann probierte er es mit Siebzig, die sich in dem alten Volvo, der keine Sitze mit Seitenhalt hatte, schon recht flott anfühlten. Vor allem aber wurde bei der Geschwindigkeit deutlich, dass die Straße nach dem Ende der weiten Rechtsbiegung ziemlich scharf nach links schwenkte.

Einmal versuch ich es noch etwas schneller, dachte er, um zu sehen, wie man das Ende der Kurve bei höherem Tempo nehmen musste. Diesmal beschleunigte er auf Neunzig, mehr wollte er seiner geliebten Amazone nicht zumuten. Die Fliehkräfte zerrten trotzdem deutlich an der Lenkung und etwa bei der Stelle, an der die Bremsspur des Mustangs begann, spürte er, wie das Heck unruhig wurde.

Er wollte gerade gegenlenken, da kam ihm unvermittelt ein Lieferwagen entgegen. Abgedeckt von den dicht bewachsenen Seitenwänden entlang der Straße, hatte er ihn davor überhaupt nicht bemerkt. Durch den Blickwinkel sah es so aus, als würde der andere, der ihn heftig anblinkte, die ganze Straße blockieren.

Im ersten Schrecken sprang Ruprecht auf die Bremse, zog aber den Fuß sofort wieder zurück und hielt den Volvo mit Mühe in seiner Spur. Nur knapp kam er an dem Lieferwagen vorbei, der sich zum Glück richtig verhielt und so gut es ging an die Seite fuhr.

Hinter der Kurve blieb Ruprecht stehen, stellte den Motor ab und wischte sich den Schweiß von der Stirn. Der Schock saß ihm in den Gliedern. Wäre er etwas schneller gewesen und hätte er stärker gebremst oder das Auto nur ein kleines Stück nach außen gerissen, um einem vermeintlichen Zusammenstoß zu entgehen, wäre auch er in dem Felsen gelandet.

Jetzt war er sicher – nur so konnte es geschehen sein. Wenn dir nachts an dieser Stelle plötzlich etwas entgegenkommt, dachte er, und dich blendet, dann bremst du automatisch und lenkst von der vermeintlichen Gefahr weg – direkt auf den Felsen zu. Und mit hundertzwanzig oder mehr sind es nur zwei oder drei Sekunden bis zum Aufprall, da hilft dir nichts mehr.

Es musste also ein zweites Fahrzeug bei dem Unfall gegeben haben, anders war die Sache nach genauer Betrachtung nicht zu erklären. Er stieg wieder aus und ging nochmals zurück, aber nicht zu der Steinwand, in die der Sportwagen hineingeknallt war, sondern etwas weiter hinauf zur Straßenmitte, dort wo die Bremsspur des Mustangs begann. Wenn er mit seiner Annahme recht hatte, mussten sich in diesem Umkreis die beiden Fahrzeuge begegnet sein.

Er suchte die ganze Fahrbahn gewissenhaft ab und betrachtete den Split am Straßenbankett, dort konnten kleine Dinge liegen, die man bei Dunkelheit und der vom Regen feuchten Straße übersehen hatte. Er kroch sogar ein Stück hinter die Büsche am Rand und kletterte in einen schmalen Graben hinunter – nichts, absolut nichts!

Frustriert ging er Richtung Auto zurück, wo ihn Ella sicher schon ungeduldig erwartete. Er würde eine kleine Runde mit ihr gehen und dann … Instinktiv verhielt er den Schritt und ließ den Blick über die neben der Unfallstelle zusammengekehrten Splitter gleiten.

Da gibt es nichts, fuhr es ihm durch den Kopf, das sind einfach nur die Scherben! Er wollte sich schon wieder abwenden, da bemerkte er, was ihn aufgehalten hatte. Mitten in der Sonne lag ein Stück oranges Glas zwischen dem Mist. Er hob es auf. Es war kein Glas, sondern ein gebogenes Stück Kunststoff. Es konnte nur ein Teil eines Blinklichts sein. Gab es das bei einem solchen Mustang?

Er nahm sein Handy und googelte das Modell – es hatte nur klare Leuchten und Abdeckungen. Er kniete sich hin, durchsuchte den Haufen und fand noch mehr orange Splitter, die er auf ein Blechstück legte. Ein paar der anderen Glasteile sammelte er ebenfalls ein, nahm eine Handvoll im Mist herumliegender Partikel dazu, trug alles zum Auto und verstaute es in einer Plastiktüte.

Lag er mit seiner Vermutung richtig? War ein zweites Auto an dem Unfall beteiligt gewesen? War es der anonyme Anrufer, der die Meldung gemacht hatte?

Am liebsten hätte Ruprecht sofort seinen Kollegen Wöss und die Kriminaltechnik herbestellt, aber die orangen Splitter konnten ebenso reiner Zufall sein und schon lange im Straßengraben liegen. Jedenfalls war es zu wenig für eine Ermittlung und so etwas wie einen Fall gab es aufgrund seines bloßen Gefühls schon überhaupt nicht. Man musste bei den Kollegen vom Verkehr auch sehr vorsichtig vorgehen, die mochten keine Einmischung und reagierten da oft säuerlich. Und wenn sich seine Annahme womöglich nicht bestätigte, schaffte es nur unnötige Spannungen.

Trotzdem wäre es interessant, überlegte Ruprecht auf der Fahrt ins Büro nach Salzburg, ob Alkohol oder Drogen im Spiel waren und ob das in Zusammenhang mit dem Unfall stehen konnte. Er griff zum Telefon und rief Agnes in der Gerichtsmedizin an.

»Hallo, Agnes«, meldete er sich, als sie abhob, und fiel gleich mit der Tür ins Haus. »Könntest du dir bitte von einem Patienten auf der Intensivstation der Uni-Klinik eine Blutprobe holen?«

»Klar, wer ist es denn?«

»Jonas Röhm.«

»Der Jonas Röhm …?«, fragte sie überrascht.

»Ja.« Nach einer kleinen Pause setzte er hinzu: »Also zumindest mit größter Wahrscheinlichkeit.«

»Was ist geschehen?«

»Nur ein Autounfall. Er ist nicht ansprechbar, ich möchte aber wissen, ob er was im Blut hat.«

»Das machen sie im Spital sowieso.«

»Schon, aber ich bräuchte es ziemlich genau!«

»Okay, hast du eine Aktennummer für mich?«

»Kein Akt, keine Nummer.«

»Ja, aber welcher Fall …?«

»Kein Fall – also bis jetzt nicht. Es soll noch niemand davon wissen!«

»Verstehe ich dich richtig?« Er spürte förmlich, dass sie grinste. »Jemand, der vielleicht Jonas Röhm ist, hatte einen Unfall, der eigentlich kein Fall für uns ist, und du brauchst eine Analyse, für die es weder einen Akt noch eine Genehmigung gibt?«

»So ungefähr, nur wenn du es sagst, dann klingt das irgendwie …« Ruprecht suchte nach einem geeigneten Wort und bog auf die Autobahn ein. »Ich hab da einfach so ein Gefühl!«

»Martin, Martin!«, sagte sie und er hörte, dass sie dabei grinste. »Ich schau mal, was ich tun kann.«

3

Ruprecht überlegte kurz, ob er sich im *Motel One* einen Imbiss genehmigen sollte. In das gemütliche kleine Hotel gleich neben der Polizeidirektion in der Alpenstraße zog er sich gern auf eine Pause zurück. Man blieb erreichbar und war dennoch weg vom Alltag im Amt. Er entschied sich aber dann fürs *Poldi* – der Mensa in der Polizeidirektion – und fuhr nach hinten auf den Hof der Trutzburg, wie der eigenartig schräg zur Straße angelegte Bau der Salzburger Landesdirektion landläufig bezeichnet wurde.

Der quadratische Komplex aus den Siebzigerjahren hatte – außer den Büros der verschiedenen Abteilungen – ein eigenes Polizeigefängnis und eine weitläufige Garage, in der Fahrzeuge, die an einem Fall beteiligt waren, von der Kriminaltechnik bis ins kleinste Detail untersucht werden konnten. Die Kantine lag, wie ein griechisches Amphitheater, rund um einen Vorplatz außerhalb der Anlage und war auch für die Allgemeinheit zugänglich.

Die Tische im Speisesaal waren um ein Uhr mittags voll besetzt und als Menü gab es Krautfleckerl oder Hühnerschnitzel. Auf beides hatte Ruprecht nicht wirklich Appetit, aber zum Hotel zurückzugehen schien ihm zu mühsam. Also nahm er etwas lustlos das Schnitzel mit Pommes, da Teigwaren in einer Großküche durchs Warmhalten matschig wurden.

»Erwischt!«, sagte Frieda und bot ihm ein Stück von ihrer Schokoladentafel an, als Ruprecht eine Viertelstunde später die Tür zum Büro öffnete.

»Danke«, winkte er ab, »aber direkt nach den Pommes aus der Kantine …«

»Dann versäumst du was«, meinte sie, schien aber froh zu sein, nichts von ihrer Köstlichkeit abgeben zu müssen. »Eine preisgekrönte *Dark Milk* von Mikkel Friis-Holm. Ein Däne, dem man nachsagt, die besten Schokoladen der Welt herzustellen.«

Ruprecht grinste. »Und?«

»Wie soll ich es beschreiben?« Sie kaute genüsslich. »Eine wahre Explosion am Gaumen!«

Frieda, die Chefin des Innendienstes oder nach der offiziellen englischen Bezeichnung seit der letzten Reform *Deputy Head of Back Office Administration,* liebte nichts so sehr wie Bitterschokolade. Sie faltete das Stanniolpapier der Verpackung wie immer sorgfältig zusammen, bevor sie es in den Papierkorb warf – eine ihrer unergründlichen Eigenarten.

»Die Tafeln müssten größer sein«, stellte sie mit einem fast traurigen Unterton in der Stimme fest und atmete dann durch. »Hast du heute nicht frei?«

Er nickte. »Doch, nur bin ich letzte Nacht zufällig Zeuge einer Unfallaufnahme am Dürrnberg geworden, und es schmeckt mir einiges nicht. Da gibt es Ungereimtheiten, um die wir uns kümmern müssen.«

»Du meinst – ich!«

Ruprecht überhörte die Bemerkung in ihrer bekannt trockenen Art, setzte sich auf den Besucherstuhl, gab ihr alle Details und deutete seine Überlegungen an. Weiters ersuchte er sie, im Krankenhaus nachzufragen, wann man Jonas befragen könne. Sie notierte sich alles, stellte keine Fragen, sah aber kurz auf, als er ihr den Namen des Polizisten nannte, der die Aufnahme geleitet hatte.

»Roland Fuchs, unser alter Kollege aus Hallein?«

»Den kennst du?«, wunderte er sich.

»Klar, der ist schon ewig auf dem Posten und außerdem war er erst unlängst in der Bezirkszeitung, weil er irgendein Ehrenzeichen bekommen hat.« Sie lachte. »Wahrscheinlich für fünfzig Jahre Bezirksinspektor!«

Frieda war Ruprecht über die Jahre richtig ans Herz gewachsen. Anfänglich waren sie einander reserviert begegnet und als junger Ermittler hatte er sich von der deutlich älteren und in den Abläufen des LKA sattelfesten Büroleiterin ständig beobachtet gefühlt. Sie war von allen Mitarbeitern am längsten im Amt und hatte bereits mehrere Personalwechsel überlebt. Aber nach einem schwierigen Fall, bei dem er als einziger in der Abteilung die Nerven behielt und Frieda ihm danach für seine unbeirrte Haltung gratulierte, war das Eis zwischen den beiden gebrochen.

Inzwischen war daraus eine wirkliche Freundschaft gewachsen und er konnte sogar Ella – ihren erklärten Liebling – bei ihr lassen, wenn er untertags zu einem Termin musste und Ella nicht mitdurfte.

»Aber bitte alles diskret, ich hab sehr wenig Konkretes«, ersuchte sie Ruprecht abschließend. »Und leg deshalb noch keinen Akt an …«

»Gut«, sagte sie und deutete mit dem Kopf unauffällig hinter Ruprecht.

»Was machen wir ohne Akt?«, kam es im gleichen Augenblick von dort. Es war Wieland, der in der Tür stand und die letzte Bemerkung von Ruprecht gehört hatte. »Bitte komm doch zu mir ins Büro hinauf.«

Ruprecht verdrehte die Augen, was bei Frieda ein Schmunzeln auslöste, und folgte seinem Chef auf den Gang hinaus.

»Ich verstehe, was du meinst«, sagte Oberst Paul Wieland, der Leiter des LKA und Ruprechts Vorgesetzter, nachdem dieser ihm den nächtlichen Vorfall und seine Gedanken dazu geschildert hatte. »Es kann natürlich auch ein ganz normaler Unfall gewesen sein.«

»Das glaube ich einfach nicht«, antwortete Ruprecht mit seiner bekannten Sturheit. »Ich bin die Strecke abgefahren, mir ist einer entgegengekommen und das war verdammt eng. Und ich war gar nicht so schnell dran.«

»Aber überleg doch, das ist genau der Punkt«, hakte Wieland ein und schaukelte wichtig in seinem hohen Bürosessel. »Ein Mustang mit der bekannt schlechten Straßenlage, die alle Amerikaner haben, das viel zu hohe Tempo und dazu die nasse Fahrbahn – der kommt unweigerlich ins Schleudern. Dann der Fahrer, der falsch reagiert und bremst … Da braucht es keinen Gegenverkehr, um aus der Kurve zu fliegen.«

»Und dass er nicht versucht hat, die Kurve zu kriegen?«

»Wahrscheinlich hat er das sogar, aber bei so einer Geschwindigkeit nützt das dann nichts mehr.«

»Das weiß ich natürlich«, entgegnete Ruprecht, der nach Argumenten suchte, die ihm ein Weiterverfolgen der Sache ermöglichten. »Genau deshalb ist es mir wichtig, die Dinge abzuklären. Sobald sich herausstellt, dass ich falsch liege, schließe ich sofort ab.«

»Das will ich hoffen. Aber bitte keine Alleingänge, die der Abteilung schaden.« Wieland wusste nicht so recht, wie er mit Ruprechts Entschlossenheit umgehen sollte. Er kannte die Mitarbeiter in der Verkehrsabteilung und ihre Bedenken wegen einer Einmischung nur zu gut, andererseits vertraute er aber dem Bauchgefühl seines Chefinspektors, das sich in den meisten Fällen als richtig erwies. Erst bei ihrem letzten Fall, dem Mord an einem Kunstsachverständigen, hatte dieser den entscheidenden Hinweis entdeckt und eine gefährliche Clique von Hehlern überführt.

»Aber du hältst die vom Verkehr da raus«, sagte Wieland schließlich. »Mir ist nicht ganz wohl bei der Sache, die brauchen davon also noch nichts zu wissen.«

Ruprecht nickte und stand zufrieden auf. Es war gut, die Sache mit den gefundenen Splittern und dem Blinkerglas für sich behalten zu können. Vielleicht gab es da keinen Zusammenhang und wenn doch, hatte er einen Trumpf für weitere Ermittlungen in der Hinterhand.

»Und, Martin …« Der Oberst hob beschwörend die Hände in die Höhe, »es geht mir nichts an die Presse!«

Das musste ja wieder kommen, dachte Ruprecht verärgert über die letzte Bemerkung Wielands. Sie spielte auf Ruprechts Schwester Hanna an, die als freie Journalistin für mehrere Zeitungen und einen Online-Blog schrieb. Natürlich kam es ihr gelegen, ihn für manche Themen als Quelle benützen zu können, um einen gewissen Vorsprung gegenüber Kollegen zu haben. Sie würde ihren Bruder aber nicht in Verlegenheit bringen und veröffentlichte nie etwas ohne seine Zustimmung. In Wahrheit war es oft sogar umgekehrt, wenn er bei einem Fall in einer Sackgasse steckte und durch Hannas Recherchen oder über ihre Medienkontakte einen helfenden Hinweis erhielt.

Trotzdem konnte Wieland es sich nie verkneifen, ihn darauf hinzuweisen. Der im Vergleich zu Ruprecht junge Oberst leitete das Kriminalamt erst seit zwei Jahren. Er war Jurist aus einer bekannten Salzburger Familie mit Beziehungen, was für den raschen Aufstieg sicher hilfreich gewesen war. Deshalb befürchtete er ständig, etwas könnte seiner Karriere schaden, und stand der Presse mehr als reserviert gegenüber. Auch Ruprechts handfeste Methoden, die im Einsatz oft nötig waren, bezeichnete er gern als schädlich für das Image der Abteilung und pochte dann auf die Dienstvorschriften.

Der ging noch immer leicht verstimmt zur Stiege, wo Ella wartete, und griff nach dem Handy, das in seiner Jacke zu vibrieren begann. Er sah aufs Display – es war Hanna.

»Wenn man vom Teufel spricht …«, murmelte er und hob ab.

»Das hab ich gehört«, kam es amüsiert zurück. »Hier spricht deine liebe Schwester!«

»Ja, hab ich gesehen. Also, was kann ich für meine liebe Schwester von der bösen Presse tun?«

»Oje, Wieland?!« Sie lachte auf. »Hat er wieder einmal eine Andeutung gemacht?«

»Andeutung ist gut«, brummte er und seine Laune war schlagartig besser. Ihrer spontanen Fröhlichkeit konnte er sich nie entziehen.

»Eine Frage«, fiel sie gleich mit der Tür ins Haus. »Ich hab heute früh in den Nachrichten gehört, dass Jonas Röhm, der Erbe der Röhm-Werke, angeblich einen Unfall hatte.«

Er sagte nichts darauf.

»Weißt du was darüber?«, drängte sie ungeduldig.

»Ja.«

»Was, ja?«

Er grinste. »Ja, ich weiß was darüber.« Er liebte es, sie auf die Folter zu spannen.

»Jetzt sag schon!«

»Okay, er hatte letzte Nacht einen Unfall und zwar am Dürrnberg.«

»So viel erfahr ich sogar aus dem Radio. Hast du ein paar Einzelheiten?«

»So ziemlich alle, ich war nämlich dabei.«

»Waas?«

»Es war reiner Zufall.«

»Diese Zufälle kenn ich!« Hanna witterte sofort eine Story. »Ist da eine Schweinerei im Laufen?«

»Nein!« Er versuchte bestimmt zu klingen. Gleichzeitig dachte er: Sie treibt sich oft in Promikreisen herum und diese Leute reden nicht so gern mit der Polizei. Sie erfährt sicher schneller als ich, was die Szene über die Röhms so tuschelt.

Also fragte er vorsichtig: »Könntest du dich trotzdem umhören, was man so über ihn sagt?«

»Dafür erfahr ich, was los ist?«, kam es prompt zurück.

»Ja, aber nur inoffiziell. Das Ganze ist im Moment nicht konkret und schon gar nichts für die Presse.«

»Typisch«, schmollte sie, »ich bin wieder nur das Auskunftsbüro.«

Gerade als Ruprecht sein Telefon auf den Schreibtisch warf und die Lederjacke auf den Fensterriegel hängte, kam Frieda ins Zimmer gerauscht.

»Ich bringe keine guten Nachrichten«, sagte sie schon von der Tür her.

»Und zwar?«

»Ich habe wegen des eingelieferten Unfallopfers meine Fühler vorsichtig ausgestreckt. Zum Glück kenne ich da jemanden aus der Pflegedirektion«, berichtete sie und Ruprecht wunderte sich wieder einmal, wie gut vernetzt Frieda in allen Bereichen war. »Du hattest mit deiner Annahme recht – es handelt sich um Jonas Röhm. Leider ist es derzeit nicht möglich, mit ihm zu sprechen. Er liegt im Koma und es sieht nicht gut aus. Man kann nicht sagen, wann oder ob er überhaupt wieder aufwachen wird.«

Ruprecht nickte und wirkte irgendwie abwesend. »Das macht die Sache nicht leichter. Er ist noch in der Uniklinik?«

»Ja, auf der Intensiv der Chirurgie West.«

»Vielleicht sollte ich doch …«

»Haus A, Seite Aiglhofstraße, 1. Stock, und es geht bis 19 Uhr.«

»Danke«, sagte er, nahm die Jacke wieder vom Fenster und hielt ihr die Leine hin. »Ich lass Ella bei dir.«

Das Landeskrankenhaus, ein Teil des Uniklinikums der Paracelsus Medizinischen Privatuniversität, war ein riesiges Areal mit über dreißig Gebäuden, Stationen und Instituten, unterbrochen von Parkanlagen – beinahe eine eigene Stadt der Kranken am Rand der Salzburger Altstadt neben dem Mönchsberg.

Ruprecht wich dem Nachmittagsverkehr aus und nahm den O-Bus, der unmittelbar vor der Chirurgie West eine Station hatte. Die lag gleich hinter dem UFO, dem Runddach mit dem Landeplatz für Rettungshubschrauber, das von der Straße aus wie eine fliegende Untertasse über dem Haupteingang schwebte. Er ging vorbei an der Notfallambulanz und hinauf in den ersten Stock. Der lange Gang des halbrunden Baus mit dem hellen Steinboden und der durchgehenden Fensterreihe an einer Seite erinnerte ihn eher an das Terminal eines Flughafens als an ein Krankenhaus. Es gab auch einen ähnlich regen Betrieb.

Im Gegensatz zu den hektischen Fluren herrschte hinter dem Eingang zur Intensivstation eine andere Stimmung. Alles schien gedämpft und ruhig zu sein. Die meisten Zimmer mit den Überwachungsplätzen waren abgedunkelt. Neben den Betten blinkten Geräte in einem gleichmäßigen Rhythmus, auf den Monitoren zeichneten Linien spitze Berge – bei manchen Patienten, die regungslos unter einem Gewirr von Schläuchen lagen, oft die einzigen Anzeichen ihres noch vorhandenen Lebens.

Ruprecht schluckte betreten. Der tragische Tod seines Bruders Tommy fiel ihm schlagartig ein, der auf einer Klettertour neben einem Wasserfall ausglitt und in den See darunter fiel. Ruprecht war damals erst zwölf und versuchte Hilfe zu holen, die aber zu spät kam. Die Rettungsleute hatten so ein Gerät in ihrem Fahrzeug gehabt und kämpften um Tommys Leben.

Doch schließlich zeigte der Bildschirm nur mehr eine glatte Linie und den leisen, durchdringenden Ton hatte Ruprecht sofort wieder im Ohr.

Für ihn war seitdem nichts beklemmender als solche Stationen, wo der schweigende, von nüchternen Maschinen verwaltete Kampf gegen die todbringende Kapitulation des Körpers stattfand. Dagegen schien ihm sogar die Gerichtsmedizin mit ihrer vollendeten Gewissheit ein leichter zu ertragender Ort zu sein.

Er wartete, bis eine der Schwestern vorbeikam, und fragte sie nach Jonas Röhm. Sie deutete auf einen Raum weiter hinten im Gang, vor dem eine zarte blonde Frau in einem hellblauen Blazer stand, die stumm in das Zimmer hineinstarrte. Ruprecht ging zu ihr hinüber.

»Verzeihung«, sagte er höflich. »Ist dies das Zimmer von Jonas Röhm?«

Sie drehte sich zu ihm, und er sah, dass sie geweint haben musste.

»Ja, ist es«, antwortete sie betont leise. »Ich bin Sophia, seine Schwester.«

»Chefinspektor Martin Ruprecht von der Salzburger Kripo«, stellte er sich vor.

»Kripo?« Sie schaute ihn verwundert an.

»Ich kam nur zufällig zu dem Unfall«, beeilte er sich zu erklären, »und bin auch nur privat hier, um zu sehen, wie es ihrem Bruder geht.«

»Nicht gut. Sie mussten ihm ein Bein abnehmen und haben das zweite operiert. Aber ob sie es retten konnten, müssen die nächsten Tage zeigen.« Sie versuchte, gefasst zu wirken, trotzdem begannen wieder Tränen über ihre Wangen zu rinnen. »Außerdem hat er ein schweres Schädel-Hirn-Trauma erlitten und liegt seit dem Unfall im Koma. Seine Chancen stehen nicht gut.«

Sie wendete sich ab, suchte in ihrem Blazer nach einem Taschentuch und presste es vor die Augen. Ihre Schultern zuckten von einem tonlosen, heftigen Schluchzen. Ruprecht nahm sie am Arm und versuchte, sie ein wenig zu stützen.

»Danke«, sagte sie nach einer Weile und atmete durch. »Ich bin okay. Gehen wir kurz nach draußen?«

Nach einem Kaffee im Bistro der Chirurgie hatte sie sich wieder etwas gefangen. Sie strich ihre Haare mit beiden Händen zurück und ihr Gesicht bekam einen ernsthaften Ausdruck.

»Sind Sie tatsächlich nur rein privat hier oder gibt es beim Unfall meines Bruders Ungereimtheiten?«, fragte sie ohne Umschweife und ihre Stimme klang sehr fest. »Waren Sie wirklich nur zufällig beim Unfall?«

»Jaja, es war Zufall, ich war gerade unterwegs nach Hause.«

»Und sonst? Man hat mir gesagt, die Polizei erhielt nur einen anonymen Anruf.«

»Die Leute scheuen sich oft, eine Meldung zu machen oder haben Angst in eine Sache mit hineingezogen zu werden. Das muss gar nichts bedeuten, wir sind da bis jetzt überhaupt nicht involviert.«

»Sie sagen *bis jetzt?* Gibt es irgendetwas, das ich wissen sollte?«

»Es ist wirklich nichts Konkretes. Ich möchte mir nur persönlich ein Bild machen und ein paar Dinge abklären. Das soll Sie nicht verunsichern.«

»Ich bin gerade nicht in der Verfassung für Fragen.«

»Natürlich nicht, verzeihen Sie! Ich wollte sie damit in keiner Weise belästigen.«

»Schon gut, ich verstehe das.« Sie holte eine Karte aus ihrer Tasche. »Bitte kommen Sie doch morgen zu mir hinaus in die Firma, da habe ich Abstand und wir können in Ruhe reden.«

4

Als Ruprecht zurück in der Alpenstraße war und Ella abholte, begann es bereits langsam dunkel zu werden. Er sah auf die Uhr, murmelte einen kurzen Gruß zu Frieda, die um acht Uhr abends noch voll beschäftigt war und nahm den Bus hinein in die Stadt bis zum Mozartsteg. Dort stieg er aus und wanderte die Salzach entlang auf die andere Seite der Altstadt.

Es war der erste Mittwoch im Monat und der gehörte immer dem Club am Kai und dem Jazz!

Ruprecht ging gern zu Fuß, um Abstand vom Tag zu gewinnen, und freute sich innerlich bereits auf seine geliebte Musik. Auch Ella kannte den Weg und bellte voll Energie. Sie durfte an der langen Leine laufen und ihrer Lieblingsbeschäftigung nachgehen – Enten jagen! Vor allem die Erpel mit den grün schillernden Köpfen, die sie ruckartig und leicht überheblich hinter sich drehten, so als wollten sie sagen: Du erwischst mich nicht. Das endete dann des Öfteren mit einem Vollbad im Fluss.

Im Gehen genehmigte er sich eine seiner brasilianischen *Alonso Menendez* mit schwarzem Deckblatt. Der herzhaft erdige Geschmack der Zigarre war die perfekte Einstimmung auf den Abend und die Länge einer Panatella stimmte exakt mit der Dauer des Spaziergangs überein.

Für ihn, der in seiner Jugend selbst Jazzpiano studiert hatte, gehörten diese Abende zu den Fixpunkten in seiner spärlichen Freizeit. Seine Mutter, die aus einer deutschen Arztfamilie stammte, hielt ihre Kinder von klein auf dazu an, neben den normalen Schulfächern zusätzlich ein Instrument zu lernen. Für sie stand es außer Frage, dass dies für eine humanistische Erziehung, wie sie es nannte, von großer Bedeutung sei. Also begann er mit Klavier und Hanna nahm Gitarrenstunden. Sogar sein Vater, der aus dem Mühlviertel kam und nach einer Ausbildung bei der VÖEST in einer Salzburger Spedition in Aigen arbeitete, quälte sich einige Zeit mit einer Ziehharmonika ab.

Ruprecht, der wie die meisten Jungs lieber Fußball spielte, als Klavier zu üben, konnte sich anfangs nicht vorstellen, dem Instrument etwas abzugewinnen. Doch irgendwann gab es in der Musikschule für die oberen Jahrgänge eine Meisterklasse mit dem Pianisten Uli Scherer, und zum ersten Mal nahm er wahr, welche Intensität Musik haben konnte. Nach diesem Erlebnis verschrieb er sich vollkommen dem Groove und spielte zur Entspannung nach dem Dienst bis heute gern auf Mutters Flügel, der nun bei ihm im Wohnzimmer stand.

Nach dem *Hotel Sacher*, für ihn und viele Salzburger im Hinterkopf noch immer der *Österreichische Hof*, blieb er unterhalb des Mozarteums stehen und schaute zurück zur Festung. Hier am Wasser, mit dem Dom unterhalb der Festung am Mönchsberg, fand er den Blick auf die Stadt gegen Abend am eindrucksvollsten. In den Straßen brannte schon die Beleuchtung und darüber schälte die letzte Sonne die Spitzen der Dächer aus der Dämmerung. Zwei Jahreszeiten mochte er besonders – den strengweißen Winter mit der wie mit Tusche gezeichneten Silhouette vor dem grauen Himmel und das rötliche Licht des Herbstes, wenn die Blätter am Boden jeden Schritt mit einem Rauschen begleiteten.

Aber auch im Frühling gehörte Salzburg für ihn zu den lebenswertesten Plätzen. Mit den ersten schönen Tagen öffneten allerorts die Schanigärten vor den Lokalen. Dieses Erwachen des Außenlebens genoss man mit einem ersten Mokka im Freien, zog die Jacke enger um die Schultern und fröstelte mit der Bemerkung, dass es in der Sonne schon sehr warm sei.

Der *Club am Kai* war ein kleines Lokal mit täglichem Programm. Künstler aus Salzburg spielten hier und empfanden es als Ehre, eingeladen zu sein. Sogar international arrivierte Musiker des Genres gastierten gern in dem intimen Club. Dementsprechend bekam man Musik mit einer besonderen Vielfalt und in zumeist hoher Klasse zu hören.

Außerdem verhalfen Ruprecht ein Glas Rotwein und das Eintauchen in die Klänge des Jazz zu einer ganz speziellen Konzentration. In dieser Stimmung konnte er seine Gedanken besser ordnen und die Fäden von unterschiedlichen Überlegungen zusammenknüpfen, was speziell bei einer Sache wie dieser, die noch gar kein Fall war, hilfreich sein konnte.

Der Club war ziemlich voll und die Klänge, die Ruprecht beim Eintreten entgegenschlugen, nahmen ihn sofort ein. Ein transparent eleganter, sehr nachdrücklicher Klaviersound über einem Schlagwerk voll treibendem Beckenrauschen. Ohne Kontrabass, aber trotzdem satt in den tiefen Lagen – wer spielte da?

Er zwängte sich mit Ella auf dem Arm, die er zur Sicherheit hochgenommen hatte, zu dem Plakat mit der Ankündigung durch: *Duo Wolfgruber Kugelmann.* Er erinnerte sich, die beiden jungen Musiker, die erst seit Kurzem zusammen auftraten, schon einmal gehört zu haben. Sie waren momentan die *Shooting Stars* der jungen Münchner Szene und hatten bislang erst fünf Stücke aufgenommen. Den Rest des Abends würden sie somit improvisieren, darauf war er sehr gespannt.

Ruprecht fand einen freien Tisch im hinteren Teil des Raums, etwas abseits des Podiums, wo man sich in Ruhe unterhalten konnte. Er bestellte ein Glas blauen Zweigelt und setzte Ella ab. Es war kurz vor neun, sein Kollege Alex Wöss sollte also demnächst auftauchen. Der interessierte sich weniger für Jazz, genoss aber die Stimmung in dem Club und so hatten sich die gemeinsamen Abende eingebürgert. Die beiden kannten sich seit der gemeinsamen Zeit auf der Polizeischule, und da beide Quereinsteiger waren – Ruprecht nach zwei Jahren Jus und Wöss als ehemaliger Informatiker – verstanden sie sich auf Anhieb gut.

Nach der Ausbildung war Wöss längere Zeit als IT-Spezialist in Gmunden, auf einem Job ohne große Aufstiegschancen, bis sich Ruprecht dafür einsetzte, ihn nach Salzburg ins Team zu holen. Mittlerweile leitete Wöss hier die kriminaltechnische Abteilung und stand Ruprecht bei vielen Ermittlungen tatkräftig zur Seite.

Der schätzte ihn als zuverlässigen Kollegen, nur über seine sportliche Leidenschaft schüttelte er oft den Kopf – Wöss lief in seiner Freizeit zum Vergnügen Marathons! Allerdings hatte der ruhige, bärtige Wiener die gleiche Haltung bei seiner Arbeit. Er hasste Routinefehler, und wenn er sich in ein Problem verbiss, fand er oft dann noch einen Hinweis, wenn andere längst kapituliert hatten.

Heute kam er einige Minuten später und blieb mit einem suchenden Blick beim Eingang stehen. Dann sah er Ruprecht am anderen Ende des Lokals bereits winken.

Die erste, die aufsprang, war Ella und das nicht nur zur Begrüßung. Vielmehr stupste sie die Taschen von Wöss' Jacke an, in denen es immer Leckerlis für sie gab.

»Ella, bitte …!«, sagte Ruprecht tadelnd.

Wöss lachte. »Lass sie nur.«

Er tätschelte sie und zauberte tatsächlich einen kleinen Kauknochen aus dem Sack, mit dem sie sich zufrieden unter den Tisch verzog.

»Die sind wirklich nicht schlecht!« Wöss deutete zur Bühne hin. »Also, ich versteh ja nicht viel davon – aber kennst du die?«

»Ja, mir gefallen sie außerordentlich gut. Ich hab das Duo schon auf *Spotify* entdeckt, live hör ich es zum ersten Mal.«

»Und? Wie gehen die Geschäfte?«, fragte Wöss, nachdem er ein großes Bier bestellt hatte. Er verwendete die scherzhafte Redewendung immer, wenn er auf Neuigkeiten gespannt war oder Ruprecht sich einer Sache zuwendete. »Man munkelt da so Sachen …«

»Frieda!«, entfuhr es Ruprecht sofort.

»Diesmal nicht.« Wöss lachte über die spontane Bemerkung. »Diesmal war es Wieland. Er hat mich quasi heimlich ins Vertrauen gezogen und gemeint, falls du wegen irgendwelcher Spuren von dem Unfall am Dürrnberg etwas wissen möchtest, dann soll ich das in enger Abstimmung mit ihm und den Halleiner Kollegen machen – wegen der Ruhe zwischen den Abteilungen.«

»Typisch.« Jetzt schmunzelte auch Ruprecht und imitierte Wielands wienerischen Tonfall: »Das könnt sonst am End der Karriere schaden …«

»Und?«, fragte Wöss gespannt. »Gibt's in der Sache was für mich zu tun?«

»Natürlich, aber *top secret.*«

Ruprecht griff in die Brusttasche seiner Lederjacke und nahm den kleinen Plastikbeutel heraus, in dem er bei seiner Suche am Dürrnberg die eingesammelten Dinge verstaut hatte. Er schob ihn über den Tisch. Wöss drehte ihn hin und her und versuchte, den Inhalt zu erkennen.

»Sieht wie Mist aus. Hast du bei dir die Garage zusammengekehrt?«, fragte er grinsend und wunderte sich. »Die paar Brösel sind alles, was wir von dem Unfall haben?«

»Ja, aber wichtige Brösel«, Ruprecht deutete auf die kleinen Glasteile. »Also, Alex, was siehst du?«

»Irgendwelche Splitter – dürften von einer Scheinwerferabdeckung sein und die orangen wahrscheinlich von einem Blinker.«

»Genau das vermute ich.«

»Was ist besonders daran?«

»Das Unfallauto war ein Mustang, ein ziemlich neuer«, erklärte Ruprecht. »Da gibt's kein farbiges Blinkerglas.«

Wöss nickte. »War am Auto was zu sehen?«

»Du bist gut«, Ruprecht zuckte mit den Achseln. »Das war um ein Uhr in der Nacht und heute früh war es schon weg. Das steht sicher beim Abschleppdienst.«

»Und die Halleiner Polizei?«

»Für die ist es der Unfall eines Rasers, nichts weiter. Ich hab mich mit dem Fuchs unterhalten, ein älterer Bezirksinspektor, den ich kenne und der die Aufnahme geleitet hat. Der sieht überhaupt keinen Grund für eine weitere Untersuchung.«

Das Münchner Jazz-Duo begann mit einem freien Jam und der Schlagzeuger spielte ein ausgiebiges Solo. Ella war mit dem Kauknochen schon lange fertig und schlief trotz der dynamischen Klänge seelenruhig unter den Sesseln. Ruprecht unterbrach das Gespräch, lehnte sich zurück und genoss den entspannten Swing.

Wöss bestellte sich ein zweites Bier und nach einer Weile stummen Zuhörens steckte er den Beutel mit den Splittern ein. Nachdem der Part des Drummers vorbei war, beugte er sich zu Ruprecht hinüber.

»Du musst den Mustang unbedingt sicherstellen lassen«, meinte er eindringlich. »Wenn ihn die Familie des Besitzers vom Abschleppdienst übernimmt und verschrotten lässt, haben wir gar nichts.«

»Kannst du das veranlassen und gleich die Untersuchung einleiten …?«

»Ich hab's befürchtet.« Er nahm einen tiefen Zug vom Bier. Nach einer Weile fragte er beiläufig: »Fährst du heute noch nach Hallstatt?«

Ruprecht schmunzelte – Wöss war neugierig und wollte etwas über seine Beziehung zu Konstanze wissen. Er tat so, als hätte er die Frage nicht gehört und vertiefte sich in die Klänge auf der Bühne.

5

»Bitte warte einen Augenblick …« Ruprecht schaltete sein Headset ein, ärgerte sich wie so oft über den Kabelsalat und legte das Handy auf den Beifahrersitz. Der alte Volvo hatte nicht einmal einen CD-Player, geschweige denn so etwas wie eine Freisprechanlage.

»Geht's?«, fragte Hanna ungeduldig. »Ich hab über den jungen Röhm einiges herausgefunden.«

»Sehr gut, perfektes Timing! Ich bin nämlich gerade unterwegs nach Hallein zu Sophia.«

»Du kennst seine Schwester?«

»Nicht wirklich, ich wollte gestern im Spital sehen, wie's ihm geht, und sie war zufällig dort.«

»Demnach ermittelst du?«

»Hanna, bitte, das weiß ich noch nicht!« Manchmal ging sie ihm wirklich auf die Nerven. »Ich will mir nur einmal die Hintergründe der Sache ansehen.«

»Also bitte, für deine Hintergründe«, sagte sie gedehnt und klang ob seiner Zurückhaltung verstimmt. »Jonas Röhm ist gerade fünfunddreißig geworden und zwei Jahre jünger als seine Schwester. Die beiden haben voriges Jahr die Firma von ihrem Vater geerbt. Sie führen das Unternehmen eigentlich gemeinsam, man erzählt sich aber, dass er nicht viel dazu beiträgt. Angeblich soll er ziemlich labil sein, lieber in Bars oder im Casino herumhängen und das geerbte Geld mit vollen Händen ausgeben.«

»So schockiert, wie ich Sophia gestern erlebt habe, scheint ihr aber trotzdem viel an ihm zu liegen. Zumindest war das mein Eindruck. Hast du ihn irgendwann einmal persönlich gesprochen?«

»Nein. Er war nur einmal bei einem Society-Event, über den ich berichtet hab. Ist aber schon einige Jahre her, da hat sein Vater noch gelebt. Ein Freund von mir, der bei den Salzburger Nachrichten arbeitet, hat gemeint, niemand wundere sich über den Unfall, Röhm war bekannt dafür, wie ein Irrer zu fahren.«

Hanna berichtete von einigen Lokalen, in denen Jonas öfter verkehrt haben sollte und versprach, die Namen und Adressen per Mail zu schicken.

Sie hätte natürlich gern gewusst, was ich von der Sache halte, dachte Ruprecht nach dem Gespräch und nahm die Auffahrt auf die Tauernautobahn. Doch er wollte seine Bedenken dazu noch nicht äußern. Unter Umständen lag Wieland ja richtig, und es ging nur seine Fantasie mit ihm durch. Und wenn Hanna in ihrer quirligen Art an der falschen Stelle womöglich etwas herausrutschte, gab es wieder unnötige Diskussionen. Zum Glück ist sie nicht nachtragend, beruhigte er sich.

Ruprecht nahm die meisten Dinge mit Gelassenheit, und nicht einmal Leichenfunde konnten ihn aus dem Gleichgewicht bringen. Vielmehr fand er es sehr spannend, aus welchem Grund Menschen ein Gewaltverbrechen begingen. Da war er anders als viele seiner Kollegen, die länger brauchten, um negative Erlebnisse zu verarbeiten und ihre Verletzlichkeit hinter einem derben Benehmen versteckten. Er hatte sogar eine gewisse Freude daran, wenn sich ein Fall am Anfang als unlösbar darstellte. Das gab ihm stets die Gewissheit, im richtigen Beruf zu sein.

Nur zwei Sachen vertrug er absolut nicht: Wenn sich Ella nicht wohlfühlte und wenn seine Beziehung zu Hanna gestört schien – was in Wahrheit aber nie passierte.

Die beiden waren unzertrennlich und in ihrer beruflichen Neugierde waren sie sich sehr ähnlich, wenngleich aus unterschiedlichen Gründen. Sonst schien Hanna durch ihre stets gute Laune, das laute fröhlichen Lachen, die zerzausten blonden Haare und ihre schnippischen Äußerungen das genaue Gegenteil von ihm zu sein.

Sie hatte schon auf der Uni ihre Professoren zur Weißglut gebracht, wenn sie entgegen jeder wissenschaftlichen Grundlage aus einem Bauchgefühl heraus auf ihrer Meinung beharrte. Wobei manche insgeheim zugeben mussten, dass es kein besseres Rüstzeug für eine werdende Journalistin gab. Jetzt, Mitte vierzig, war sie das schon lange geworden und ihre Berichte hatten genau die richtige Mischung aus Erfahrung, Recherche und Fingerspitzengefühl, die gute Reportagen auszeichnete.

Ihre andere, einfühlsame Seite kannte nur ihre Familie und ein paar Freundinnen. Dann konnte sie vollkommen still zuhören und tröstende Worte finden, auch wenn ihr selbst schon Tränen in den Augen standen. Oder sie sprang noch um Mitternacht ins Auto und fuhr von Salzburg nach München, weil sie ihre Tochter nicht erreichte, die dort studierte. Das waren die Momente, in denen sich Ruprecht seiner Schwester besonders nahe fühlte.

Er nahm die Ausfahrt nach Hallein, kam an derselben *Jet* vorbei, wo er vor zwei Nächten getankt hatte, fuhr aber dann nicht auf die Pernerinsel, sondern den Kai Richtung Süden und hinauf nach Gamp. Einige Minuten später hielt er vor der Einfahrt zur *Röhm Chemie.* Auf der Firmentafel prangte darüber das Logo aus den beiden silbernen Initialen *RC* und darunter stand: *Herstellung und Vertrieb dermatologischer Produkte.* Von der Straße aus sah man nur einen Teil des Geländes und die Dächer der tiefer liegenden Gebäude.

Ruprecht fuhr durch das Steintor, vorbei an einem nicht besetzten Pförtnerhaus mit offenem Schranken und weiter über eine kleine Kuppe. Nach fünfzig Metern endete die Zufahrtsstraße auf einem kleinen Parkplatz vor dem Firmensitz. Ruprecht hielt vor dem Gebäude, ließ Ella trotz Protestes im Auto und ging das Stück bis zur vorgebauten Terrasse. Von hier aus hatte man einen herrlichen Blick auf die weite Flussbiegung im Tal und die Gipfel der Salzkammergutberge dahinter.

Die Lage war erstklassig und die Gebäude strahlten Gediegenheit aus. Das Haupthaus war ein zweihundert Jahre alter Bauernhof, der einen Platz mit alten Bäumen umschloss und dessen Eingangsbereich durch einen modernen verglasten Anbau sehr geschmackvoll ergänzt worden war. Dahinter lagen verstreut einige neuere Gebäude, die man dem Stil des alten Hofes architektonisch so weit angeglichen hatte, dass sie eine harmonische Ergänzung bildeten.

Im Inneren öffnete sich der Empfangsbereich mit grob verputzten Wänden, hellem Steinboden und einer ausladenden Sitzgruppe aus cognacfarbenem Sattelleder. Gänge führten in verschiedene Richtungen, die den alten Hof mit den anderen Teilen der Produktion verbanden. Hier war offenbar der zentrale Punkt, an dem alles zusammenlief.

Eine junge Frau, die in der Mitte an einem Schreibtisch saß, erhob sich, als er eintrat, und kam zu ihm herüber. Er gab ihr die Karte, die er am Vortag von Sophia bekommen hatte, und ersuchte sie, ihn anzumelden. Sie nickte freundlich und verschwand über eine Treppe ins obere Geschoß.

Während er wartete, blickte sich Ruprecht fasziniert um. Durch seinen Job hatte er ständig in fremden Häusern zu tun und so gab es weniges, das ihn beeindrucken konnte, aber hier stimmte einfach alles.

»Danke, dass Sie sich herbemüht haben, Herr Chefinspektor.«

Sophia kam ihm von oben einige Schritte entgegen. »Bitte kommen Sie herauf.«

Er folgte ihr in einen gemütlichen Büroraum, der durch ein großes Sofa mit bunten Polstern und einer Bilderwand mit vielen gerahmten Kinderzeichnungen eher den Charakter eines Wohnzimmers hatte.

»Die sind von meiner Tochter«, sagte Sophia als sie seinen Blick bemerkte. »Sie ist zwölf und malt für ihr Leben gern.«

Sie bot Ruprecht einen Platz auf einem Fauteuil an, setzte sich selbst auf das Sofa und deutete auf einen kleinen Beistelltisch, auf dem eine Glaskaraffe mit bunten Mineralsteinen und Wasser drinnen stand. »Wenn Sie etwas trinken möchten …?«

Er lehnte dankend ab. »Verzeihen Sie wegen gestern, ich wollte nur sehen, wie es Ihrem Bruder geht und hätte Sie nicht im Spital belästigen sollen.«

»Im Gegenteil«, meinte Sophia, »mir tut es leid, dass ich nicht in der Lage war, Ihre Fragen zu beantworten und Sie dafür herkommen mussten.«

Sophia war nun ganz die selbstbewusste Geschäftsfrau und ließ sich die Angst um Jonas nicht anmerken.

Ruprecht winkte ab. »Ich wollte Sie sowieso besuchen und mir einen Überblick verschaffen.«

»Da schließt sich für mich natürlich sofort die Frage an, warum die Kripo ermittelt? Von unserer Polizei in Hallein bekam ich nur die Information, dass es ein Unfall wegen zu hoher Geschwindigkeit war. Gibt es dabei Ungereimtheiten?«

»Soweit ich es beurteilen kann, scheint nichts ungewöhnlich zu sein«, versuchte er sie zu beruhigen. »Und bitte verstehen Sie meinen Besuch nicht falsch, es gibt keine offizielle Ermittlung.«

»Aber Sie waren doch in der Nacht am Unfallort …«

»Das war reiner Zufall, ich kam wirklich nur auf dem Heimweg vorbei.«

Sophia schüttelte irritiert den Kopf. »Und warum sind Sie dann hier?«

»Es gibt da eine oder zwei Fragen, die für mich noch offen sind«, räumte er ein. »Nichts, was Ihnen Sorgen bereiten müsste, aber es sollten keinerlei Zweifel über den Hergang bestehen. Immerhin leiten Sie und Ihr Bruder ein bekanntes Unternehmen.«

»Also gut«, sie lehnte sich zurück und hob fragend die Arme. »Was möchten Sie wissen?«

»Erzählen Sie mir ein wenig über Ihre Familie und die Firma. Die hat Ihr Vater aufgebaut?«

»Eigentlich unser Großvater, wir führen sie in dritter Generation. Er hat sie bereits 1947 gegründet, da er nach dem Krieg in seiner damaligen Position – er arbeitete als einfacher Laborant in der Chemie – keine Fördergelder für Forschungen bewilligt bekam. Solche standen nur Unternehmen und der Universität zur Verfügung. Es blieb aber bis zu seinem Ausscheiden ein kleiner privater Betrieb, der Tinkturen gegen Verbrennungen für Spitäler herstellte. Erst mein Vater, der die Firma Anfang der Achtzigerjahre übernahm und bis vor einem Jahr geleitet hat, konnte ein spezielles Verfahren für die Erneuerung der Haut nach schweren Verletzungen entwickeln. Das war der Grundstein für unseren großen Erfolg. Es war Vaters Lebensprojekt, deshalb verbindet man mit der Röhm Chemie in erster Linie seinen Namen.«

»Sie sind aber sicher schon länger in die Geschäfte involviert, nehme ich an.«

Sophia nickte. »Ja, ich habe so wie Großvater Chemie studiert und nach meiner Karenz hier angefangen. Also vor zehn Jahren.«

»Und Jonas?«

»Der hätte Wirtschaftsjurist werden sollen, da unser Vater wollte, dass er einmal die kaufmännischen Geschäfte leitet und ich die wissenschaftlichen Bereiche übernehme. Jonas hat das Studium aber vorzeitig abgebrochen.«

»Und leitet die Firma mit Ihnen zusammen?«

»Nein, er ist nur Erbe.« Sophia war das spontan herausgerutscht. Nach einer Sekunde setzte sie deshalb erklärend hinzu: »Ich meine, wir haben den Betrieb von unserem Vater zu gleichen Teilen bekommen, und Jonas hat die gleichen Rechte bei allen Entscheidungen. Und bekommt das Geld, das er braucht. Nur interessiert er sich eben nicht für die Geschäftsführung und hat sie mir überlassen.«

»Das heißt, sie beide sind die einzigen Eigentümer?«

»Mehr oder weniger. Herr Doppler, seit ewigen Zeiten im Unternehmen und unser Produktionschef, hat einen Anteil bekommen. Er ist für mich eine große Hilfe und es war sein Verdienst, dass mich die älteren Mitarbeiter, die mich schon als Mädchen und Studentin gekannt haben, jetzt als Chefin akzeptieren.« Ihr Telefon summte. Sie blickte kurz aufs Display und stand auf. »Sind wir soweit durch? Ich müsste weg zu einem Termin.«

»Ja, danke! Ich will Sie keinesfalls aufhalten.«

»Dann begleiten Sie mich doch hinaus.« Sie holte ihr Notebook vom Schreibtisch und warf es gemeinsam mit dem Handy in eine große Umhängetasche, die auf einem der Besucherstühle lag.

Ruprecht stand ebenfalls auf, legte eine Visitenkarte auf den Tisch und folgte ihr auf den Flur hinaus. »Eine letzte Sache«, sagte er im Gehen. »Können Sie sich vorstellen, dass ihr Bruder Feinde hat?«

»Jonas?« Sie verhielt den Schritt und wirkte wirklich überrascht. »Sie kennen ihn nicht, aber die Antwort ist: nein! Er ist überall beliebt und ein großzügiger Mensch.«

»Es ist nur«, hakte Ruprecht ein und versuchte, den etwas zweifelhaften Ruf des jungen Röhm anzusprechen. »Man erzählt sich über ihn …«

Sie blieb auf der Treppe stehen und unterbrach ihn energisch. »Sie glauben doch nicht etwa das Geschwätz der Neider!?« Ihre Augen blitzten. »Haben Sie Geschwister?«

Ruprecht, von ihrem abrupten Stimmungswechsel überrumpelt, sagte darauf nichts, sondern nickte nur.

»Dann sollten Sie eigentlich wissen, dass solche Andeutungen unangebracht sind.«

Sie rauschte ohne weiteren Gruß hinaus. Eine halbe Minute später fuhr sie in einem silbernen Tesla – fast geräuschlos, aber ziemlich rasant – die Zufahrt zum Tor hinauf. Die Fahrweise lag anscheinend in der Familie.

Wie schon am Vortag im Krankenhaus vermutet, musste Sophia sehr an ihrem Bruder hängen. Ruprecht ärgerte sich, dass er so unsensibel gewesen war, den zweifelhaften Ruf von Jonas anzusprechen, und konnte ihre gereizte Bemerkung verstehen. Ginge es gegen seine eigene Schwester, würde er genauso sauer reagieren.

Etwas unschlüssig blieb er draußen stehen, entschied dann, sich kurz auf dem Gelände umzusehen, und holte Ella aus dem Auto. Sie umrundeten den Parkplatz und schlenderten ohne Ziel den Fahrweg entlang, an dessen Ende sich eine Halle mit mehreren Rolltoren befand – offenbar das Lager und die Auslieferung. Direkt hinter dem alten Bauernhaus mit der Verwaltung lag noch ein kleineres Gebäude, das über einen Verbindungstrakt aus Stahl und Glas mit dem Haupthaus verbunden war. Durch die Fenster sah man ins Labor, die Tür stand einen Spalt offen. Interessiert wollte Ruprecht hineingehen.

»Der Eintritt ist nur dem Personal gestattet«, sagte eine aufgebrachte Stimme.

Ruprecht drehte sich um. Hinter ihm stand ein Mann auf einem *Segway*. Er musste lautlos hinter ihm hergefahren sein, stieg ab und ließ das Zweirad an der Wand neben der Türe stehen.

»Darf ich fragen, was Sie auf dem Betriebsgelände zu schaffen haben?« Der kleine untersetzte Typ in seinem grauen Arbeitsmantel baute sich mit einem wichtigen Blick unmittelbar vor Ruprecht auf und deutete auf Ella. »Außerdem ist das Gelände hier Privatbesitz und keine Hundewiese!«

»Das habe ich auch nicht angenommen«, antwortete Ruprecht ungerührt auf die Frechheit und zog Ella, die leise knurrte, ein Stück zu sich.

»Können Sie sich ausweisen?«

»Können schon«, sagte der Chefinspektor, machte aber keine Anstalten, es zu tun.

Die Tür neben den beiden ging auf und ein Mann in einem dunklen Anzug kam heraus. Bevor der Kleine noch etwas sagen konnte, fiel ihm der andere, der die letzten Worte durch die nur angelehnte Türe offensichtlich gehört hatte, ins Wort.

»Ist gut, Franz! Ich mach das schon.« Dabei deutete er mit einer knappen Geste in Richtung der Auslieferung.

Der mit *Franz* Angesprochene warf Ruprecht einen giftigen Blick zu, griff sich sein Zweirad und rollte davon.

»Unser Lagerleiter ist manchmal etwas unsensibel, aber es kommen oft Fremde und machen Fotos auf der Terrasse wegen des Ausblicks«, wendete sich der im Anzug mit einer hohen, überheblich klingenden Stimme an Ruprecht. Er war einen halben Kopf größer. »Darf ich fragen, wer Sie sind?«

Ruprecht griff in die Jacke, nahm seinen Dienstausweis und hielt ihn dem Mann hin.

»Kriminalpolizei …?«, sagte dieser erstaunt. Er stieß die Tür zur Gänze auf und ließ den Chefinspektor eintreten, blockierte aber dahinter im Vorraum den Eingang zum Labor. »In den Arbeitsbereichen sind keine Tiere gestattet. Es ist wegen der äußerst strengen Hygienevorschriften in der Pharmazie – Sie verstehen. Womit kann ich Ihnen behilflich sein?«

»Ich wollte mir nur die Firma ansehen. Ich hatte vorher einen Termin bei Sophia Röhm«, sagte Ruprecht. »Und Sie sind …?«

»Erwin Doppler, ich leite die Produktion, bin aber als Vertreter der Geschäftsleitung natürlich auch für andere Belange zuständig«, kam es ziemlich arrogant zurück. »Wenn Sie bei Frau Röhm waren, dann kommen Sie wahrscheinlich wegen des Unfalls?«

»Ja, aber noch inoffiziell. Ich war nur zufällig Zeuge bei dem Geschehen.«

»*Noch* inoffiziell? Möchten Sie andeuten, es gibt einen Grund für Ermittlungen durch die Kriminalpolizei?«

»Derzeit sieht alles nach einem Unfall aus«, wich Ruprecht der Frage aus.

»Ich nehme an, es war sein Tempo?«

»Wie das Auto aussieht, auf jeden Fall.«

»Na ja, eine furchtbare Sache, aber Jonas ist leider sehr oft ungestüm unterwegs. Übrigens hat man mich heute früh wegen des Fahrzeugs angerufen, das steht auf dem Autoplatz in Hallein. Ich lasse es schnellstens abholen.«

»Da muss ich Sie um Geduld ersuchen. Vorerst brauchen wir es für eine Überprüfung.«

Doppler schüttelte verwundert den Kopf. »Aber Sie sagten gerade, es wäre ein normaler …«

»Ich muss trotzdem sichergehen und habe unsere technische Abteilung gebeten, sich den Mustang anzusehen. Ich denke, der Abschleppdienst sollte inzwischen darüber informiert sein.«

»Ich verstehe nicht, was Sie damit bezwecken? Wenn die Presse davon Wind bekommt, kann sich das negativ auf unser Unternehmen auswirken. Sie haben keine Ahnung, wie sensibel unsere Branche ist.«

»Keine Angst, wir haben Erfahrung mit sensiblen Dingen«, sagte Ruprecht nun selbst etwas von oben herab. »Ich habe das mit Ihrer Geschäftsleitung schon besprochen. Ich denke also, es ist in Ordnung?«

»Selbstverständlich«, erwiderte Doppler darauf spitz und sein zuvor bemüht höflicher Tonfall klang nun pikiert. »Ich meinte nur, wenn keine konkreten Verdachtsmomente vorliegen, gibt es für Sie keine Veranlassung …«

… herumzuschnüffeln, vollendete Ruprecht in Gedanken den offen gebliebenen Satz.

»Es ist mir ein Anliegen, alles zusätzlich Belastende von Sophia fernzuhalten«, fuhr Doppler bereits fort. »Schließlich hatten die Kinder mit dem Tod unseres Chefs schon genug am Hals und jetzt der tragische Unfall … Sie verstehen sicher, dass ich mich da wirklich schützend vor die beiden und die Firma stellen muss!«

»Die ja überdies zum Teil Ihnen gehört«, sagte Ruprecht spontan, um den überheblichen Doppler etwas aus der Reserve zu locken.

Der schaute kurz verblüfft, fing sich aber sofort und seine Stimme wurde hörbar unfreundlich. »Die paar Prozent waren lediglich eine kleine Anerkennung meines Chefs für dreißig Jahre verlässliche Mitarbeit. Und auch ohne diese hätte ich nur das Wohl des Unternehmens im Sinn. Außerdem verstehe ich nicht, was das mit dem Unfall zu tun haben soll.«

Getroffen, dachte Ruprecht, das ist sein wunder Punkt. Es war klar, dass Doppler damit meinte, für seine Treue und Erfahrung hätte er wesentlich mehr verdient als nur einige Prozente und sich selbst lieber als Nachfolger gesehen als die beiden Erben, die er äußerst unpassend als *die Kinder* bezeichnete.

»Falls Sie weiter nichts brauchen, würde ich Sie ersuchen, das Firmengelände zu verlassen!«, sagte Doppler knapp in die Stille.

Anstelle einer Verabschiedung drehte sich Ruprecht wortlos um, schob Ella aus der Tür nach draußen und ging zum Auto, ohne sich umzusehen. Er spürte förmlich Dopplers kalten Blick in seinem Rücken. Solche Typen wie diesen Produktionschef kannte er zur Genüge. Nach außen hin gaben sie sich verbindlich, aber in Wirklichkeit hielten sie sich für unfehlbar und suchten überall ihren Vorteil.

Wie hatte er gesagt? – Röhm senior, *unser Chef!* Er würde Sophia als Vorgesetzte nie für voll nehmen, auch wenn er sie glauben ließ, er wäre an ihrer Seite, dachte Ruprecht und startete den Volvo. In einem Punkt hatte Doppler allerdings recht, es war deren interne Angelegenheit und ging die Polizei wirklich nichts an.

6

Nach einem *Little Italy Toast* und einem kleinen Bier im *Motel One* kam Ruprecht zurück in die Alpenstraße und traf am Gang auf Frieda, die eben aus seinem Büro schoss.

»Ah, ich hab dich gerade gesucht«, sagte sie, winkte mit einem Notizblock und folgte ihm wieder ins Zimmer. »Ich wusste nicht, dass du weg bist.«

»Ja, bei den Röhms in Hallein, ich bin direkt von zu Hause aus hingefahren.«

»Trifft sich gut, ich hab dazu einiges für dich. Aber zuerst …«, sie riss ein Blatt aus dem Block und legte es vor Ruprecht hin. »Hier ist die Aktennummer!«

»Aber wieso? Es ist ja noch alles offen.«

»Wieland«, sagte sie spöttisch und verdrehte die Augen, »hat gemeint: Auch wenn es kein Fall ist, braucht alles seine Ordnung.«

Ruprecht lachte. »Und die hat eine Nummer!«

»Außerdem war es gut. Wie du wolltest, lässt Wöss das Fahrzeug vom Abschleppdienst für die Untersuchung zu uns überstellen. Da benötigen wir den Akt für die Übernahme der Kosten.«

Er schüttelte den Kopf über die Bürokratie und setzte sich an den Schreibtisch. »Also, was hast du?«

»Zunächst hab ich am Rudolfsplatz angerufen und mir vom Gericht die Angaben aus dem Firmenbuch ausheben lassen. Die sind gerade durchgekommen. Das Unternehmen wurde 1947 von Eduard Röhm als pharmazeutische Produktion eingetragen und erzeugt bis heute medizinische Produkte für die Wundbehandlung. Hauptsächlich leben sie von einem Präparat für die Regeneration von Bindegewebe nach Verbrennungen, das nur an Spitäler vertrieben wird.« Sie blätterte in ihren Aufzeichnungen. »Ja, derzeit gibt es drei Eigentümer – Sophia und Jonas Röhm mit je fünfundvierzig Prozent und die restlichen zehn hält ein Erwin Doppler aus Golling bei Hallein.«

»Weiß ich«, sagte Ruprecht. »Das ist der Produktionsleiter. Den hab ich im Werk gerade getroffen – sehr von sich eingenommen, scheint ein unguter Typ zu sein!«

»Und wenn sich die beiden Geschwister in einer Sache uneinig sind, in einer ziemlich mächtigen Position. Dann entscheiden nämlich seine Anteile über die Mehrheit.«

Ruprecht schaute nachdenklich, jetzt war klar, warum Doppler sich so aufspielte. »Den Rest der Firmengeschichte hat mir Sophia bereits erzählt.«

»Gut, dann zu Jonas: Die Details zur Aufnahme des Unfalls brauch ich dir nicht vorzubeten, da warst du sowieso dabei. Er liegt unverändert im Koma und kann uns nichts erzählen. Allgemein hört man aber, dass er seit dem Tod des Vaters in großem Stil lebt, das Geld beim Spielen in Casinos verjuxt und sich angeblich gern in fragwürdigen Etablissements der Rotlichtszene aufhält – vornehmlich über der Grenze. Wahrscheinlich damit es hier nicht so auffällt.« Sie ließ ihren Block sinken, blickte sich um, ob die Türe geschlossen war, und wurde leiser. »Das deckt sich zum Großteil mit seinen Handydaten. Ich habe da ohne richterlichen Beschluss nachgebohrt – also bitte behalt das für dich. Jonas war in der letzten Zeit mindestens dreimal die Woche in Berchtesgaden.«

»Am Abend des Unfalls?«

Frieda nickte.

»Demnach musste er in der Nacht am Dürrnberg vorbeikommen, der liegt genau auf seinem Heimweg.« Er stand auf und begann überlegend hin und her zu wandern. »Ausgerechnet Berchtesgaden! Da den Aufenthaltsort zu finden wird mühsam. Es gibt dort eine ganze Reihe von Bars und mehrere Spielhallen. Das Golf-Ressort, die Hotels … Und wer weiß, ob wir dafür die Genehmigung bekommen.«

»Das hab ich auch gedacht«, unterbrach sie ihn. »Aber zufällig ist der Sohn einer guten Bekannten beim technischen Journaldienst des Netzbetreibers und hat mir aus Gefälligkeit nachgeschaut. Offiziell können wir das natürlich nicht verwenden, aber das Handy hat sich regelmäßig bei einem Funkmast unterhalb der Marxenhöhe eingebucht. Da gibt es im Umkreis nur eine einzige Bar, die in Frage kommt – liegt etwas außerhalb. Sonst sind dort ausschließlich Privathäuser und Frühstückspensionen.«

Ruprecht blieb stehen und drehte sich zu ihr. »Du bist wirklich großartig!«, entfuhr es ihm bewundernd.

Frieda lächelte fast ein wenig verlegen. »Die Bar heißt *Midnight* und ist vermutlich ein Puff. Die Adresse hab ich dir aufgeschrieben.«

Sie schob ihm den Zettel über den Tisch und rauschte ab. Kaum war sie draußen, Ruprecht sammelte gerade ihre Notizen zusammen, kam Wöss herein.

»Frieda kommt mir entgegen und lächelt?«, äußerte der sich amüsiert. »Wie hast du das geschafft?«

»Hallo, Alex!« Ruprecht grinste. »War einfach, ich hab ihr gesagt, dass sie großartig ist.«

»Das stimmt, überhaupt wenn sie wieder von irgendwoher eine ihrer dunklen Köstlichkeiten auftreibt«, meinte Wöss schwärmerisch. »Sie hat mir erst unlängst die Adresse eines Webshops geschickt, dort gibt's eine Waldschokolade mit Arriba-Kakao aus Ecuador.«

Er teilte mit Frieda die Vorliebe für Bitterschokoladen – das einzige süße Laster des sonst sehr ernährungsbewussten Marathonläufers – und die beiden kamen darüber regelmäßig in ein begeistertes Fachsimpeln.

»Na, reiß dich wieder los«, holte ihn Ruprecht in die Realität zurück.

»Du hast keine Ahnung …« Wöss setzte sich in den Besuchersessel und klappte sein Notebook auf. »Wir haben uns die verschiedenen Splitter angesehen, die du mir gestern gegeben hast. Du liegst richtig – sie stammen von zwei Fahrzeugen. Die durchsichtigen sind eindeutig von dem Breitstrahler im Stoßfänger des Mustangs und die orangen sind von einem VW. Und wenn die nicht schon länger dort gelegen sind, was mir unwahrscheinlich erscheint, da die Bruchstellen ganz frisch aussehen, dann muss der Mustang den anderen noch unmittelbar vor dem Crash gestreift haben.«

Genau wie es mir beinahe mit dem Lieferwagen ergangen wäre, dachte Ruprecht, behielt seine fahrerische Erkundung aber für sich.

»Das Spannende sind die paar hellen Brösel, die wir unter dem Mist gefunden haben. Es sind feine Lacksplitter, und laut unserer Datenbank können sie eigentlich nur von einem älteren Passat B5 sein, das sind die letzten Modelle vor 2000. Das würde sich demnach gut mit dem Blinkerglas decken.«

»Das heißt zusammengefasst«, versuchte Ruprecht die Sache auf den Punkt zu bringen, »es muss ein zweites Fahrzeug an dem Unfall beteiligt gewesen sein und wir suchen einen Passat, Baujahr zwischen 96 und 99, in Weiß.«

»Korrekt. Und es ist Alpinweiß, um genau zu sein.«

»Das sollte kein größeres Problem darstellen, oder?«

»So sicher wäre ich da nicht.« Wöss wiegte bedenklich den Kopf. »VW gehört zu den meistverkauften Marken.«

»Aber so viele, die fünfundzwanzig Jahre alt sind, wird's doch nicht mehr geben.«

»Sag das nicht, von den dreihunderttausend Autos in Salzburg haben wir etwa sechzigtausend aus diesen Jahrgängen, und darunter gibt's sicher viertausend Passat, damals ein sehr beliebtes Auto. Und da reden wir nur von Salzburg! Ich schick die Daten der Analyse per Mail, sobald ich sie getippt hab und sag dir Bescheid, wenn wir den Mustang hier haben.«

Alex hat recht, überlegte Ruprecht, als Wöss gegangen war, so dicht an der Grenze könnte es genauso gut ein deutsches Fahrzeug gewesen sein, dann würde die Nachforschung ohne einen konkreten Hinweis sehr schwierig. Sogar mit Aktennummer … – er schmunzelte und Wieland fiel ihm ein.

»Demnach werde ich weitere Ermittlungen veranlassen«, sagte Ruprecht eine Stunde später in dessen Büro, nachdem er ihm einen kurzen Abriss der neuesten Erkenntnisse gegeben hatte, und konnte es sich nicht verkneifen, mit einem Augenzwinkern hinzuzusetzen: »In weiser Voraussicht hast du ja Frieda gestern schon angewiesen, einen Akt anzulegen …«

»Ich tue doch alles, um meinen Chefinspektor zu unterstützen«, versuchte der Oberst ebenfalls mit einer spöttischen Bemerkung zu kontern. »Damit geht es wieder einmal so, wie du wolltest. Obwohl nicht feststeht, dass es wirklich ein Fall für uns ist.«

Wieland war offensichtlich nicht wohl bei dem Gedanken, in einer angesehenen Familie der Salzburger Wirtschaft umzurühren, wie er es nannte.

»Bislang hast du schließlich nichts«, fuhr er fort. »Außer vielleicht ein paar winzige Splitter.«

»Ich brauche dich nicht an Fälle wie Jack Unterweger zu erinnern, bei dem ein einziges Haar auf dem Sitz seines Autos als entscheidender Beweis zur Anklage in neun Mordfällen gereicht hat. Dagegen sind meine Splitter …«

»Geschenkt«, meinte Wieland leicht verärgert. Den belehrenden Ton des erfahrenen Kollegen, den Ruprecht manchmal anschlug, vertrug er nur schlecht. »Die liegen dort vielleicht schon lange auf der Straße und wurden nur zufällig auf den Haufen gekehrt.«

»Das schließt Wöss aus. Er hat die Bruchstellen untersucht und sie sind frisch.«

»Apropos Wöss – habe ich richtig mitbekommen, dass er das Unfallfahrzeug beschlagnahmen ließ und es zur kriminaltechnischen Untersuchung hergebracht wird?«

»Ja – auf meinen ausdrücklichen Wunsch. Dabei wird sich hoffentlich herausstellen, dass wir mit unserer Theorie mit dem weißen Passat richtig liegen.«

»Aber auch dann könnte es am Ende nur eine gewöhnliche Fahrerflucht gewesen sein, und die Kollegen von der Polizeiinspektion Hallein werden sich über die Einmischung ärgern. Die haben den Unfallakt sicher bereits gemacht.« Wieland hob beschwörend die Hände. »Also bitte, findet etwas Handfestes. Und wenn nicht, dann beenden wir die Sache in ein paar Tagen wieder. Wir müssen uns um wichtigere Dinge kümmern.«

Am Ende eines Gesprächs benutzte Wieland diese Floskel gern, auch wenn keine anderen Fälle anstanden.

Ruprecht war froh, wieder draußen zu sein und ging die Treppe hinunter. Wenn es bei einer Sache nur ansatzweise um bekanntere Mitglieder der Gesellschaft ging, war es jedes Mal schwierig, Wieland von der Aufnahme der Ermittlung zu überzeugen.

Wenigstens hat er diesmal keine Bemerkung wegen Hanna oder der Presse gemacht, dachte Ruprecht. Er ging nicht in sein Büro, sondern direkt in die Kriminaltechnik zu Wöss. Der hing eben am Telefon und Ruprecht hörte, dass er wegen des Mustangs sprach.

»Kommt morgen, da bin ich schon gespannt«, sagte er, nachdem er aufgelegt hatte. »Du warst bei Wieland?«

Ruprecht nickte. »Ja, wir haben vorläufig grünes Licht, obwohl er sich wie üblich gewunden hat.«

»Dann fahr ich einmal mit den Tatortleuten hinauf zum Dürrnberg, vermutlich finden wir trotz der vergangenen Zeit und des Verkehrs noch was. Komm einfach mit.«

»Ich bin zwar eben erst aus Hallein gekommen, aber gern. Ich sag nur schnell Frieda Bescheid.«

Er lief den langen Gang in den vorderen Teil des Gebäudetrakts zu ihr, wo Ella bereits ungeduldig wartete und ihn erwartungsvoll anwedelte.

»Ja, wir gehen gleich«, sagte er zu ihr und wendet sich an Frieda. »Wir haben jetzt einen Fall zu dem Röhm-Akt … Also bitte ruf die Kollegen in Hallein an, dass wir alle Unterlagen möchten und versuche herauszufinden, wie viele alte VW Passat aus den Neunzigerjahren es bei uns im Land gibt – vorzugsweise mit Halleiner Kennzeichen.«

»Ich klemm mich dahinter«, meinte sie. »Worum geht's eigentlich? Wenn ich sag, dass wir als LKA offiziell übernehmen, brauchen wir ein bissel mehr als nur eine mögliche Fahrerflucht …«

»Lass dir was einfallen«, ersuchte er sie. »Unterlassene Hilfeleistung, Verdacht auf vorsätzliches Abdrängen, oder etwas in der Art. Nur bitte behalte das mit dem Passat für dich, da will ich zuerst die Bestätigung der Techniker haben.«

»Wenn wir von der Theorie ausgehen, dass Jonas irgendwer entgegengekommen ist, dann wäre exakt hier der Punkt, ab dem man ein Hindernis am Kurvenausgang bei der Kreuzung sehen kann.« Wöss deutete auf den Boden ein Stück vor ihnen. »Und zweiunddreißig Meter weiter beginnt die Bremsspur des Mustangs.«

»Das entspräche bei einer Sekunde für Reaktion und Ansprechen der Bremse demnach …« Ruprecht rechnete die Angabe mit dem Handy um. »115 km/h – das passt genau!«

Wöss wickelte das Messband auf. Sie standen am Dürrnberg knapp vor der Unfallstelle. Einiges von den Spuren war trotz des schon darübergerollten Verkehrs noch zu sehen und die Beamten der Tatortgruppe hatten ein paar Metallteile und herumliegende Glasstücke sichergestellt. Ein größeres oranges Stück, diesmal eindeutig von einem Blinker, war ebenfalls dabei.

»Ist eigentlich für die Kurve gar nicht so schnell, sollte man glauben. Ein Mustang muss das locker schaffen, sogar wenn die Straße etwas feucht ist. Und ein halbwegs geübter Fahrer, wovon ich bei so einem Auto ausgehe, würde ihn bei diesem Tempo in der Spur halten können. Es muss also einen zweiten Beteiligten geben.« Wöss klang nachdenklich, als sie zurückgingen. »Ich frage mich, warum Jonas das Licht nicht beachtet hat. Es gibt auf der Strecke keine Straßenbeleuchtung, man sieht den Lichtschein eines Entgegenkommenden nachts schon lange, bevor er um die Kurve kommt.«

»Weil die Scheinwerfer davor vielleicht gar nicht an waren und erst im letzten Moment aufgedreht wurden.«

»Dann kann der andere nicht gefahren sein«, Wöss blieb stehen und schaute Ruprecht an. »Es war stockdunkel. Das würde bedeuten …«

»Er ist dort gestanden und hat gewartet.«

7

Kurz vor der Einfahrt nach Berchtesgaden bog Ruprecht am nächsten Morgen beim großen Parkplatz in den Metzenleitenweg, der in mehreren scharfen Kehren hinauf zur Marxenhöhe führte. Er wollte sich von der Bar, wo Jonas den Abend vor seinem Unfall verbracht hatte, selbst ein Bild machen. Auf der Homepage hatte er gesehen, dass sich dort Mädchen anboten, die jeden Wunsch in diskret buchbaren Zimmern erfüllten – Friedas Vermutung stimmte also. Das Lokal war täglich ab elf am Vormittag geöffnet. Er sah auf die Uhr – bereits halb vorbei, die Leute mussten schon da sein.

Für das kurze Stück von der Grenze bis hierher war er fast eine Viertelstunde unterwegs gewesen. Über Nacht hatte es einen Kälteeinbruch gegeben und das feine Nieseln im Salzkammergut war mit jedem Kilometer mehr zu einem dichten, kalten Regen geworden. Die umliegende Bergwelt versteckte sich hinter den ziehenden Schauern in einer grautrüben Suppe.

Bei dem alten Volvo, der kein ausgeklügeltes Belüftungssystem und keine Klimaanlage besaß, beschlugen bei diesem feuchten Wetter regelmäßig die Innenseiten der Fenster. Mit leisem Fluchen wischte Ruprecht alle paar Minuten über die Frontscheibe, um die Sicht einigermaßen frei zu bekommen. Dabei drohte er der alten Karre, dass ihre Stunden gezählt seien, was aber nicht ernst gemeint war.

Entlang des Weges hinauf zur Marxenhöhe standen prächtige Berghöfe, neu errichtete Pensionen und renovierte Bauernhäuser, manche mit den traditionellen Steinen auf dem Dach und für den Fremdenverkehr ausgebaut. Bei einigen liefen jetzt die Dachrinnen über, die Frühstücksterrassen standen knöcheltief unter Wasser und die Rinnsale nahmen das aufgeweichte Erdreich mit auf die Straße, wo es verästelte braune Schlieren über die Fahrbahn zog.

Ruprecht hatte in manchen Kehren Mühe, den Volvo trotz des glitschigen Asphalts und der schlechten Sicht sauber um die Kurve zu bringen. Mit viel Glück bemerkte er bei der letzten Abzweigung das Zufahrtsschild in einen Weg, der ein Stück weit auf eine Lichtung führte. Am Waldrand gegenüber stand ein Gebäude. Gegen die stattlichen Häuser an der Straße wirkte es wie ein Fremdkörper. Ein grauer Klotz mit Wellblechdach und dem Charme eines Baucontainers, daneben eine blanke Betonfläche für die Fahrzeuge, ein Funkmast für Handys – das *Midnight.*

Die Leuchtreklame, die den Namen des Etablissements und dahinter eine Art Rose formte, strahlte bei Dunkelheit vermutlich in Rottönen. Nun war sie abgedreht und mit den rostigen Haltestreben, die man bei Tageslicht sah, passte sie genau ins übrige Ambiente.

Dass diese Amüsierläden unter Tags immer eine derartig traurige Ausstrahlung haben müssen, dachte Ruprecht und erinnerte sich an einen Besuch im Wiener Prater. Er war noch Volksschüler und mit seiner Mutter in Wien zu Besuch bei einer Freundin gewesen. Sie übernachteten dort, und bevor sie am nächsten Morgen zurück nach Salzburg fuhren, meinte die Mutter, sie müsse ihm den berühmten Wurstelprater zeigen.

Es war eine herbe Enttäuschung. Das Wetter hing trüb über der Stadt, die Spaziergänger mit Hund, denen sie unterwegs begegneten, machten unfreundliche Gesichter, und die Autodrome und Hochschaubahnen waren alle geschlossen. Vor den Getränkebuden lungerten einige Übriggebliebene herum, die versuchten, mit einem ersten Bier und einer Zigarette den Kater der letzten Nacht zu vertreiben. Sogar das Riesenrad, sonst unablässig zur immer gleichen Walzermusik seine Runden drehend, stand regungslos und mit leeren Waggons vor den grauen Wolken.

Das *Midnight* erweckte in ihm den gleichen Eindruck. Es strahlte eine Tristesse aus, die gut in den amerikanischen Mittelwesten gepasst hätte. In der Stimmung auf den endlosen Highways würde Ruprecht so ein Schuppen sogar gefallen. Er mochte karge Gegenden und einsame Bauten, die ihn an *Lost Place*s erinnerten, als Fotomotiv auf Urlaubsreisen, aber hier fand er es einfach nur scheußlich.

Als er auf etwa achthundert Höhenmetern am Parkplatz der Bar ausstieg, fröstelte ihn. Es war unangenehm feuchtkalt und auf den Rasenstreifen zwischen den Abstellplätzen lag etwas pappiger Schnee. Er ließ Ella bei dem Sauwetter im Auto und lief die paar Meter bis zum schützenden Vordach mit seiner Jacke als Regenschutz über dem Kopf.

Als er um die Ecke zur Vorderseite ging, schüttelte er die Nässe ab und stieß beinahe mit einem Mann zusammen, der dort breitbeinig stand. Vermutlich hatte er das Auto kommen gehört und sich, den Weg sperrend, bereits neben dem Eingang des Lokals aufgebaut. Ruprecht sah hoch und in ein breites, von unzähligen Stunden unter dem Solarium gelbbraun gegerbtes Gesicht mit kurzen blondierten Haaren darüber. Der Mann war bestimmt an die Einsneunzig, steckte in einem grauen Trainingsanzug und füllte den Hoodie mit der Aufschrift *Dynamite* zur Gänze aus. Sein Bizeps war etwa so groß wie sein Kopf. Er hob mit einer überheblichen Geste die Hand.

»Wir hob'n no zua!«, meinte er mit schwerem Akzent. Der Bodybuilder war eindeutig Wiener.

»Das seh ich«, entgegnete Ruprecht knapp.

»Nau daun«, meinte der andere und deutete wieder Richtung Parkplatz. »Zisch ob! De Madl'n brauch'n amol a Paus'n.«

»Von denen will ich nichts, ich möchte zum Besitzer«, sagte Ruprecht und sein Ton wurde messerscharf. »Also melden Sie mich gefälligst an oder lassen mich durch.«

Er kannte solche Typen zur Genüge, die sich überall großspurig als Securitys aufspielten und Spaß daran hatten, andere durch ihre bloße Masse einzuschüchtern. Ihn widerten sie nur an. In Wahrheit waren viele das genaue Gegenteil von Sicherheitsleuten – unbeweglich, bekamen asthmatische Zustände, wenn sie ein Stück laufen mussten und hatten keinerlei Erfahrung mit echten Konflikten.

»Nau hallo!«, dröhnte der Fleischberg, als Ruprecht vorbei wollte und versuchte, ihn am Arm zu erwischen.

»Was ist denn los mit dir, Karli?«, kam es im selben Augenblick durch die Türe. »Du wirst doch nicht unseren Besuch verärgern …«

Der Typ, weniger als die Hälfte von *Karli,* war gleichfalls keine Vertrauensperson. Er hatte seine längeren Haare zu einem Pferdeschwanz am Hinterkopf zusammengebunden, trug eine Brille mit getöntem Verlauf und steckte in einer hellen Lammfellweste. Das Hemd darunter war stilsicher bis zum dritten Knopf offen.

»Es verlangt Sie also nach dem Chef. Was kann ich für Sie tun?«, fragte er und legte den Kopf zur Seite.

»Chefinspektor Ruprecht von der Kripo in Salzburg.« Ruprecht hielt ihm seinen Dienstausweis vors Gesicht. »Ich hätte nur ein paar Fragen zu Dienstagabend.«

»Nur ein paar Fragen …?«, wiederholte der andere gedehnt und musterte Ruprecht mit einem Blick über seine Brille. »Sind Sie nicht sehr weit weg von zu Hause, Herr Inspektor?«

»Es dauert nicht lange«, sagte Ruprecht darauf, ohne auf die Frechheit einzugehen.

»Ich weiß nicht, ob ich das überhaupt darf?« Der Mann versuchte es mit einem spöttischen Unterton und fuhr sich dabei wie nachdenklich übers Kinn. »Ihr Österreicher habt bei uns in Bayern doch keine Befugnisse.«

Du kennst dich aus und hast bestimmt Erfahrung mit der Polizei, dachte Ruprecht, aber das Spielchen spielst du mit mir nicht, mein Freund. Er beugte sich vor.

»Sehr richtig, darum wollte ich nur ganz privat nachfragen. Aber ich will Sie nicht stören und komme später mit den Beamten vom LKA in Rosenheim nochmals her, die freuen sich sicher.« Ruprecht klang ganz beiläufig. »Am besten wir nehmen gleich die Kollegen von der Einwanderungsbehörde mit, da geht dann alles in einem und wir brauchen Sie nicht mehrmals belästigen …«

Für einen Atemzug herrschte Stille, dann meinte der andere mit einem säuerlichen Lächeln: »Aber bitte, wenn Sie schon einmal da sind, dann wollen wir nicht so sein. Wenn ich irgendwie helfen kann, spreche ich selbstverständlich gern mit Ihnen.«

Er hob die Arme und deutete einladend ins Haus hinein. Im Umdrehen machte er eine knappe Bewegung mit dem Kopf in Richtung Karli. Der brummte etwas Unverständliches auf Wienerisch und trollte sich mit schwerem Schritt hinters Haus.

»Dienstagabend, sagten Sie? Was soll da Besonderes gewesen sein?«, fuhr der Barbesitzer drinnen fort. Er verscheuchte einen jungen Mann, der an der Schank Gläser sortierte, und ging selbst hinter die Theke. Es hatte den Anschein, als wolle er sich damit einen schützenden Abstand zu Ruprecht verschaffen. »Möchten Sie was trinken?«

»Ein kleiner Espresso wäre nicht schlecht«, bejahte Ruprecht und sah sich um. Das Lokal bestand aus einem einzigen großen Raum mit einem Podium in der Mitte und der langen Bar an der Längsseite. An den drei restlichen Wänden gab es halbrunde

Nischen mit Tischen und Bänken, die meisten gerade groß genug für zwei oder drei Personen. Auf dem Podest waren zwei Stangen fürs Poledance montiert, darüber hingen Scheinwerfer mit bunten Streuscheiben und eine silberne Spiegelkugel. »Gehört Ihnen die Bar?«

Der mit dem Pferdeschwanz nickte, stellte den fertigen Kaffee auf die Theke und zeigte auf den Schriftzug *Simon Pachler's Midnight* über der Getränkeliste hinter der Bar. »Ich bin der Pachler und hab den Club seit vier Jahren.«

Das *Club* hatte er extra betont, die Bezeichnung sollte sein Lokal über eine normale Rotlichtbar hinausheben. Ruprecht ließ ihn etwas dunsten. Er zuckerte den Espresso, rührte in aller Ruhe um und suchte dann auf dem Handy das Foto von Jonas, das er sich von der Homepage der Röhm Chemie heruntergeladen hatte. »Kennen Sie ihn?«

Pachler warf nur einen kurzen Blick darauf. »Sicher, ist einer unserer Stammgäste.«

»Ist er oft hier?«

»Ja, schon.«

»Wie oft?«

»Dreimal die Woche, manchmal öfter.«

»Auch letzten Dienstag?«

»Kann ich nicht sagen, ich führe nicht Buch darüber.« Er wusste nicht so recht, was er sagen sollte. »Wahrscheinlich schon, aber ich bin nicht dauernd da.«

»Gibt es eine Überwachungskamera?«

Pachler schüttelte den Kopf.

»Nicht einmal auf dem Parkplatz?«

»Nein. Warum interessieren Sie sich für ihn?«

»Er ist gegen einen Felsen gefahren.«

»Ich versteh nicht …?«, wunderte sich Pachler. »Was hat das mit mir zu tun?«

»Ein Autounfall, ein ziemlich schwerer. Und es war auf seiner Heimfahrt von Ihrem *Club.*«

»Und?«

»Es hat ihn schwer erwischt. Er liegt im Koma und wird wohl eine Zeit nicht kommen.«

»Schade, war ein guter …« Er unterbrach sich. »Ich wollte sagen: Tragisch, ich hoffe es geht ihm bald besser.«

Ruprecht war näher gerückt. Er hatte schnell und ansatzlos gesprochen, um sein Gegenüber in die Enge zu treiben. Pachler blieb jedoch teilnahmslos und klang vollkommen desinteressiert. Jemand, der so reagierte, hatte mit der Sache wahrscheinlich nichts zu tun, das wusste Ruprecht aus vielen Befragungen und schaltete einen Gang zurück.

»Trinkt er viel? Oder nimmt er Drogen?«

Pachler schüttelte energisch den Kopf. »Nicht bei mir! Nein, er kommt hauptsächlich wegen des Mädchens her.«

»Ein bestimmtes?«

»Kann man sagen …« Pachler grinste. »Rita – er ist vernarrt in sie.«

»Eine Tänzerin?«

»Nein, eines der Animiermädchen.«

»Ist sie da? Ich muss mit ihr sprechen.«

Pachler sah ein, dass es keinen Sinn hatte, sich querzulegen. Er deutete mit dem Kopf in eine Ecke des Lokals, in Richtung der Tür mit der Aufschrift WC. »Gleich hinter den Toiletten die Treppe, der zweite Raum.«

Ruprecht ging nach hinten und an den beiden Klotüren vorbei die Stiegen hinauf. Sehr einladend, dachte er. In dem schmalen Gang im ersten Stock gab es vier Zimmer hintereinander. Er klopfte wie angegeben beim zweiten.

Ein Mädchen, sicher nicht älter als zwanzig, öffnete. Sie lehnte sich in den Türrahmen und blinzelte ihn an.

»Na, du bist aber zeitig dran«, sagte sie und versuchte ihre Stimme verführerisch klingen zu lassen.

»Rita?«

»Ja, komm rein!« Sie drehte sich um und ging voraus ins Zimmer, so groß wie ein Kabinett und außer einem breiten französischen Bett nur mit einem Plüschsessel und einer Kleiderablage möbliert. Gegenüber der Ablage war eine winzige Badenische, die praktisch nur aus einer Dusche und einer Waschmuschel bestand. Die Jalousien waren geschlossen und unter dem Fenster blies ein Elektroventilator geräuschvoll heiße Luft in den kleinen Raum, der dementsprechend überheizt war.

Rita, oder wie sie tatsächlich heißen mochte, war eine bildhübsche junge Frau mit kurzen dunklen Haaren und einem zarten schmalen Gesicht. Sie trug nur einen dünnen Morgenmantel – der gerade soviel durchscheinen ließ, dass man ihre Figur erahnen konnte – und sah nicht wie eine der üblichen Prostituierten aus.

»Wie hättest du's gern?«, fragte sie, kam auf ihn zu und ließ den Mantel wie zufällig ein Stück weit aufgehen.

»Ich komme nur, um mit Ihnen zu sprechen«, sagte Ruprecht und machte einen Schritt zur Seite. »Ich bin von der Polizei in Salzburg.«

»Polizei …?« Sie wandte sich überrascht ab und wirkte sofort erheblich unsicherer.

»Keine Angst, ich komme wegen Jonas Röhm«, versuchte er sie zu beruhigen und wollte ihr das Foto auf dem Handy zeigen, falls sie seinen Namen nicht kannte.

»Nicht nötig«, wehrte sie ab. »Ich weiß, wer Jonas ist. Hat er Probleme, ist was passiert?«

»Ja, aber könnten Sie vielleicht …« Er deutete auf ihren Morgenmantel, der noch immer offen stand und seinen Blick gegen seinen Willen anzog.

»Entschuldigung«, murmelte Rita, setzte sich aufs Bett und wickelte sich in die Decke ein.

Ruprecht nahm den Plüschsessel und lehnte sich nach vorn auf die Knie, um auf Augenhöhe mit ihr zu sein. »Jonas hatte am Dienstag nach seinem Besuch in der Bar einen Unfall.«

»Mit dem Auto? Schlimm?« fragte sie und sah ihn verstört an.

»Leider ja.« Ruprecht fühlte ihre Betroffenheit und senkte die Stimme. »Er liegt ohne Bewusstsein im Krankenhaus. Es sieht nicht gut aus.«

Im Zimmer wurde es still. Rita starrte ihn an und Ruprecht schien es, als bekäme sie tatsächlich feuchte Augen.

»Ich hab schon befürchtet, dass etwas passiert ist«, sagte sie. »Weil er war weder am Mittwoch noch gestern da.«

»Ich möchte nicht indiskret sein, aber es klingt, als läge Ihnen viel an ihm.«

Sie wischte sich über die Augen. »Jonas ist kein normaler Kunde …«, sagte sie stockend und wurde leise. »Also eigentlich ist er gar keiner mehr.«

Ruprecht hörte still zu. Er spürte, dass sie sich etwas von der Seele reden wollte.

»Wir kennen uns schon über ein Jahr. Anfangs war es ganz normal, wie bei jedem anderen. Doch dann wurde es mehr und Jonas kam öfter, meist unter der Woche – da ist weniger Betrieb und wir haben mehr Zeit. Er bezahlt jedes Mal voll, auch wenn wir stundenlang nur reden. Und unlängst waren wir spazieren – also privat, außerhalb des Clubs.« Ihr begannen jetzt Tränen über die Wangen zu laufen. »Wir haben Pläne geschmiedet. Er hat gemeint, er würde bald zu einem Haufen Geld kommen und wir könnten …«

»Hat er gesagt, woher?«, hakte Ruprecht sofort ein.

Sie schüttelte den Kopf. »Nein, nur dass es dann endlich sein eigenes ist und er nicht mehr in der Firma oder bei seiner

Schwester darum betteln muss, weil das ganze Erbe in dem Unternehmen steckt. Er hasst die Kontrolle!«

»Möchten Sie gemeinsam mit ihm weggehen?«

»Keine Ahnung«, sie zuckte mit den Achseln und schnäuzte sich. »Es ist nicht so konkret … einfach zusammen sein, weil er ein so toller, lebendiger Typ ist. Egal wo, das geht überall. Hat der Unfall was mit der Kohle zu tun?«

»Kann ich nicht sagen.« Er stand auf und stellte den Sessel wieder zurück. »Ich bin gerade dabei festzustellen, ob er nur zu schnell gefahren ist oder ob jemand nachgeholfen hat«

»Und wenn es so ist, erwischen Sie ihn?«

»Ich denke schon.«

»Erfahr ich es?«

»Ja gern, sobald alles geklärt ist«, meinte er. »Nur über laufende Ermittlungen …«

»Ich weiß, den Spruch kenn ich vom Fernsehen«, sagte sie, wickelte sich aus der Decke und blieb dicht vor ihm stehen.

»Heißen Sie wirklich Rita?«, fragte Ruprecht, der die Türschnalle schon in der Hand hatte, nach einem Augenblick der Stille.

»Emilia«, antwortete sie. »Emilia Schwarz.«

»Gefällt mir besser.« Er öffnete die Türe.

»Mir auch«, sagte sie und schob ihn sanft hinaus.

8

Ruprecht glaubte Emilia. Sie schien verliebt zu sein oder sich zumindest in ihrer Phantasie in die heile Welt einer normalen Beziehung hineinzuträumen. Und auch Jonas war sie sicher nicht gleichgültig, immerhin hatte er ihr von der Erbschaft erzählt und sich wegen seiner Schwester ausgeweint.

Was das betraf, gab es jedenfalls zwei gegensätzliche Sichtweisen – die Meinung von Sophia, ihr Bruder hätte die gleichen Rechte und würde alles bekommen, was er braucht, und die von Jonas, er stünde unter einer ständigen Kontrolle durch sie und die Firma. Wobei mit *Firma* nur der Produktionsleiter Doppler gemeint sein konnte. Diese Konflikte, wenn ein Unternehmen an mehrere Erben ging, kannte Ruprecht aus einigen seiner Fälle. Oft genug lösten die Differenzen einen Hass bei den Betroffenen aus, der am Ende in Gewalttaten endete.

Was aber konnte Jonas nur mit dem *Haufen Geld* gemeint haben, den er bald bekommen und der ihm dann alleine gehören würde. Diese Bemerkung von Emilia warf möglicherweise ein neues Licht auf die Sache. War Jonas in dubiose Geschäfte verstrick? Waren sie der Grund für einen möglichen Mordversuch?

Ruprecht war auf dem Weg zurück nach Salzburg und versuchte die verschiedenen Äußerungen zu einem Geflecht zusammenzuknüpfen. Dabei erwischte er sich, den Vorfall nicht mehr als Unfall zu betrachten. Etwas in der Sache hatte sich durch den Besuch verändert. Er war froh, in der Bar gewesen zu sein und mit Emilia gesprochen zu haben.

Im Job nannte sie sich Rita …!, fuhr es ihm in den Sinn, ein furchtbarer Name für so ein hübsches junges Mädchen. Eine Weile dachte er noch an die Begegnung zurück und versuchte, das Bild von ihr im durchsichtigen Morgenmantel zu verdrängen.

Der Verkehr auf der Tauernautobahn lief sehr zäh und stockte nun plötzlich ganz. Unvermittelt musste Ruprecht heftig bremsen und konnte nur mit Mühe ein Auffahren vermeiden. Das brachte ihn zurück in die Realität. Ella wäre um ein Haar vom Rücksitz gefallen und bellte vor Schreck laut auf.

»Sorry! Ich weiß, wir hätten besser die Bundesstraße nehmen sollen. Ist aber am Freitag zu Mittag nicht viel besser. Jetzt, wo das Wetter wieder schöner wird, sind um die Zeit alle unterwegs.«

Sein Handy surrte – eine SMS war gekommen. Da sie sowieso standen, holte er es aus der Jackentasche. Die Nachricht war von Agnes aus der Gerichtsmedizin: *Blutbefund Röhm fertig!*

Ruprecht schmunzelte, ihr Telegrammstil amüsierte ihn. Er schrieb genauso knapp zurück: *Hole ihn Nachmittag!*

Er steckte das Mobiltelefon wieder ein, sah dabei zufällig auf die Anzeige mit der Aufschrift *TEMP* auf dem Armaturenbrett und zuckte zusammen – sie stand mitten im roten Bereich, das Wasser kochte bestimmt schon! Seit Hallein waren sie nur langsam vorangekommen und er hatte in seinen Überlegungen nicht auf das Kühlwasser geachtet. Die alte Amazone vertrug das *Stop-and-go* schon immer schlecht, aber seit er die Wasserpumpe getauscht hatte, überhitzte sie regelmäßig. Er hätte doch keinen günstigen Nachbau nehmen sollen.

»Bis hinein nach Salzburg schaffen wir's nicht mehr. Wir müssen eine Pause einlegen«, sagte er nach hinten. Er ärgerte sich über seine Sparsamkeit und beschloss, endlich eine Originalpumpe zu besorgen.

Er nahm die Abfahrt bei Puch, fuhr direkt zur Tankstelle daneben, stellte den Motor ab und wartete, bis die Temperatur wieder etwas gesunken war. Dann füllte er ein wenig Kühlwasser nach. Er ließ den Volvo auf der *Agip* stehen – an das *Eni* hatte er sich sogar nach zehn Jahren nicht gewöhnt – und nahm Ella an die Leine. Es war gleich eins, er verspürte Hunger und der Blick über die Straße löste sofort riesigen Appetit auf einen saftigen Burger aus.

Auf der anderen Seite des Kreisverkehrs gab es ein kleines modernes Restaurant, einen Insidertreff für Biker. Dementsprechend herzhaft waren die servierten Gerichte. Ruprecht mochte das Lokal und nutzte hier öfters die Gelegenheit auf einen Imbiss. Auf der Sonnenterrasse würde er heute nicht sitzen können, aber zumindest hatte der Regen aufgehört.

Gerade als er einen griechischen *Hellasburger mit Schafkäse* und ein kleines Bier bestellt hatte, rief Konstanze an.

»Ich bin schon in Salzburg. Ich hab ein paar Besorgungen und hol dich dann ab«, sagte sie. »Du hast hoffentlich nicht vergessen, dass wir heute am Abend im Rupertinum bei der Eröffnung sind!«

Natürlich hab ich, dachte er.

»Nein, natürlich nicht«, sagte er laut. »Ich muss aber noch auf die Gerichtsmedizin und werde erst so gegen vier im Büro sein.«

Um dem dichten Nachmittagsverkehr auszuweichen, war er nicht mehr zurück auf die Autobahn gefahren, sondern nahm die Bundesstraße nach Aigen. Hinter dem Kapuzinerberg und am Bahnhof vorbei, umrundete er die Altstadt in einem Bogen nach Mülln hinüber zur Gerichtsmedizin und Forensik. Die lagen in der Uni-Klinik, angeschlossen an die neurologischen und psychiatrischen Abteilungen.

Wie jedes Mal bei seinen Besuchen hatte Ruprecht auch heute wieder dieses eigenartige Gefühl, als er hinter der Einfahrt nach links zu dem Pavillon abbog. Er parkte an der Seite neben der Zufahrt und ging die letzten Schritte zu Fuß. Ella nahm er trotz des Hundeverbots im Spitalsbereich mit. Er sah nicht ein, was es den Leichen in den Kühlboxen schaden sollte, wenn sie mit ihm bei Agnes im Büro saß.

Mit Agnes Steiner, der leitenden Gerichtsmedizinerin, verband ihn eine jahrelange berufliche Beziehung. Sie war eine anerkannte Kapazität, unterrichtete das Fach an der Uni und er verließ sich bei seinen Fällen meistens ohne jeden Vorbehalt auf ihre Meinung. Etwas älter als Ruprecht, sprühte sie trotzdem vor jugendlicher Energie und steckte meist in engen Jeans und Turnschuhen.

Fast gleichzeitig hatten die beiden in Salzburg begonnen – Agnes kam als Forensikerin vom angeschlossenen Institut in Linz und Ruprecht übernahm die Stelle im Salzburger Kriminalamt. Für ihn, der davor längere Zeit im Wiener Drogendezernat verbracht hatte und für den der Umgang mit dem Tod damals noch nicht zum Alltag gehörte, war die junge Ärztin anfänglich eine große Hilfe – und außerdem sehr attraktiv.

Es gab einen kurzen Moment in ihrer Anfangszeit, wo es fast mehr als kollegial geworden wäre. Es war der erste Fall, den er in Salzburg übernahm. Eine junge Autostopperin war von einem LKW-Fahrer mitgenommen und in einem Waldstück der Antheringer Au brutal vergewaltigt worden. Nach der Tat hatte er sie mit ihrem Slip erdrosselt – einen Tag vor ihrem siebzehnten Geburtstag. Ruprecht kam genau dann in den Obduktionssaal, als Agnes sie auf dem Tisch hatte. Er schob die Tür zur Seite, das Mädchen lag mit geöffneter Brust vor ihm und starrte aus gebrochenen Augen genau in seine Richtung. Das Erlebnis ging ihm als jungem Ermittler deutlich an die

Substanz. Alle späteren Leichen seiner Laufbahn betrachtete er mit einem professionellen Abstand, nur dieses Bild verfolgte ihn bis heute.

Agnes, die das sofort bemerkt hatte, packte zusammen und lud ihn auf einen Drink ein. Als die beiden schließlich in den Morgenstunden und mit mehreren Whiskys intus in ihrer Wohnung landeten, schliefen sie völlig geschafft Arm in Arm auf der Couch im Wohnzimmer ein. Am nächsten Tag – sie hatten kräftigst verschlafen – gab es nur eine kurze Verabschiedung, dann fuhren beide in den Dienst und betrachteten den vergangenen Abend als peinliche Angelegenheit. Ihr war es unangenehm, weil sie zuviel getrunken hatte und ihm, weil er eingeschlafen war. Längere Zeit wurde das Thema danach in einem stillen gegenseitigen Einverständnis nicht berührt.

Inzwischen waren sie gut befreundet und konnten schmunzeln, wenn sie an den Abend vor fünfzehn Jahren zurückdachten. Es hätte sowieso nicht funktioniert, sagten sie sich, obwohl beide es in gewisser Weise bedauerten.

Ruprecht öffnete die Tür in das schmucklos weiß verputzte Haus, das nüchtern zwischen den anderen Gebäudeteilen lag. Die Abteilung besaß eine eigene Zufahrt und der Eingangsbereich war aus Gründen der Pietät mit einem Vordach überdeckt, damit den anderen Patienten des Krankenhauses der Blick auf das Ankommen der Leichen erspart blieb.

Im Inneren war es kühl, was auch mit den gefliesten Wänden und der kalten hellen Beleuchtung zu tun hatte. Entlang der Seitenwand standen zwei Scherenwagen mit Zinksärgen darauf. Instinktiv zog Ruprecht seine Jacke enger und Ella, die gern etwas herumgeschnüffelt hätte, näher zu sich. Er fand den ganz speziellen Geruch in den Räumen, eine Mischung aus den Ausdünstungen der Verwesung und der ätzenden Note der Desinfektionsmittel, jedes Mal aufs Neue unangenehm. So roch nur der Tod – unverkennbar und für ihn mit nichts anderem zu vergleichen.

Er warf einen suchenden Blick nach Agnes in den Obduktionssaal mit den blitzenden Nirostatischen unter den OP-Leuchten. Er fand ihn leer, also ging er weiter bis zu dem Büro am Ende des Gangs mit ihrem Namensschild.

Sie diktierte gerade einen Befund aufs Band und unterbrach, als er eintrat.

»Hallo, Martin«, sagte sie und begrüßte Ella, die sofort auf sie zugelaufen war.

»Soll ich warten, bis du fertig bist?«, fragte er und deutete auf das Aufnahmegerät.

»Nein, das dauert zu lange und außerdem fehlen mir sowieso einige Daten. Magst du Kaffee?«, fragte sie und stand auf, ohne die Antwort abzuwarten. Sie ging hinüber zur Anrichte neben dem Fenster, wo die Espressomaschine ihren Platz zwischen bunten Ordnern hatte.

»Es war nicht ganz einfach, die Kollegen auf der Intensiv von der Blutprobe zu überzeugen«, sagte Agnes und schmunzelte, als sie nach dem üblichen Smalltalk beim Kaffee saßen. »Die meinten, er wäre noch kein Fall für die Pathologie.«

»Und was hast du gefunden?« Ruprecht war gespannt.

»Leider absolut nichts! Also leider für dich, da sich daraus kein Anhaltspunkt für eine Beeinträchtigung beim Fahren ableiten lässt.«

»Demnach nüchtern?«

»Absolut. Kein nennenswerter Spiegel, wenn er im Lauf des Abends ein Bier oder ein Glas Wein getrunken hat, war's viel.«

»Und Drogen?«

»Nein, keine Drogen, keine Medikamente – alles ganz normal. Nur der Hämatokritwert ist niedrig, was nach dem schweren Blutverlust durch die Verletzungen klar ist. Da kann es manchmal schon recht dünn werden. Nach den anderen Werten dürfte er ziemlich fit sein – das wird er jetzt dringend brauchen.«

Ruprecht nahm den Ausdruck, den ihm Agnes über den Tisch schob. Bei den meisten Angaben las er Namen, die bekannt klangen, von denen er jedoch nicht wusste, wofür sie tatsächlich standen. In jedem Fall war die Analyse eine Bestätigung für die Aussage des Barbesitzers, dass Jonas den Club nicht wegen Alkohol oder Drogen besuchte, sondern hauptsächlich wegen des Mädchens kam.

»Sind das deine einzigen Anhaltspunkte gewesen?«, fragte sie, während er den Befund überflog. »Oder hast du sonst noch was?«

»Ein paar Spuren für eine mögliche Fahrerflucht, aber für mehr fehlt mir ein Motiv. In der Firma trifft seine Schwester die Entscheidungen, er ist nicht verheiratet, scheint als guter Kunde im Nachtleben beliebt zu sein und es gibt durch die Erbschaft keinen Hinweis auf irgendwelche Geldprobleme.«

»Das würde mich bei den Röhms auch wundern, die haben mit dem Fibrotan ein Produkt auf dem Markt, das gute Umsätze garantiert. Es wird bei der Therapie auf dermatologischen Stationen eingesetzt und dementsprechend hochwertig und teuer ist es.«

»Seine Schwester hat bei meinem Besuch im Werk so ein Präparat erwähnt, das ihr Vater entwickelt hat. Weißt du, worum es dabei geht?«, fragte Ruprecht interessiert.

»Die Basis ist eine Tinktur, die nach einer Schädigung der Haut, etwa nach schweren Verbrennungen, die Erneuerung des Bindegewebes ermöglicht.

»Auf welcher Basis? Also falls es möglich ist, das mir als Laien zu erklären.«

»Ich bin da keine Fachfrau, aber die Haut regeneriert sich, simpel ausgedrückt, durch eine Vermehrung von Zellen, die das bekannte Kollagen produzieren, das wir für eine gesunde feste Struktur brauchen. Diese Art der Selbstheilung – um einen strapazierten Begriff zu verwenden – ist aber auf die Existenz von genügend intakten Zellen angewiesen, sonst funktioniert sie nicht. Fehlen sie, so müssen bestimmte Stammzellen den Verlust ausgleichen.«

»Und die Substanz, die Röhm gefunden hat, kann das?«

»Richtig. Vereinfacht gesagt aktiviert sie genau diese Stammzellen, damit am richtigen Platz das neue Gewebe entstehen kann.«

»Gibt es schon Generika dafür?«

»Nein, das Patent läuft meines Wissens noch. Da steckt neben der jahrelangen Forschung vor allem ein großes Know-how bei der Herstellung dahinter, also wird es nicht so leicht nachzustricken sein.«

Oder man kauft die nötigen Informationen von einem Insider, dachte Ruprecht nachdenklich. Das könnte den *Haufen Geld* erklären, den Jonas Emilia gegenüber erwähnt hatte.

9

Konstanze wartete schon, als er von der Gerichtsmedizin zurückkam. Sie ließen die Autos am Parkplatz beim LKA stehen und gingen zu Fuß den kurzen Weg über den Salzachsteg zu Hanna, um sie abzuholen. Ella würden sie für den Abend bei Lukas lassen, der arbeiten musste und deshalb zu Hause blieb.

Nach den Regengüssen am Vormittag zeigte die Stadt nun wieder ihr freundliches Gesicht. Der Himmel hatte aufgeklart und die Temperatur stieg langsam einem lauen Frühlingsabend entgegen. Beschwingt hakte sich Konstanze im Gehen bei Ruprecht unter und erzählte über ihre Besorgungen und was sie alles nicht bekommen hatte.

Wenn sie gemeinsam spazieren gingen, wirkten sie wie ein Paar, das schon ewig zusammenlebte. Tatsächlich kannten sie sich aber erst ein gutes halbes Jahr. Ruprecht hatte letzten Herbst gegen eine Clique von Kunstdieben und Hehlern ermittelt, die Bilder illegal an reiche Russen verschoben. Für ihn war das ein ganz besonderer Fall in seiner langjährigen Karriere gewesen. Eines dieser Bilder war aus Schloss Dahnberg, einem alten Salzburger Gutshof, entwendet worden und Konstanze war die Tochter des dabei ermordeten alten Pferdezüchters. Nach einer kurzen, an der Belastung durch den Alltag am Hof gescheiterten Ehe wohnte sie dort alleine. Als wichtigster Lebensinhalt waren ihr die Tiere geblieben. Ruprecht verstand das gut, auch er war so intensiv mit seinem Beruf verbunden, dass Beziehungen daran zerbrachen.

Sie war etwas jünger als er und vom ersten Moment an faszinierten ihn ihre hellen Augen, die heiteren Sommersprossen auf den Wangen und ihre offene Art. Konstanze ging es mit dem sportlichen Chefinspektor ähnlich und am Ende fand nicht nur das alte Bild wieder einen Platz auf dem Landgut, sondern auch Ruprecht.

Und selbst für Ella war Dahnberg mit einer neuen Freundschaft verbunden – Ashley, Konstanzes rotbrauner Irish Setter, damals sechs Monate alt, war sofort vernarrt in die flotte Spanieldame. Von Anfang an waren die beiden unzertrennlich. Heute war Ashley zu Hause geblieben, er hasste Auto fahren.

Ruprecht genoss den Spaziergang hinüber nach Aigen zu seiner Schwester, kannte er hier doch jeden Stein. Seine Eltern hatten ums Eck von der Aigner Stadtpfarre gewohnt, in der seine Mutter gelegentlich die Orgel spielte. Das Gasthaus mit deftiger Hausmannskost am Rand der Felder, ein Stammlokal seines Vaters, hatte leider einem Supermarkt weichen müssen. Zumindest gab es die Musikschule noch, in der Ruprecht seine ersten Klavierstunden bekam, und den Fußballclub. So war es für ihn ebenfalls eine Freude gewesen, als Hanna gleich daneben in der Uferstraße ein Haus fand und in das Viertel ihrer beider Kindheit zurückzog.

Er rief Ella, die in dem kleinen Waldstück an der Salzach frei laufen durfte und im Unterholz der Böschung verschwunden war, um jagdbares Federvieh aufzustöbern. Sie kam nur zögerlich zurück, musste aber auf der Straße trotzdem wieder an die Leine.

Lukas, mit seiner Ruhe und Gelassenheit der beste Ehemann, den man sich für die quirlige und stets aktive Hanna wünschen konnte, öffnete auf Ruprechts Klingeln und übernahm Ella.

»Ich komm schon«, rief Hanna, die das Läuten gehört hatte, von oben. »Ich bin sofort fertig!«

»Am besten, ihr kommt rein«, meinte Lukas und hob mit einem Grinsen die Arme. »Die Kleiderfrage ist nicht zur Gänze geklärt!«

Ruprecht und er verstanden sich prächtig, hatten sie doch zwei gemeinsame Interessen – Jazz und Kochen. Bei der Musik waren sie meistens derselben Meinung, fachsimpelten gern über neu erschienene Alben und bedauerten einhellig, dass den jüngeren Musikern der alte Swing fehle. Ging es hingegen um die Küche, verstrickten sie sich oft in hitzig angeregte Diskussionen.

Während sie auf Hanna warteten, erzählte Ruprecht von dem jungen Münchner Duo, das er Mittwochabend im Jazzclub gehört hatte, und Konstanze blätterte in den Zeitschriften, die auf dem großen Esstisch im Wohnzimmer lagen.

»Komm«, rief sie nach einigen Minuten hinauf. »Wir sind spät dran und die neuen Modetrends in den Journalen erschöpfen mich.«

»Bin ja schon da!« Hanna rauschte in einem roten Cocktailkleid – ihrer Lieblingsfarbe – über die Stiege herunter und lachte über Konstanzes Bemerkung. Sie knuddelte kurz Ella, die an ihr wie ein Gummiball hinaufsprang, drückte die beiden zur Begrüßung und gab Lukas einen Kuss auf die Wange. »Ciao, bis später!«

Das Rupertinum auf dem großen Platz der Altstadt, an dem die Festspielhäuser lagen, beherbergte seit den 1980er-Jahren das *Museum der Moderne* mit Sammlungen zeitgenössischer Kunst. Sie spazierten durch das hohe Rundbogentor mit dem Wappen darüber in den barocken Bau, dessen schmale Seitenfront vom Platz aus wie ein Turm wirkte. Innen strahlten die weißen Räume mit der mittelalterlichen Hauptachse, mit Säulen im Stil eines mehrgeschoßigen Kreuzgangs und den rötlichen Steinböden, das Flair eines sakralen Raumes aus.

Ruprecht blätterte beim Hineingehen in einer Broschüre mit Informationen zur Geschichte des Hauses, in dem zu lesen war, dass sich in dem Bau, der zur Residenz des fürstlichen Erzbischofs gehörte, ehemals eine Priesterschule und später ein Studentenheim befunden hatten. Heute verstand sich das Museum als Kunstvermittler mit einem Schwerpunkt auf moderner Malerei.

Die Einführung widmete sich der kommenden Ausstellung von Arbeiten eines österreichischen Grafikers und Gestalters von Plakaten. Wie im Ankündigungstext stand, ging es dabei um die Idee einer *Kommunikation zwischen Funktion und Form in intensiver Verbindung mit Typografie zur Präsentation von Kunst im Kontext der Werbung.*

Konstanze, die den Künstler über drei Ecken kannte, war von ihm zu der informellen Eröffnung der Werkschau eingeladen worden. Zu ihrer Enttäuschung war er selbst jedoch nicht anwesend, sondern nur die Kuratoren der Ausstellung.

Ruprecht war froh, dass die Ansprachen zum Thema relativ kurz gewesen waren und sie nach einer halben Stunde beschlossen hatten, ins Tomaselli weiterzuwandern, wo sie nun bei einem Glas Sekt saßen und auf den gemeinsamen Abend anstießen.

Wie erwartet nutzte Hanna die Gelegenheit, ihren Bruder zum Stand der Ermittlungen in der Röhm-Sache auszufragen. Er hatte eben einige Details von seinem Gespräch mit Sophia und der Nacht am Dürrnberg erzählt, als Konstanze den Kopf schüttelte.

»Warum hast du mir nichts davon erzählt?«, fragte sie und schaute ihn von der Seite an.

»Ich wusste nicht, dass dich die Sache interessiert, und wollte mit den beruflichen Dingen keine Langeweile verbreiten. Kennst du Jonas?«

»Ihn nicht, aber seine Schwester«, antwortete Konstanze. »Sophia hat schon lange ein Pferd bei mir eingestellt und kommt zum Reiten nach Dahnberg.«

Ruprecht wunderte sich. »Davon wusste ich gar nichts …«

»Daran siehst du, dass du viel zu selten bei mir bist«, kam es mit einem vorwurfsvollen Unterton zurück.

Ruprecht tat, als hätte er die Bemerkung überhört.

»Sie haben im Fernsehen über den Unfall berichtet«, fuhr Konstanze fort. »Es hat mich getroffen, dass er im Krankenhaus liegt, aber es war keine Rede davon, wie ernst es um ihn steht.«

»Ja, er liegt seitdem im Koma und niemand weiß, wann oder ob er wieder aufwacht.«

»Kennst du Sophia gut?«, fragte Hanna neugierig.

Konstanze nickte. »Aber sie kam in letzter Zeit nur sporadisch, hat wahrscheinlich viel zu tun. Und nachdem, was sie manchmal erwähnt, gibt's mit Jonas sowieso schon genug Probleme. Wenn da am Ende noch eine unsaubere Sache war …«

»Was erzählt sie denn so?« Die Journalistin in Hanna war sofort geweckt.

»Das sind nur Bemerkungen, nichts Großartiges«, Konstanze war unsicher, was sie von den Gesprächen mit Sophia sagen durfte. »Ich will keinesfalls, dass sie glaubt, ich plaudere Sachen aus, die mir meine Reitfreunde im Vertrauen erzählen.«

»Es wäre aber wichtig«, meinte Ruprecht von der anderen Seite. »Vielleicht hilft einiges dabei, die Hintergründe von dem Unfall – der meiner Meinung nach keiner war – zu beleuchten.«

»Naja«, gab sich Konstanze einen Ruck, »Sophia liebt ihren Bruder sehr, nur macht es ihr große Schwierigkeiten, wie er sich in letzter Zeit verhält.«

»Sie macht sich Sorgen wegen der Firma?«

»Auch, hauptsächlich aber um ihn. Sofort nach dem Tod des Vaters im vorigen Jahr hat Jonas das Wirtschaftsstudium hingeschmissen, weil er eigentlich nur auf der Uni war, damit der Alte Ruhe gibt, erzählte sie mir. Er mag keine größeren Anstrengungen und möchte sein Leben lieber in vollen Zügen genießen.«

»Mit dem geerbten Vermögen ist das bestimmt keine Schwierigkeit«, warf Hanna ein und bestellte ein zweites Glas Sekt für alle.

»Natürlich nicht, deshalb kaufte er sich den lange ersehnten Mustang, obwohl Sophia dagegen war. Sie meinte, man braucht keine fünfhundert PS, um von Hallein nach Salzburg zu kommen, aber er lag ihr so lange in den Ohren, bis sie ihm schließlich den Betrag gegeben hat.«

Ruprecht erinnerte das sofort an Emilias Äußerung in der Bar, dass Jonas bei seiner Schwester betteln müsse, wenn er etwas haben wollte.

»Das Geld ist, wie in vielen anderen Familien, wahrscheinlich das Hauptproblem der beiden«, fuhr Konstanze fort und rührte die Kohlensäure, die sie nicht gut vertrug, aus dem Glas.

»Weil das ganze Vermögen im Unternehmen steckt?« Seine Frage war eigentlich mehr eine Feststellung.

»Ja. Sie will es im Sinne des Vaters unbedingt erhalten und Jonas würde seine Anteile lieber heute als morgen verkaufen, um an sein Geld zu kommen.«

»Warum zahlt sie ihn nicht aus?«, wunderte sich Hanna. »Bei einem gut gehenden Betrieb müsste das doch sicher möglich sein?«

»Das wollte sie, aber durch die Schweizer ist das praktisch unmöglich geworden.«

Hanna horchte auf. »Die Schweizer?«

»Ja. Die Biodon AG aus Luzern …«

»Kenn ich – einer dieser Pharmariesen. Und was wollen die von Röhm?«

»Die würden die Firma gern schlucken und haben ein Angebot gestellt. Damit ist der Preis, der Jonas für seine Hälfte der Anteile zustünde, auf eine astronomische Summe geklettert. Das kann Sophia nicht mehr finanzieren.«

»Ein Schweizer Multikonzern möchte einen so kleinen Salzburger Laden kaufen?« Hanna hatte auf einer Serviette begonnen, sich Notizen zu machen. »Ist das Geschäft mit den Spitälern so interessant?«

»Darüber hat Sophia nichts gesagt, nur dass die das schon länger versuchen. Als ihr Vater noch gelebt hat, der davon nichts wissen wollte, gab es wenig Chance für die Übernahme, aber nun glaubt die Biodon wahrscheinlich, mit den Erben ein leichteres Spiel zu haben.«

»Wenn sich solche Leute etwas in den Kopf setzen, darf man das keinesfalls unterschätzen. Die üben sicher ordentlich Druck auf Sophia aus.«

»Und für Jonas kommt das wie gerufen …«, überlegte Ruprecht. »Er schraubt seine Forderungen bestimmt immer weiter in die Höhe.«

»Genau!«, bestätigte Konstanze. »Sophia hat erfahren, dass er sich deshalb sogar schon mit irgendjemand getroffen hat, der für den Konzern verhandelt.«

Hanna hob die Hand und winkte den Kellner heran. »Ein Glas geht noch …«

Handlanger

10

Nach der Vernissage war Konstanze die Nacht über in St. Gilgen geblieben. Sonst verbrachten sie die gemeinsame Zeit meist bei ihr am Hof, da sie die Pferde nur ungern mit den Stallgehilfen allein ließ. Ruprecht hatte ursprünglich auch dieses Wochenende mit nach Dahnberg kommen wollen, entschloss sich am Morgen aber, die beiden Tage für weitere Recherchen zu nutzen und nebenbei einiges am Volvo zu reparieren. Er versprach, den Besuch baldigst nachzuholen, trotzdem verdarb es Konstanze schlagartig die Laune und sie rauschte mit einer spitzen Bemerkung auf den Lippen ab.

Obwohl er die Partnerschaft genoss und Konstanze bereits nach Kurzem eine wichtige Rolle in seinem Leben spielte, fühlte er sich doch irgendwie entlastet, als sie wegfuhr. Durch seine bisher nur lose geführten Beziehungen hatte er sich an seine Unabhängigkeit gewöhnt und brauchte die Zeit für sich allein.

Er sah ihrem Landrover nach, bis er in der Biegung zur Hauptstraße verschwand. Jetzt musste er erst einmal den Kopf frei bekommen. Er schlüpfte in seinen Trainingsanzug, nahm statt eines Frühstücks zwei süße *Taveners* aus der Blechdose im Vorraum und lief aus dem Haus – eine Joggingrunde stand an.

Ella schien nur darauf gewartet zu haben und sprang bellend hinter ihm her. Dann rannte sie über die Wiese hinter dem Haus den bekannten Weg voraus zum Wald. Mittlerweile ertrug er ihre *Privatausflüge*, auf denen sie manchmal eine Viertelstunde lang im Unterholz verschwand, mit Gelassenheit. Es gab, außer der Forststraße bis zum oberen Ende des Tals keine anderen Verkehrswege, sie konnte ihn von oben aus laufen sehen und nach vier gemeinsamen Jahren wusste er, dass sie bald wieder auftauchen würde.

Anfänglich hatte ihn ihr zeitweiliger Freiheitsdrang ziemlich genervt. Er lief ihr nach und suchte in der Richtung, in der sie verschwunden war, den halben Wald ab. Meistens saß sie dann, wenn er verschwitzt zurückkam, seelenruhig unter einem Baum und sah ihn mit einem vorwurfsvollen Blick an, wo er so lange gewesen sei. Doch statt wegen ihrer Extratour zu schimpfen, drückte er sie nur und war glücklich, dass sie wieder da war.

Die steinige gewundene Strecke hinauf bis zur Kreuzung mit dem Kesselbach verlangte seine volle Kondition und das letzte steile Stück der vierhundert Höhenmeter schaffte ihn regelmäßig. Heute nahmen sie aber nur die kurze Etappe bis zur Waldkapelle und liefen dann hinunter in den Ort, zu einem befreundeten Mechaniker. Der passionierte Autobastler arbeitete in einer Werkstätte, die auf Oldtimer spezialisiert war und besorgte praktisch jeden Ersatzteil für den Volvo. Die *alte Lady* musste zum Pickerl – wie man die jährliche Überprüfung der Verkehrstüchtigkeit landläufig bezeichnete. Ruprecht hatte einen Auspufftopf bestellt und wollte gleich wegen einer neuen Wasserpumpe fragen.

Zurück zu Hause unter der Dusche fühlte er sich wie neu geboren und stellte fest, dass er eine ganze Stunde lang nicht an seine Arbeit gedacht hatte. Er wollte sogar etwas Klavier spielen und versuchte es zuerst mit Gershwin, bei dem er nicht so richtig in Stimmung kam. Auch *Blueberry Hill* von Fats Domino, sonst ein guter Einstieg, schaffte es heute nicht, und statt sich auf die Noten zu konzentrieren, begannen seine Gedanken wieder um Jonas und den Fall zu kreisen. Also klappte er den Flügel zu und warf die Espressomaschine an.

Zehn Minuten später saß er mit seiner Riesentasse, vollgefüllt mit frischem starkem Kaffee, beim Schreibtisch und wartete, bis der Computer hochfuhr. Wenn Ruprecht begann, sich intensiv mit einer neuen Sache zu beschäftigen, nahm sie für eine Weile seine ganze Aufmerksamkeit in Anspruch. Er war dann darauf bedacht, die Fakten objektiv zu ordnen und nicht in eine Art Misstrauenswelt zu verfallen. Fehlte der berufsmäßige Überblick, vermutete man hinter jeder Bemerkung einen Hinweis und hinter jedem Umstand sofort ein Motiv. Trotz dieses bewussten Abstands konnte er sich dieses Mal dem Eindruck nicht entziehen, die Erwähnung von Sophia über den Schweizer Konzern, die sie Konstanze gegenüber gemacht hatte, musste irgendwie mit den Vorgängen am Dürrnberg zusammenhängen. Also googelte er die Biodon AG und das Umfeld der Pharmaindustrie.

Die erste Information kam von einer Seite mit Statistiken und er konnte zunächst gar nicht glauben, welche Zahlen da zu lesen waren. Demnach machte das Marktvolumen für pharmazeutische Produkte weltweit über eine Billion Dollar aus – mehr als tausend Milliarden! Und das bei extrem hohen Gewinnspannen, da die Produktion der Medikamente nur einen Bruchteil kostete.

Dem nicht genug, wurde ein Großteil dieser Gewinne von nur zwanzig Konzernen erwirtschaftet, wobei Fusionierungen, bei denen kleinere Firmen reihenweise unter die Räder kamen, an der Tagesordnung waren.

Die Biodon AG war einer dieser Riesen und ein eigenartiges Unternehmen. Unberührt von mehreren Klagen wegen der Monopolstellung, hatte es bereits zehn Unternehmen geschluckt und streckte seine Fühler nicht nur im medizinischen Feld aus, sondern war daneben in verschiedene dubiose Geschäfte, angeblich bis zur Erforschung biologischer Kampfstoffe, verstrickt.

Nach dem Bericht in einer Züricher Zeitung konnte es auf längere Sicht so nicht weitergehen, was jeder wusste, aber die Politik schob das Problem vor sich her. Der Grund dafür war die aggressive Lobbyarbeit des Konzerns, mit dem sich Geschäftsführer und Miteigentümer Stephan Rottwanger angeblich unantastbar machte.

»Der macht sich doch sicher nicht selbst die Finger dreckig, oder?«, sagte Ruprecht zu Ella, die zwischen den Polstern am Sofa lag und nur ein müdes Ohr für seine Überlegungen hatte. Nach einigem Scrollen durch verschiedene Artikel blieb er an einem Foto hängen.

»Bingo!«, entfuhr es ihm.

Die Aufnahme zeigte drei Männer nach einer geglückten Firmenübernahme mit Gläsern in den Händen, alle etwa um die fünfzig. Der Text unter dem Bild besagte, dass der mit der karierten Golfhose in der Mitte Rottwanger war und der kleinere mit Brille, links von ihm, der neue Chef des gekauften Unternehmens. Interessant für Ruprecht war jedoch der Dicke mit dem rötlichen Gesicht an der rechten Seite. Bei ihm stand: *Piet Havenbrook, Mitarbeiter der EMA, verhandelte den Deal.*

Du bist also der Mann, der die Dinge einfädelt, dachte er, rief die Webseite der EMA – European Medicines Agency auf, die Agentur der EU für die Bewertung und Überwachung von Arzneimitteln, und fand den Holländer als Mitarbeiter in einem der Komitees. Ruprecht wunderte es, dass jemand, der in einer Organisation für die Kontrolle des Marktes arbeitete, nebenher als Lobbyist für eine Pharmafirma tätig sein durfte. Und der Deal auf dem Foto war offenbar nicht der einzige gewesen. Auf der Homepage der Biodon fand er Havenbrook auch bei anderen Übernahmen als hilfreichen Verbindungsmann.

Ruprecht wollte den Computer schon ausschalten und sich dem Volvo widmen, da blieb er auf einer Unterseite der Biodon bei den Schönheitsprodukten hängen, die der Konzern ebenfalls im Programm hatte. Hier stand unter *News,* dass demnächst ein Anti-Aging-Serum auf den Markt komme, das eine neuartige Biosubstanz enthalte, die eine Hautverjüngung auf Stammzellenbasis ermögliche. Das bahnbrechende Präparat wäre in der Forschung bereits jahrelang dermatologisch getestet, stehe derzeit in Zulassung und würde in kurzer Zeit über die Presse vorgestellt werden. Ruprecht griff zum Handy.

»Es geht denen nur ums Patent«, rief Ruprecht ins Telefon, als sich Konstanze meldete.

»Was …?« Sie war gerade im Stall bei den Pferden und wusste überhaupt nicht, was er damit meinte.

»Die Biodon will in Wahrheit nicht die Firma haben, sondern das Präparat. Genau genommen«, verbesserte er sich, »wollen sie nur das Patent, das Röhm besitzt.«

»Ist der Verkauf an die Spitäler, an den Hanna gedacht hat, doch so interessant?«

Ruprecht nahm sein Headset und begann im Zimmer herumzuwandern. »Aber nein! Das kümmert die Schweizer überhaupt nicht, du musst größer denken. Viel größer! Als Basis für ein Anti-Aging-Produkt könnte so ein Serum die Beauty-Branche revolutionieren, die in den letzten Jahren sowieso nach immer neuen Methoden gegen das Altern giert. Stammzellen als Jungbrunnen für die Haut …«

»Und einfach aufzutragen – ohne die schmerzhaften Botox-Spritzen und für jeden leistbar!« Jetzt erkannte sie die Dimension. »Bestimmt ein Milliardengeschäft! Und du glaubst, das ist der Grund, warum die Schweizer an Röhm dran sind?«

»Da bin ich mir sicher! Die haben auf ihrer Homepage bereits eine Ankündigung für ein neues Hautserum gepostet, die sich liest, als hätten sie den Beipackzettel des Röhm-Präparats abgeschrieben. Die tun so, als würden sie das Patent schon besitzen.«

»Dann steht Sophia bestimmt unter enormem Druck.«

»Und wenn die Schweizer etwas kaufen, dann nehmen sie nur das Ganze. Und Jonas versucht hundertprozentig, alle Register zu ziehen, um so viel wie möglich für seine Anteile herauszuholen.«

»Womit er sich bei solchen Leuten auf ein gefährliches Spiel einlässt«, sagte Konstanze und unterbrach sich betroffen, als ihr klar wurde, was dieser Gedanke bedeuten konnte.

Einen Augenblick lang war es still. Dann fragte Ruprecht: »Weißt du zufällig, mit wem sich Jonas wegen des Verkaufs getroffen hat?«

Sie schüttelte den Kopf. »Sophia hat nur erzählt, dass sie es zufällig erfuhr, weil er mit dem Produktionsleiter darüber geredet hat«, sagte sie und versuchte sich an das Gespräch zu erinnern. »Du weißt schon, der ungute Produktionschef. Doppler, glaub ich – er scheint so etwas wie ein Ersatzvater für die beiden zu sein.«

»Ja, den Typen kenn ich«, antwortete Ruprecht. »Hat der es ihr weitererzählt?«

»Nein, sie wurde zufällig Zeuge des Gesprächs und das Ganze endete in einem Streit. Aber darüber, wer der Kontaktmann ist, hat Sophia nichts erwähnt, nur dass er sie unbedingt treffen will und deshalb nach Salzburg kommt. Er könnte demnach in der Stadt sein.«

»Danke, damit hast du mir wirklich geholfen.«

»Meinst du, er hat etwas mit dem Unfall zu tun?«, fragte sie noch, aber er hatte bereits aufgelegt.

Ruprecht ging, versunken in seine Überlegungen, zum Schreibtisch zurück, als ihn Ella unruhig anwedelte – sie hatte

Hunger. Er holte das Futter, füllte ihre Schüssel und nahm sich selbst ein Butterbrot mit Schnittlauch. Für mehr hatte er keine Geduld, da er in jedem Fall noch Frieda erreichen wollte. Die Sache mit dem Holländer ließ ihm keine Ruhe.

Ungeachtet des freien Samstags probierte er es auf ihrem Diensthandy und sie war bereits nach dem ersten Läuten dran.

»Ah, ein Glück, dass ich dich erreiche«, sagte er und versuchte freundlich zu klingen. »Bist du im Büro?«

»Zufällig ja«, meinte sie darauf und er hörte sie gehen. »Eigentlich aber schon fast wieder draußen.«

»Sehr gut, genieß das Wochenende! Ich bräuchte davor nur eine Kleinigkeit.«

»Ich hab's befürchtet! Was wäre das?«

»Es gibt da einen Holländer … Warte …« Er setzte sich zum Computer und scrollte zu der Bildunterschrift. »Ein Piet Havenbrook – kannst du feststellen, ob der gerade in Salzburg ist?«

»Wenn er in einem Quartier mit elektronischer Anmeldung abgestiegen ist, dann ja. Die Meldungen sind aber freiwillig. Falls nicht, dauert es eine Weile, bis wir die Papierformulare ausheben können.«

»Es ist für die Ermittlungen zu Jonas Röhm und könnte dringend sein.«

»Ich schau mal, was ich auf die Schnelle tun kann«, sagte sie spitz und stieg hörbar die Stufen wieder hinauf. »Schick mir bitte den genauen Namen aufs Handy!«

Ruprecht lehnte sich zurück und überlegte, ob er noch etwas tun könnte. Wenn eine Sache in Gang kam, empfand er die Wochenenden als nervtötende Unterbrechung. Alles ging langsamer, man erreichte die Leute nicht oder sie hörten sich ein wenig ungehalten an.

So ging es ihm jetzt auch, obwohl er in Wahrheit gegen Havenbrook überhaupt nichts unternehmen konnte. Vermutlich hatte der bei Jonas die Hand im Spiel, weil dieser seine Forderungen zu weit trieb. Nur dieses vage Gefühl war kein echter Ansatzpunkt, und für eine Befragung reichte es schon gar nicht, sagte er sich. Was half es also, wenn er wusste, dass der Holländer im Land war? Das konnte ganz harmlos sein, wollte er doch mit den Röhms wegen des Kaufs verhandeln.

Ruprechts Blick wanderte unstet über den Monitor, weiter übers Klavier und blieb am Karton hängen, der auf dem Boden im Vorzimmer lag. Er atmete durch, gab sich einen Ruck und stand auf – der Volvo wartete auf einen neuen Auspuff.

Das Heck war aufgebockt, Ruprecht lag auf seinem Rollbrett darunter und fluchte, da beim Abnehmen des alten löchrigen Topfs der ganze lose Rost abblätterte, der Staub in den Augen brannte und gleichzeitig sein Handy läutete.

»Typisch«, murmelte er, konnte es aber doch nicht läuten lassen. Er rollte unter dem Auto hervor, wischte sich mit einem halbwegs sauberen Fetzen die Hände ab und holte das Telefon mit spitzen Fingern aus der Brusttasche.

»Wie geht es Ella mit ihrem Inspektor an dem geruhsamen Samstag?«, kam es von der anderen Seite. »Hab ewig nichts mehr von ihr gehört!«

Es war Hogge, Ruprechts langjähriger Freund und einer seiner wenigen Vertrauten. Der Deutsche betrieb ein Gasthaus am Attersee und erkundigte sich in seiner schrulligen Art immer zuerst nach seinem Liebling Ella.

»Geruhsam ist gut«, meinte Ruprecht. »Ich lieg unter der Karre und versuch den alten Auspuff abzumontieren.«

»Na dann mach schnell, um sieben gibt es dicke Schleswiger Brühe mit Selchklößchen«, meinte Hogge.

»Das hört sich hervorragend an«, antwortete Ruprecht. »Nur heißt es bei uns Speckknödel in Tomatensauce.«

»An diese südländischen Begriffe werde ich mich nie gewöhnen …«, brummte Hogge.

Er hatte gerade aufgelegt, da meldete sich das Mobiltelefon erneut. Diesmal mit dem kurzen Summton für ein WhatsApp. Nochmals wischte er sich die Hände ab und sah aufs Display. Die Nachricht war von Frieda und wie immer knapp:

Havenbrook gestern eingetroffen.
Hotel Schloss Mönchstein,
Gruß aus dem Wochenende, Frieda.

Friedas Nachsatz bedeutete soviel wie: Lass mich bis Montag in Ruhe! Ruprecht schmunzelte und tauchte wieder unter das Heck des Volvos.

11

Die Frühlingsabende im Salzkammergut, wenn die Dämmerung das Land färbte und als Spiegelbild auf die Wasseroberfläche warf, versetzten Ruprecht in eine ganz eigene Stimmung. Er bog in Unterach zum Attersee hinaus und wurde automatisch etwas langsamer, um den Anblick zu genießen – die Flanken des Höllengebirges ragten im letzten Abendlicht wie brennend am gegenüberliegenden Ufer auf und das Wasser im Schatten davor wirkte unergründlich dunkelgrün. Entlang des südlichen Seeabschnitts änderte sich das Bild jedoch ständig, und schon nach ein paar Fahrminuten drehte sich die Straße in die Gegenrichtung. Nun standen die Berge im Westen wie eine schwarze Kulisse vor der tief stehenden Sonne, und die Wellen schienen das rötliche Violett des Abendhimmels förmlich in die Tiefe zu saugen.

Ruprecht blinzelte und holte seine Sonnenbrille, eine alte Ray-Ban, die als Reserve im Auto lag, aus dem Handschuhfach. Nach der Bauernregel – *Färbt sich der Himmel abends rot, dann ist er ein Schönwetterbot* – sollte es morgen sonnig werden, dachte er im Vertrauen darauf, dass solche Sprüche öfter stimmten als die Wettervorhersage in den Nachrichten.

Bei Weyregg nahm er die schmale Abzweigung hinauf Richtung Gahberg. Seine Laune war ausgezeichnet – der Volvo hatte einen neuen Endtopf und klang wieder zivil, im Fall Röhm gab es zumindest einen möglichen Ansatzpunkt und ein gemütliches Abendessen stand bevor.

Das Gasthaus *Zum alten Hogge,* des Deutschen aus Kiel, der sich hier seinen Lebenstraum erfüllt hatte, kannten nur Eingeweihte und Freunde. Es lag versteckt auf der Bergflanke über dem See, stand in keinem Lokalführer und am Haus fehlte eine Beschriftung. Beim Zufahrtsweg besagte sogar ein Schild, dass die Weiterfahrt verboten sei.

Jan Hogge war das recht so. Die wenigen Stammgäste reichten für sein Auskommen und nach langen entbehrungsreichen Jahren beim Fischfang auf See liebte er die Stille. Mit seinem kantigen Gesicht, der grauen Haarmähne und dem Stoppelbart galt er im Ort als unnahbar. Er mied größere Ansammlungen und die lauten Schulterklopfer, wenn sie sich den betuchten Promis anbiederten, die rund um den See ihre Zweitvillen besaßen.

So wusste nur eine Handvoll Menschen, dass hinter seiner abweisenden Fassade ein durchaus umgänglicher Zeitgenosse steckte. Ruprecht gehörte zu den wenigen. Hogge war für ihn im Lauf der Zeit zu einem wichtigen Gesprächspartner geworden. Der Einzige, außer Hanna, mit dem er über seine Fälle diskutierte. Hogge konnte dann in einer lebhaften Art die verschiedenen Aspekte einer Sache beleuchten und Ruprecht wunderte sich manchmal über die verblüffend einfachen Schlüsse, die der Deutsche am Ende daraus zog.

Und Hogge kochte ausgezeichnet, was er auf See gelernt hatte – am liebsten herzhafte Fischgerichte oder deftig Bodenständiges. Seine Tätigkeit in der Fischerei war eine Notlösung gewesen, die dann aber doch für dreißig Jahre sein Dasein bestimmte.

Die Eltern betrieben eine Hundezucht in der Nähe von Kiel, die Mutter starb sehr früh und auch sein Vater kam einige Jahre später in einem furchtbaren Sturm ums Leben. Bis heute vermisste Hogge die Hunde, und als Ella zum ersten Mal mit Ruprecht mitkam, schloss er sie sofort ins Herz.

Nach dem Tod der Eltern verdingte sich der Siebzehnjährige auf einem Fischkutter in der eisigen Barentsee. Sie fuhren bei jedem Wetter hinaus, oft stand er mit blaugefrorenen Fingern beim Korb und einmal ging er sogar über Bord. In späteren Jahren wechselte er in die Kombüse. Anfangs keine Ahnung vom Kochen, wurde es bald zu seiner Leidenschaft und er sparte so lange, bis er das Geld für ein eigenes Lokal beisammen hatte.

Dass er schließlich in Salzburg landete, war reiner Zufall. Während eines Landurlaubs nahm er die Fähre nach Kiel und auf einer Bank lag eine Ausgabe der *Salzburger Nachrichten*, die Urlauber dort liegengelassen hatten. Er blätterte sie aus Langeweile durch und sah im Anzeigenteil das Bild eines Hauses auf einer Anhöhe über einem See. Es gefiel ihm sofort und der Preis der als renovierungsbedürftig beschriebenen Immobilie entsprach etwa der Summe, die er auf dem Sparbuch hatte. Eine Woche später saß er bereits beim Notar in Seewalchen und unterschrieb den Kaufvertrag.

Mit Schwung nahm Ruprecht die Kreuzung bei der Tafel *Nur für Anrainer* und grinste – außer Hogge gab es hier keinen. Der Volvo brummte auf der steilen Auffahrt und er hoffte, dass der neue Auspuff nicht über schärfere Steine schaben würde. Auf einem kleinen Platz am Ende der Straße stand ein alter Ford Transit. Ruprecht hielt unmittelbar dahinter. Ella, die schon nach der Abzweigung unruhig gewesen war, hüpfte jetzt auf dem Rücksitz herum und bellte, da sie Hogge bereits in der Tür stehend entdeckte. Er winkte ihr, was die Sache nicht gerade beruhigte. Ruprecht beugte sich nach hinten und stieß die Türe auf, damit sie hinaus zur Begrüßung konnte.

Das alte Haus mit den starken Wänden und dem steilen grauen Schieferdach, aus dem zwei gedrungene Rauchfänge herausragten, trotzte seit über zweihundert Jahren jedem Wetter.

Schon die Steinterrasse mit den klobigen Bänken entspannte jeden Besucher mit ihrer Ruhe und Ursprünglichkeit.

Nach ausgiebigen Streicheleinheiten für Ella wendete sich Hogge an Ruprecht, der seine Jacke im Auto gelassen hatte und zu den beiden herüberkam.

»Kein Wunder, dass die Verbrechen in Salzburg überhandnehmen, wenn die Polizei damit beschäftigt ist, Autos zu reparieren und nicht einmal Zeit findet, alte Freunde zu besuchen.« Hogge zauberte ein langes Stück Speck hervor und hielt es Ella vor die Schnauze. »Zumindest musst du nicht verhungern!«

Ella schnappte sich den Leckerbissen und verschwand damit ins Haus. Sicher lief sie sofort zu ihrem Lieblingsplatz unter der Bank in der Veranda, wo stets eine Decke für sie bereitlag.

»Du verwöhnst sie schon wieder«, meinte Ruprecht.

»Macht ja sonst keiner.«

Ruprecht schüttelte mit einem stummen Lachen den Kopf und ging hinter Hogge her, der Ella in die Wirtstube folgte. Er kannte den Kieler bereits seit vielen Jahren, und amüsierte sich über dessen scheinbare Ruppigkeit, mit der er versuchte, seine Gefühle zu überspielen. Die beiden verstanden sich schon seit ihrem ersten Zusammentreffen ausgezeichnet.

Im Inneren war es durch die Glut im großen eisernen Herd, der in einer Kochnische an der Seitenwand stand, angenehm warm. Hogge kochte alles auf dem alten Ofen, den er mit dem Haus gemeinsam übernommen hatte, was dem Gastraum ein besonders angenehmes Flair gab. Dieser bestand nur aus wenigen Tischen und sah wie die Stube eines Bauernhofes aus. In Mauernischen der mit Holz getäfelten Wände hingen geschnitzte Masken, der künstlerische Hang des alten Fischers und sein Zeitvertreib während der stillen Wintermonate.

Hogge legte ein paar Scheite ins Feuer des Herdes und rührte die Tomaten um, die durchs lange Köcheln gut eindickten und zu einer schweren, süßen Sauce wurden. Es erschloss sich Ruprecht nicht, was daran die von Hogge erwähnte Schleswiger Art sein sollte, aber bei dem Geruch, den sie in der Stube verbreitete, schien ihm das auch unerheblich zu sein. Der Deutsche stand breitbeinig vor dem Herd, so als würde er sich in einer Kombüse gegen die schwankenden Bewegungen des Fischkutters abspreizen. Was sich über die Jahre am Schiff bewährt hatte, konnte hier nicht falsch sein.

»Duftet verführerisch«, meinte Ruprecht. »Ein Rezept aus der Zeit auf See?«

»Nein, das ist von Mutter. Habe es aber auf dem Schiff gern gekocht«, antwortete Hogge und grinste. »Manchmal mit ein paar grünen Tomaten dazwischen – dann gab es Dünnpfiff in der Mannschaft!«

»Als Rachefeldzug?«

»Hätten eben nicht über die Küche meckern sollen …«

Ruprecht hob scherzhaft die Hände. »Ich würde mich das ja nie trauen und finde alles ausgezeichnet!«

Während Hogge die Speckknödel aus dem Wasser seihte und anrichtete, setzte sich Ruprecht schon in die Veranda – ein seeseitiger Vorbau des Hauses, wo bei den Tischen lederbezogene Bänke standen, auf denen weiche Felle lagen. Von hier aus konnte man bis zum anderen Ufer hinüber nach Nußdorf sehen. Draußen war es bereits dunkel und die Lichter der Orte warfen lange helle Streifen auf die Wasseroberfläche. In der Veranda gab es keine Deckenleuchte, sondern nur zwei Stehlampen und große Kerzenschalen mit mehreren brennenden Dochten auf den Tischen.

»Ja, die Großen, die ständig versuchen, die Kleineren zu fressen«, meinte Hogge, als sie beim Essen saßen und Ruprecht einiges über seinen neuen Fall berichtet hatte. »Da gab es erst unlängst einen Bericht im Fernsehen, was die Deutsche Bank in den letzten Jahren so alles gekauft hat, und von den Handybetreibern ist bekannt, dass sie sich ständig zusammenschließen. Warum soll das also bei den Pharmakonzernen anders sein.«

Ruprecht nickte. »Bei denen sind die Dimensionen bestimmt weit größer, wie ich letztens im Internet recherchiert habe. Immerhin geht es oft bei einem einzelnen Präparat um Milliardenumsätze.«

»Du denkst demnach, die haben da bei dem Unfall was gedreht?« Hogge legte den Löffel weg und öffnete eine Flasche Ripasso vom Gardasee – der herbe Rotwein harmonierte perfekt mit dem süßlichen Geschmack der Sauce.

»Zumindest wäre es nicht so weit hergeholt. Solche Sachen sind schon wegen viel geringerer Dinge inszeniert worden.«

»Und der windige Holländer, der als Lobbyist für die Schweizer arbeitet, obwohl er in der Behörde für die Zulassung sitzt, ist gerade da?«

»Ja, das hat Frieda heute Nachmittag herausbekommen. Der ist seit gestern in Salzburg im Hotel.«

»Der Unfall war aber schon vorige Woche«, meinte er, setzte aber dann hinzu: »Egal, selbst wird er sich bestimmt nicht die Hände dreckig machen.«

Ruprecht legte den Löffel in den Teller und schob beides zur Seite. »Danke, es war köstlich.«

»Nur ganz was Einfaches«, spielte Hogge seine Kochkünste sofort herab. Er konnte mit Lob gar nicht umgehen.

»Wie bist du darauf gekommen, dass da eine Schweinerei im Gang sein könnte?«, fragte er nach einer Weile. »Hast du nur dein berühmtes Bauchgefühl oder schon etwas Konkretes?«

»Ein paar Splitter.«

»Vom Unfall?«

»Ja, ich hab dort auf der Straße verschiedene Glassplitter gefunden. Sind in Wahrheit eigentlich Plastikteilchen von Autoleuchten.«

»Und da waren nicht nur welche von dem Mustang, sondern auch von einem zweiten Auto dabei?«

»Genau, einige sind orange, und die neueren Modelle der Mustangs haben schon seit geraumer Zeit keine farbigen Blinkergläser mehr.«

Ruprecht lehnte sich zurück und holte eine seiner geliebten *Alonso Menendez* aus der Brusttasche seines Sakkos. Hier im Lokal kümmerte sich zum Glück niemand um das Rauchverbot. Hogge rauchte selbst gern eine gute Pfeife nach dem Essen.

Der stand auf und räumte den Tisch ab. »Ich mache uns einen ordentlichen Kaffee.«

»Mir bitte nur einen kleinen. Muss ja noch fahren.«

Der spezielle Kaffee nach Seemannsart mit genügend Rum und Obers war eine kräftige Abrundung des Essens, aber ein heikler Abschluss, wenn man vorhatte, mit dem Auto heimzufahren.

»Und was habt ihr herausgefunden?«, fragte Hogge, als er mit den vollen Kaffeetassen zurückkam.

»Wir, genauer gesagt, Wöss …«

»Natürlich! Was anderes hätte ich doch nicht angenommen«, meinte er scherzhaft. Hogge kannte den Tüftler der Kriminaltechnik und wusste, dass Ruprecht große Stücke auf seinen Kollegen hielt.

»Er hat festgestellt, dass die Teile von einem VW stammen, von einem alten Passat.«

»Was sonst?«

»Etwas Lack war dabei«, ergänzte Ruprecht. »Demnach war der Passat weiß.«

»Interessant …«

»Na ja, so großartig auch wieder nicht. Laut Zulassungsstatistik gibt's da mindestens sechstausend aus den Baujahren.«

»Ah, du weißt sogar, von wann der Passat ist?«

»Wöss meint, nach Blinkerglas und Farbnummer müsste er aus den späten Neunzigern sein.« Ruprecht wunderte sich. »Wieso fragst du?«

»Wenn du das sagst, dann klingelt es bei mir. Ich weiß nicht, ob da was dran ist, aber unter Umständen hilft es dir weiter.«

»Und zwar?« Ruprecht schaute gespannt auf.

»Es gibt jemanden in Hallein, einen Burschen, der mir spontan dazu einfällt.«

»Und wo?«

»Im Hofbräu«, erklärte Hogge. »Ich hole mein Bier bei der Brauerei in Hallein selbst, weil bei mir das leichte Kellerbier sehr gefragt ist und die mit ihrem großen Lieferwagen hier heroben nicht wenden können.«

»Bitte spann mich nicht auf die Folter.«

»Dort gibt es einen Arbeiter, der beim Laden hilft«, Hogge schlürfte vom Rumkaffee. »Der war unlängst ziemlich besoffen und hat einen der Vorarbeiter heftig angebrüllt, er lasse sich nichts mehr gefallen, er würde den Job bald nicht mehr nötig haben. Dann hätte er Geld genug …«

Ruprecht wirkte etwas enttäuscht. »Das muss natürlich gar nichts bedeuten.«

»Nur zufällig fährt der so eine Rostlaube.«

»Einen alten weißen Passat?«

Hogge nickte. »Einen Kombi.«

»Halleiner Kennzeichen?«

»Nehme ich an.« Hogge hob die Arme. »Muss natürlich nichts heißen.«

»Und wann war das Streitgespräch?« Ruprecht war jetzt hellhörig geworden.

»Vorigen Freitag.«

»Vier Tage vor dem Unfall. Wie heißt er?«

»Jackl, glaub ich. Aber frag einfach nach dem *Bubi* – den kennt dort im Umkreis jeder.«

12

Ruprecht hielt bei dem gelben Wohnbau am Halleiner Kahlspergweg und stieg aus. Das Gespräch mit Hogge ließ ihm keine Ruhe und er hatte, ungeachtet des frühen Sonntags, nach seinem Morgenspaziergang mit Ella zum Handy gegriffen und Fuchs angerufen. Der kannte die lokalen Verhältnisse in Hallein am besten und Ruprecht wollte so schnell wie möglich diesen Jackl befragen. Um am Telefon keine lange Diskussion führen zu müssen, sagte er Fuchs nur, dass er ihn trotz des freien Tags für eine dringende Ermittlung brauche und ließ sich die Adresse geben.

Während er nach der richtigen Stiege Ausschau hielt, kam ihm Fuchs bereits winkend entgegen.

»Hallo, hab dich scho gsehn«, sagte er zur Begrüßung. »Was is denn Großartiges los, dass du mich heut so zeitig weckst?«

»Ja, wie es aussieht, ist aus der Sache letztens am Dürrnberg doch ein Fall geworden«, erklärte Ruprecht dem Bezirksinspektor und überlegte, wieviel er preisgeben sollte. »Ich war am nächsten Tag oben und es muss doch ein anderes Auto in die Sache verwickelt gewesen sein.«

»Das heißt, du hast was gfundn«, stellte Fuchs fest.

Ruprecht nickte. »Ja, genau.« Dabei ließ er es bewenden und behielt die Details für sich.

»Ich hab scho in der Nacht gwusst, dass du ka Ruh geben wirst.« Fuchs zuckte mit den Achseln. »Außerdem hat mir der Ferdl vom Abschleppdienst gsagt, ihr habts des Auto beschlagnahmt. Und wen suchst du?«

»Einen gewissen Jackl von der Brauerei.«

»Welchn Jackl …?«, sinnierte er, dann schlug er sich mit der Hand auf die Stirn. »Ah so, den Bubi!«

»Genau den. Kennst du ihn?«

»Den Halodri kennen alle bei uns. Der kugelt in die Wirtshäuser herum und wenn er bsoffn is, fangt er mit an jedn Streit an. Und du glaubst, er hat was damit z' tun?«

»Zumindest dürfte der zweite Wagen ein alter Passat gewesen sein, aus den späten Neunzigern und weiß.«

»Ja, der Bubi hat so an – an Kombi.«

»Weißt du sonst was über ihn?«

»Naja, der hat halt a harte Kindheit ghabt, wie ma so sagt. Er is bei sein Großvater aufgwachsn, weil die Mutter ihn dort abgebn hat. Die war so a Halbseidene, und der Alte hat sich um ihn a net richtig kümmert. Da hats höchstens Watschn geben.«

»Und der Vater?«

»Unbekannt.«

»Ist der Jackl schon einmal straffällig geworden?«

»Als Junger is er einmal wegn an Bruch gsessn, hat sich aber wieder gfangen und jetzt arbeitet er scho seit a paar Jahr in der Brauerei. Sonst nix, wegn der Rauferein macht ja niemand a Anzeige.«

»Wo könnten wir ihn finden?«

»Er derf bei sein Onkel auf'n Autoplatz schlafn. Dort schaun wir hin.« Fuchs schlug die Hände zusammen und ging zu einem schwarzen Opel Astra, der vor dem Haus abgestellt war. »Also, gemmas an! Wir werdn ja net nur fürs Herumstehn zahlt.«

»Du kannst gern bei mir mitfahren.« Ruprecht deutete auf die Beifahrerseite des Volvos.

»Na, passt schon …« Fuchs warf einen kurzen abschätzigen Blick auf den Oldtimer und öffnete die Tür des Astras.

Sie fuhren hinüber auf die andere Seite der Salzach, unter der Brauerei vorbei, ein Stück weiter am Fluss entlang und hielten vor dem Grundstück, das von einem niederen Holzzaun umgeben war, dem schon einige Latten fehlten. Inzwischen hatte es ziemlich stark zu regnen begonnen. Auf die Bauernregeln schien also auch kein Verlass mehr zu sein, dachte Ruprecht und ließ den Volvo hinter Fuchs ausrollen. Die Gegend gegenüber dem Industriegebiet der Solvay war aber selbst bei Schönwetter kein attraktiver Teil Halleins.

Das Tor neben dem großen Blechschild mit der Aufschrift *Robert Jackl – Autoverleih* war nur angelehnt. Ein Weg aus unregelmäßig verlegten Waschbetonplatten führte über einen Hof. Sie balancierten vorsichtig über die wackeligen Steine, um nicht zu stolpern, und Ruprecht versuchte einigermaßen den Stellen dazwischen auszuweichen, wo der Regen Lacken bildete und begann, die Erde aufzuweichen.

In der Mitte des Platzes parkte eine weiße Stretch-Limousine mit einem Bukett aus braun verwelkten Blumen auf der Motorhaube – offensichtlich von der letzten Vermietung des Fahrzeugs als Hochzeitskutsche übrig geblieben. An der Seite gab es zwei kleinere Hallen mit Blechtüren, an den Mauern lehnte allerlei Schrott, eine umgestürzte Waschmaschine ohne Deckel und schräg auf einem Wagenheber stand ein Lieferwagen, dem die Vorderräder fehlten.

Ganz hinten, halb durch einen Palettenstapel verdeckt, befand sich ein ebenerdiger Schuppen als Büro und daneben, auf Pflöcken aufgebockt, ein Wohncontainer – Bubis Zuhause.

»Heh, Bubi, mach auf«, rief Fuchs und schlug mit der Faust gegen die Blechtüre. Drinnen blieb es still. Er versuchte es lauter: »Geh scho, mach auf, die Polizei is da!«

Wieder nichts. Ruprecht ging auf die Längsseite zu einem der Fenster und spähte hinein. Der Innenraum war leer.

»Er is net z'haus, sonst würd er sicher aufmachn«, sagte Fuchs. »'S is ja überhaupt niemand da, weil wir Sonntag habn. Das Tor is sowieso immer offn.«

»Aber wenn wir schon da sind, schauen wir uns zumindest um«, meinte Ruprecht.

Sie gingen auf die andere Seite des Büros, das versperrt war, wie Ruprecht beim Rütteln an der Tür feststellte, und versuchten, etwas in den Hallen zu entdecken. In beiden standen unterschiedliche Automaten, die meisten davon zugedeckt oder für eine Reparatur zerlegt.

»Den Autoverleih betreibt der Onkel vom Bubi nur nebenbei, er hat ja nur die Stretchlimo für die Hochzeiten. Damit er was Offizielles für'd Steuer hat. Eigentlich schachert er mit Spielautomaten herum«, erklärte Fuchs. »A windiger Charakter …«

»Da schau«, unterbrach ihn Ruprecht und deutete durch ein schmales Fenster neben einer der Blechtüren in die Halle hinein.

Fuchs kam zu ihm und deckte mit den Händen einen Teil der Scheibe ab, um deutlicher sehen zu können. Im Halbdunkel der Halle stand ein Auto unter einer grünen Kunststoffplane – eindeutig ein Kombi.

»Da gehn wir rein!«, meinte Fuchs. »Is eh niemand da.«

Er fand daneben auf dem Boden ein Stück einer Eisenstange. Bevor Ruprecht etwas sagen konnte, setzte er es beim Schloss der Tür an und mit einem kurzen kräftigen Ruck gab das alte Blech nach.

»Schau, Herr Chefinspektor, da is ja eh offen«, meinte er dazu mit einem breiten Grinsen.

Ruprecht war nicht so wohl dabei, aber so wie es auf dem Autoplatz aussah, fiel die aufgebrochene Tür gar nicht auf. Das Schloss konnte schon länger kaputt sein.

Sie ließen die Tür offen stehen, um mehr Licht im Raum zu haben, und gingen in die Halle. Fuchs hob die Plane hoch.

Darunter kam das Heck eines weißen Passats mit einer eingedrückten Heckklappe zum Vorschein, also zog er sie zur Gänze vom Auto hinunter.

»Na bitte, da steht er ja! Des is der VW vom Bubi«, sagte er dazu triumphierend. »Den Depscher hinten hat er aber schon lang.«

»Das kaputte Heck interessiert mich sowieso nicht«, meinte Ruprecht darauf.

Es war tatsächlich ein B5-Modell mit den alten Leuchten, ein Baujahr vor 2000, wie Wöss bereits festgestellt hatte. Ruprecht ging um das Auto herum und blieb links vorne stehen. Da war er! Genau der Schaden, der zu dem Unfall passte – das Eck der Stoßstange und die Kante des Kotflügels waren eingedrückt, der Blinker zersplittert und ein kleiner Teil der orangen Abdeckung steckte im heraushängenden Gummiteil des Rahmens. Ruprecht war zufrieden, griff nach seinem Handy und fotografierte die Ecke und die Nummerntafel.

»Ja, spinn ich, oder was is da los?« Der zornige Schrei kam von der Tür her, in der ein Mann stand, der das Eisenstück, mit dem Fuchs die Türe aufgebrochen hatte, drohend in der Hand hielt.

Fuchs drehte sich um und schaute den Mann mit ungerührter Miene an. »Mach dich net unglücklich Bertl, schmeiß den Prügl weg.«

Der mit Bertl angesprochene Mann, offensichtlich der Besitzer der Halle und des Autoplatzes, erkannte den Eindringling als Bezirksinspektor Fuchs und ließ die Eisenstange sinken.

»Ja, Rolli«, sagte er verdattert. »Was soll denn das? Was macht's ihr da?«

»Wir haben des Auto von dein Neffn gsucht«, antwortete Fuchs. »Und auch gfundn.«

»Ja, wie seid's ihr denn überhaupt reinkommen?«

»Es war offen.«

»Offen …?« Er schaute ungläubig auf das verbogene Türschloss und das zur Hälfte umgebogene Sperrblech. Er wollte schon auffahren, überlegte es sich aber anders. »Aha, schon gut. Und was wollt's ihr mit dem alten VW?«

»Er is des Beweismittel in an Unfall und hiermit beschlagnahmt. Der bleibt da stehn, bis wir ihn abholn und wird net angrührt – verstehst mich?«

»Ja, keine Angst, mich geht's eh nix an, mir ghört er ja nicht.«

»Wo is der Bubi überhaupt?«

»Keine Ahnung, wahrscheinlich saufen.« Er deutete über die Schulter nach draußen. »Oben in der Brauerei im Stüberl.«

Nachdem Ruprecht ausdrücklich darauf hingewiesen hatte, dass der Passat auf dem Platz zu belassen und nicht anzutasten sei, fuhren sie das Stück die Salzachtalstraße hinauf zur Brauerei.

»Wennst willst, dann ruf ich die Kollegen rauf«, schlug Fuchs beim Einsteigen vor, die Beamten der Halleiner Inspektion als Verstärkung zu holen. Ruprecht nahm das dankend an, da es unkomplizierter war, als wie üblich die Einheit der Wega für die Festnahme zu verständigen.

»Ihr müsst ihn mir aber auch nach Salzburg bringen«, meinte er. »Ich möchte ihn nur ungern ohne Sicherung im Volvo mitnehmen, außerdem hab ich meinen Hund drinnen.«

Jackl stand an einem der kleinen Stehtische mit Barhocker neben den Sudkesseln, war halbwegs nüchtern und kapierte die Situation sofort, als Ruprecht neben ihm stehen blieb und drei Beamte ihn flankierten. Er hob mit einer Geste die Hände, die sagen sollte, ich mache euch keine Schwierigkeiten, und ging, ohne Widerstand zu leisten, mit.

Fuchs drehte sich zum Kellner hinter der Schank um und sagte: »Schreib's auf, wenn noch was offen is. Er hat grad ka Zeit.«

Zehn Minuten später waren sie bereits auf der Tauernautobahn und fuhren Richtung Salzburg. Ella war ungeduldig gewesen und wollte unbedingt hinaus, Ruprecht hatte sie jedoch mit einem: »Ein bisserl später!« vertröstet, da er direkt hinter dem Polizeifahrzeug bleiben wollte. Unterwegs nahm er sein Headset und rief bei Wieland an.

»Ich bring den Bubi zum Verhör hinein«, sagte er, nachdem sich sein Chef meldete.

»Bubi? Wen?« Wieland verstand überhaupt nichts.

Ruprecht schmunzelte über Wielands Verwirrung. »Den Michael Jackl, ein Hauptverdächtiger im Röhm-Fall.«

»Was hast du gegen ihn in der Hand?«

»Einiges«, entgegnete Ruprecht. »Ich hab das zweite Unfallauto bei ihm gefunden und so anstandslos, wie er sich hat abführen lassen, bekommen wir möglicherweise ein rasches Geständnis.«

»Sehr gut! Wenigstens einmal erfreuliche Nachrichten!«, kam es von Wieland in einer Art zurück, als gäbe es sonst nur negative Meldungen. »Wie hast du das Auto gefunden?«

»Ich will dir die genauen Details ersparen«, wich Ruprecht einer exakten Beschreibung des Vorgangs aus. »Es war mithilfe der Kollegen vor Ort. Jedenfalls steht es in einer Firmenhalle in Hallein.«

»Na hoffentlich lief alles korrekt ab, sonst können wir die Beweise später nicht verwenden.« Wieland war wieder einmal in Sorge, etwas entspräche nicht ganz den Vorschriften. »Wöss soll das Fahrzeug holen lassen, damit es nicht am Ende noch verschwindet.«

13

»Auf dem Fahrzeug des Unfallopfers haben wir eindeutige Lackspuren ihres Passats feststellen können«, behauptete Ruprecht nun deutlich ungeduldiger, obwohl sie den Mustang erst vor einer Stunde in die Werkstätte bekommen hatten und der Sachverständige frühestens am Nachmittag mit der Untersuchung beginnen würde. Aber Jackl war seit einer halben Stunde bei der Einvernahme, hatte die Fragen zu der Nacht des Unfalls und dem Abend davor nur widerwillig oder einsilbig beantwortet und tat so, als könne er sich nicht mehr an alles erinnern.

Ruprecht hasste es, wenn ein Montagmorgen so begann. Er hatte daher beschlossen, größeren Druck zu machen, pflanzte sich direkt vor Jackl auf und beugte sich dicht zu ihm hinunter.

»Außerdem gab es Bruckstücke eines Blinkers am Dürrnberg, der ebenfalls zu Ihrem VW gehört«, fuhr er in gleicher Weise fort und setzte dann ansatzlos mit schroffer Stimme hinzu: »Es wird Zeit, Bubi, dass du beginnst, den Mund aufzumachen. Das wär nur in deinem eigenen Interesse!«

Ruprecht hatte *Bubi* extra breit betont und die beiden letzten Sätze so gesagt, als wäre der Fall bereits vollkommen klar und die Beweise unumstößlich – woran es für ihn tatsächlich keinen Zweifel mehr gab.

Sie saßen im 2-4er – Zimmer vier, zweite Etage –, dem speziellen Verhörraum des LKA mit dem venezianischen Spiegel. Nach der Festnahme Jackls brachten ihn die Kollegen aus Hallein zunächst ins Polizeianhaltezentrum, wie die korrekte

Bezeichnung für das Gefängnis lautete. Dort wurde er registriert, seine Fingerabdrücke genommen und er musste die Nacht auf die Vernehmung wartend in der Zelle verbringen, um auszuschlafen und wieder vollkommen nüchtern zu werden. Ruprecht hatte am Sonntag auch keine Lust mehr gehabt, den Rest des Tages im Verhör zu verbringen.

Jetzt zuckte Jackl bei dem verbalen Angriff des Chefinspektors instinktiv zusammen und drückte sich, so weit es ging, nach hinten in den Sessel hinein. Die massive Vorgehensweise Ruprechts und die offensichtlich bereits erdrückende Beweislage taten ihre Wirkung.

»Ich kann nichts dafür«, murmelte er daraufhin tonlos. »Es war eben ein Zufall, dass er mir gerade dort entgegengekommen ist …«

Das war der Durchbruch, endlich gab Jackl zu, am Unfall beteiligt gewesen zu sein – Ruprecht atmete hörbar auf.

»Dann bitte etwas genauer und lauter, damit wir es verstehen können«, sagte er und ließ sich ebenfalls wieder auf seinen Sessel fallen.

»Ich war nur zufällig dort, ich bin nicht zu schnell gefahren und hatte nichts getrunken. Ich konnte nur nicht schlafen, fuhr deshalb einfach durch die Gegend«, begann Jackl und seine Augen wanderten irgendwo an der Decke herum, woran Ruprecht sofort die Lügen erkannte. Er unterbrach ihn aber nicht und ließ ihn vorerst einmal weiterreden. »Nur dann musste ich pinkeln und bin stehen geblieben.«

»Auf der Straße?«

»Ja.«

»Mitten auf der Fahrbahn am Dürrnberg?«

»Es rechnet doch niemand damit, dass dort in der Nacht jemand mit so einem wahnsinnigen Tempo daherkommt«, verteidigte sich Jackl und hob abwehrend die Hände. »Aber der kam so schnell durch die Kurve, dass er mich zu spät gesehen hat. Dann ist er … Ich meine, es ist eine saublöd enge Stelle, hundert Meter weiter wär wahrscheinlich gar nichts passiert!«

Schlagartig wurde klar, wie es abgelaufen sein musste: Der Passat stand in der Kurve auf offener Straße, vermutlich mit abgeblendeten Scheinwerfen, Jonas sah ihn deshalb erst im letzten Augenblick. Automatisch reagierte er, riss den Mustang zur Seite, stieg auf die Bremse und die Fliehkraft schleuderte ihn gegen den Felsen. Daher die gerade Spur nach außen und – außer ein paar Glasscherben – keine Anzeichen des anderen Fahrzeugs, das der Mustang nur an der Spitze des Kotflügels streifte. So wie es Ruprecht mit dem Lieferwagen beinahe auch passiert wäre.

»Ich wusste natürlich sofort, dass etwas Furchtbares geschehen sein musste!« Jackl unterbrach sich und tat so, als würde im Kopf das Geschehen wieder ablaufen und er wäre davon persönlich betroffen. »Ich war vollkommen geschockt …«

»Na, fürs Abhauen hat es aber gereicht«, meinte der Chefinspektor ziemlich trocken. »So groß wird die Panik nicht gewesen sein.«

»Doch, doch! Ich war wie gelähmt! Deshalb hab ich erst später den Notruf gewählt und es gemeldet.«

»Warum anonym?«

»Ich weiß es nicht …« Jackl klang fast weinerlich. »Das muss ein Kurzschluss gewesen sein …«

»Und weiter?«

»Nichts weiter, ich bin nach dem Notruf nach Hause gefahren. Ich war vollkommen fertig!«

Jackl war gegen Ende immer hastiger geworden und sank förmlich im Sessel zusammen. Du bist ein schlechter Schauspieler, dachte Ruprecht, stand auf und begann, im Raum herumzugehen. Er ließ Jackl eine Weile dunsten, dann setzte er sich auf die Tischkante und sah ihn scharf an.

»Soll ich dir sagen, wie es wirklich war?« Auf die rhetorische Frage kam seine Feststellung zum Hergang direkt hinterher, wobei er Jackl mit den Augen fixierte: »Du wusstest, dass Jonas um diese Zeit von der deutschen Bar nach Hause fahren würde. Du hast am Dürrnberg an der unübersichtlichsten Stelle auf ihn gewartet. Du hast deinen Passat dort absichtlich hingestellt, um einen Unfall zu provozieren. Und ich nehme an …« Er beugte sich vor. »Du hast Geld dafür genommen – wir sprechen also von einem Mordversuch!«

»Nein, so war es nicht!« Es war fast ein Aufschrei von Jackl, der sich unter Ruprechts Blick wand.

»Doch«, kam es kalt zurück. »Wer hat dich bezahlt?«

»Niemand …!«

»Wie viel hast du bekommen?«

»Ich hab kein Geld dafür bekommen«, wehrte Jackl ab und schüttelte energisch den Kopf.

»Wofür hast du kein Geld bekommen?«

»Ich meine, es gab kein Geld«, , er rang sichtlich nach Worten, »es gab keinen Auftrag …«

Ruprecht lehnte sich zurück. »Wer hat etwas von einem Auftrag gesagt? Gab es einen solchen?«

»Nein, natürlich nicht!«

»Kam der Auftrag etwa von einem Ausländer?«

»Aber es gab keinen Auftrag. Ehrlich! Das müssen Sie mir glauben!«

Eine volle Stunde ging das Ping-Pong der Befragung in diesem Stil weiter. Ruprecht versuchte mit allen Mitteln, Jackl vor sich her und in die Enge zu treiben. Der schwitzte bereits aus allen Poren, seine Blicke suchten Halt, den sie nirgendwo in dem kargen Raum fanden, und die Stimme klang am Schluss schon ehrlich verzweifelt, aber – er hielt dicht.

»Was haben wir?«, fragte Wieland, der etwas später bei der Vernehmung vorbeischaute und mit Ruprecht auf der anderen Seite des halbdurchlässigen Spiegels stand.

»Leider zu wenig«, antwortete dieser und blickte auf Jackl im Verhörzimmer, der drinnen wie teilnahmslos auf seinem Sessel saß. »Bislang kann ich ihm nur Fahrerflucht nachweisen und bestenfalls unterlassene Hilfeleistung.«

»Was sagt er denn?«

»Er behauptet, nur herumgefahren zu sein, und war beim Unfall angeblich gar nicht im Auto.«

»Sondern?«

»Er hat es stehen gelassen und war pinkeln. Der einzige Fehler – in seiner Darstellung – war, dass er weitergefahren ist und den Notruf nicht sofort gemacht hat. Sonst ist er das reinste Unschuldslamm!«

»Das ist alles? Dafür kannst du ihn ja nicht einmal hier behalten«, meinte Wieland spitz. »Du hast demnach doch keinen wirklichen Fall.«

»Doch, den habe ich!«, sagte Ruprecht bestimmt. »Ich kenne solche Typen zur Genüge und seine Unsicherheit war nicht zu übersehen. Das war eine bezahlte Sache und er hatte einen Auftrag dafür!«

»Leg ihm nur ja nichts in den Mund, sonst kann er sich nachher darauf ausreden, du hättest ihn beeinflusst und die Antwort vorgesagt.«

Zurück im Verhörzimmer setzte Ruprecht die Befragung fort. Doch Jackl blieb hartnäckig bei seiner Version, verlangte einen Rechtsbeistand und wiederholte auf dessen Anraten stur wie eine Gebetsmühle ständig die gleichen Sätze.

Täglich schaute Ruprecht bei Vernehmungen in die Abgründe der Gesellschaft, versuchte Beweggründe auszuloten und jeden Täter, so gut es ging, objektiv zu betrachten. Gleichgültig, wie schwerwiegend ein Verbrechen war, konnte er, wenn Emotionen im Spiel waren oder äußere Umstände zu einer spontanen Tat führten, manchmal sogar Verständnis dafür aufbringen. Schließlich war er kein gefühlloser Roboter, sondern vermochte sich sehr gut in Situationen einzufühlen.

Nur für gedungene Totschläger wie diesen Bubi fehlte ihm jegliches Mitgefühl. Da gab es keine Lebensumstände, die zu einer Tat geführt hatten, oder Bedrohungen, auf die er reagieren musste. Solcher Abschaum kannte keinerlei Motivation außer Geld und zerstörte das Leben eines anderen Menschen, den er davor vielleicht nicht einmal kannte. Trotzdem musste ihn Ruprecht nach vier Stunden intensiver Vernehmung gehen lassen. Dementsprechend miserabel war seine Stimmung, als er ins Büro kam.

»Nicht zu biegen gewesen?«, fragte Frieda, die den Ausgang bereits an Ruprechts Miene ablas.

Er nickte müde. »Hat sich am Ende auf einen Schock ausgeredet, zerknirscht getan und auf jede Frage den gleichen Mist heruntergeleiert.«

»Und was weiter?«

»Vorerst nichts. Er hat ein Protokoll unterschrieben, und ich musste ihn gehen lassen«, entgegnete Ruprecht. »Fahrerflucht ist bei uns ja leider keine Straftat, sondern nur eine Verwaltungsübertretung.«

Er starrte beim Fenster hinunter, wo Jackl gerade mit eiligen Schritten über den runden Platz vor der Mensa zur Alpenstraße hastete. Dann holte er Ella, die bei Frieda geblieben war, und meinte, dass er sich den Rest des Tages freinehmen würde. An der Tür stieß er mit Wöss zusammen.

»Ich hab dich schon gesucht«, sagte der Forensiker. »Der Mustang war für unseren Sachverständigen eine leichte Übung.«

»Soll heißen?«

»Wie angenommen stammen die Glasteile und die Lacksplitter von einem alten weißen Passat und nach deinen Fotos bin ich sicher, dass sie mit dem VW vom Jackl übereinstimmen werden«, sagte Wöss aufgeräumt und wedelte mit dem Ausdruck eines ersten Kurzberichts. »Die genauen Details gebe ich dir später zum Akt, und das Auto holen wir zur Untersuchung morgen früh aus Hallein.«

»Das kannst du dir sparen.«

»Ich versteh nicht?«

»Der Jackl hat für die Beteiligung am Unfall vorhin ein Protokoll unterschrieben. Damit können wir uns die Überstellung ersparen. Die Kollegen aus Hallein sollen den Passat zu sich holen und die relevanten Spuren gleich dort aufnehmen – das genügt uns vorerst.«

Wöss sah Ruprecht von der Seite an und schüttelte den Kopf. »Du wirkst irgendwie sauer, obwohl du gerade ein Geständnis bekommen hast?«

»Er musste ihn gehen lassen …«, meinte Frieda aus dem Hintergrund.

»Einfach so?«, wunderte sich Wöss

»Leider ja«, erklärte Ruprecht. »Mehr als Fahrerflucht und unterlassene Hilfeleistung ist es im Moment nicht. Dafür laufen die Anzeigen wie üblich auf freiem Fuß.«

»Und wegen deines Verdachts, dass es wesentlich mehr gewesen sein könnte, hat der Staatsanwalt keine weitere Untersuchungshaft bewilligt?«

Ruprecht winkte mit einer Geste ab. »Den Staatsanwalt hab ich mir erspart, weil es sowieso nichts gebracht hätte. Außerdem macht es wenig Sinn, wenn der Jackl einsitzt. Da ist es besser, er rennt draußen herum, redet über seine Verhaftung und macht damit andere nervös.«

Wöss wiegte den Kopf. »Na hoffen wir, du hast recht und es funktioniert.«

Das Wetter, das sich über der Salzach zusammenbraute, passte zu Ruprechts Stimmung, als er hinüber nach Aigen ging. Er wollte Hanna anrufen, konnte aber nur Lukas erreichen, da sie wegen eines Berichts über den Citymarathon am Sonntag nach Wien gefahren war und dort heute Freunde besuchte. Dafür lud ihn Lukas zur Entspannung auf eine Jause ein. Da Ruprecht vorher seine schlechte Laune loswerden wollte, ging er mit Ella eine Runde am Wasser spazieren. So war es schon kurz vor fünf, als er in die Uferstraße einbog.

Das Haus ist ein echtes Schmuckstück geworden, dachte er wieder einmal und musste über seinen Antrittsbesuch im neuen Heim schmunzeln. Damals war er betroffen am Eingang stehen geblieben und hatte gehofft, die beiden würden seine Bestürzung nicht bemerken. Auf ihn wirkte das weiße Haus mit dem alten angebauten Glashaus wie eine Bruchbude. Hanna hatte zwar erwähnt, einiges müsse man renovieren, aber was er sah, eignete sich bestenfalls zum Abreißen. Sie zwinkert nur schelmisch über sein Entsetzen und meinte, in ihrer Vorstellung sei es schon fertig.

Lukas hingegen, der als passionierter Fotograf für einige Magazine arbeitete, erkannte sofort die Möglichkeiten des natürlichen Lichts in dem zugehörigen Glashaus, das dann sogar ein Markenzeichen seines Ateliers wurde. Obwohl etwas älter als Ruprecht, wirkte er mit seinen kurzen rotblonden Haaren und den unvermeidlichen bunt karierten Hemden wie ein Student, der etwas in die Jahre gekommen war. Wozu seine stets unbeirrt gute Laune sicher ihren Teil beitrug.

»Hanna ist in Wien und kommt erst am Abend«, sagte er statt einer Begrüßung und ging voraus ins Haus. »Ich bin gleich bei dir, ich muss nur schnell ein paar Bilder auf den Server schicken. Kaffee ist schon aufgestellt und einen Gugelhupf gibts auch. Ich glaub, wir bleiben drinnen, es wird bald regnen.«

Das Wohnzimmer, das zum Garten hinausging, nahm fast das ganze Erdgeschoß ein. Hanna liebte offene Räume und hatte alle Trennwände entfernen lassen, nur das grob verputzte Mauerstück mit dem offenen Kamin in der Mitte war als Raumteiler erhalten geblieben. Davor standen zwei große Sofas und bei der Terrassentüre war Hannas Arbeitsplatz – ein alter Bauerntisch vom Flohmarkt, vollgestapelt mit Büchern und Papier, hinter denen sie sich mit ihrem Laptop zum Schreiben zurückzog.

Lukas verschwand für einige Minuten im Atelier, Ella lief hinter ihm her und Ruprecht ging in die Küche, um nach dem Kaffee zu sehen. Er freute sich auf die geruhsame Plauderstunde, und in der entspannten Atmosphäre verschwand langsam sein Ärger.

»Den Duft des gebratenen Fisches riecht man bis hinaus auf den Parkplatz«, sagte Hanna von der Türe her, als sie später heimkam. Sie warf ihre Tasche auf den Schreibtisch. »Bist du fertig? Ich komme um vor Hunger!«

»Jawohl, gnädige Frau«, scherzte Lukas, der Abendessen gekocht hatte. »Ich warte bereits seit Stunden und halte alles warm.«

»Na hoffentlich schmeckt es dann überhaupt noch …«, konterte sie spitzbübisch und verschwand nach oben, um sich umzuziehen.

Beim Essen erzählte Lukas vom Besuch ihres Bruders und seinen Frust, den er sich im Lauf der Jause von der Seele geredet hatte.

»Dann kann ich mir gut vorstellen, dass er sauer ist«, meinte Hanna. »Wenn er von etwas überzeugt ist und es funktioniert nicht, wurmt ihn das tagelang und er kann dann an nichts anderes denken – so war er schon als Kind.« Sie schob den Teller mit dem restlichen Fischfilet zur Tischmitte, ging hinüber zum Schreibtisch und zündete sich eine Zigarette an. »Es ist aber wirklich blöd, genau zu wissen, dass einer was gedreht hat und nirgends ansetzen zu können. Ich schreib was drüber und geb's morgen rein.«

»Hanna, bitte!«, Lukas hob abwehrend die Hände. »Das wird Martin gar nicht passen!«

»Alle meine Kollegen haben bereits über den Unfall von Jonas Röhm berichtet, also darf ich auch einmal, oder?« Ihre Augen blitzten. »Ich kann doch nichts dafür, dass mein Bruder zufällig die Ermittlungen leitet.«

»Ja, aber erwähne nichts von dem Verhör, von dem kannst du ja gar nicht wissen.«

Sie klappte ihr Laptop auf. »Ich halte es allgemein …«

Lukas verdrehte die Augen. Hätte ich nur keine Bemerkung darüber gemacht, schalt er sich und räumte die Teller ab.

14

Der Morgen begann mit feinem Nieselregen aus einer dichten Wolkendecke und die Salzach schimmerte graugrün kalt, als sie über die Brücke fuhren. Es war kurz vor acht, als Ruprecht mit Ella ausstieg. Er hatte schlecht geschlafen und war mit dem Gefühl, etwas übersehen zu haben, das ihn oft beschlich, wenn ein Verhör zu keinem greifbaren Ergebnis führte, bereits um sieben wieder in den Bus nach Salzburg gestiegen. Den Volvo ließ er an Tagen, an denen kein konkreter Termin anstand, meistens stehen und nahm den Regionalbus. Der brauchte zwar deutlich länger und hielt in jeder kleinen Ortschaft, dafür ersparte man sich am Monatsende die Diskussion mit der Verrechnung wegen des Kilometergelds. An Regentagen erschien Ruprecht der Bus wesentlich angenehmer, als selbst hinter dem Lenkrad zu sitzen.

Bestimmt ist es das beginnende Alter, kam ihm gelegentlich in den Sinn, da er früher alles mit dem Auto gefahren war. Solche Gedanken verdrängte er dann damit, dass es zweifellos nur mit seinem gestiegenen Umweltbewusstsein zu tun hatte.

In der Alpenstraße brannten die Neonröhren in den Gängen und die Büros waren noch leer. Nur Frieda saß hinter ihrem Schreibtisch, die grauen Haare korrekt aufgesteckt, und sah ihm über die Brille mit dem ihr eigenen Blick, der ernst und freundschaftlich zugleich wirkte, entgegen.

»Guten Morgen!« Sie beugte sich zu Ella hinunter, die sofort zu ihr gerannt war, und gab ihr aus der kleinen Naschlade ein

Stückchen Hundekuchen. »Ist es für Hunde von Chefinspektoren nicht ein wenig zeitig?«

»Ihr verwöhnt sie alle.« Ruprecht schmunzelte. »Hast du schon was für mich?«

»Allerdings«, sagte Frieda und hielt ihm einen Zettel hin. »Sophia Röhm! Sie hat schon zwei Mal angerufen – klingt aufgeregt. Hier ihre private Nummer.«

Er nahm die Notiz und ging weiter in sein Büro. Ellas Leine kam an den Fensterriegel – das Zeichen für sie, dass er arbeiten musste. Sie verzog sich brav in ihren Korb neben dem Schreibtisch.

»Ruprecht. Guten Morgen!«, sagte er einige Minuten später, als Sophia sich meldete. »Sie hätten mich jederzeit am Mobiltelefon anrufen können, die Nummer steht auf der Karte.«

»Ich wollte nicht aufdringlich sein. Danke für den Rückruf«, meinte sie höflich. »Zu allererst möchte ich mich bei Ihnen wegen meiner barschen Art von voriger Woche entschuldigen. Sie hatten in jedem Fall recht mit Ihrer Bemerkung, dass Jonas einen sehr lockeren Lebenswandel pflegt, seit Vater tot ist. Aber es gibt so viel Gerede deswegen und ich hab Ihre Bemerkung leider in die falsche Kehle bekommen.«

»Aber, ich bitte Sie«, antwortete er verständnisvoll, »das war kurz nach dem Schock über den Unfall. Ich wollte Sie mit der Bemerkung auch keinesfalls verletzen. Es gibt nur manche Fragen, die wir aus Gründen eines raschen Überblicks leider stellen müssen, selbst wenn sie manchmal unpassend erscheinen.«

Einen Augenblick war es am anderen Ende still. Sophia versuchte offensichtlich die richtigen Worte zu finden.

»Ich war gestern bei Konstanze im Reitstall«, sagte sie dann. »Sie hat mir von ihr und Ihnen erzählt. Also, dass sie sehr eng befreundet sind und über Jonas gesprochen haben.«

Ruprecht wäre es lieber gewesen, Kostanze hätte das nicht erwähnt, um ihre private Beziehung und die Ermittlungen klar voneinander zu trennen. Außerdem wollte er jeden Eindruck vermeiden, er würde im Freundeskreis über interne Angelegenheiten oder die Details seiner Arbeit plaudern. Überhaupt da seine Schwester Journalistin war und es dann oft die Befürchtung gab, alles würde weiter an die Presse gehen.

»Es war rein zufällig«, nahm er deshalb sofort Bezug darauf. »Die Sache ging ja leider durch die Nachrichten und Konstanze erwähnte, dass Sie ein Pferd bei ihr einstellen. Deshalb war sie darüber ziemlich betroffen, vor allem macht sie sich Ihretwegen Sorgen. Aber wir haben natürlich nur ganz allgemein …«

»Schon gut«, unterbrach sie ihn. »Ich habe kein Problem damit und bin froh, mit jemandem darüber sprechen zu können. Wie oft hab ich Jonas gesagt, so ein schnelles Auto ist Unsinn, konnte aber den Kauf nicht verhindern. Er hat ja ein Anrecht auf das Geld, auch wenn es großteils in der Firma steckt. Trotzdem fühle mich deshalb mitschuldig.«

»Bitte machen Sie sich keinen Vorwurf, die Schuld an einer solch üblen Sache trägt nur der Verursacher.«

»Ist das dieser Jackl aus der Brauerei? In der Firma hat man davon gesprochen, dass er verhaftet wurde.«

»Leider darf ich mit den Betroffenen nicht über die laufenden Ermittlungen sprechen«, entgegnete Ruprecht. »Aber das mit der Verhaftung stimmt, allerdings ist er wieder frei. Er war beteiligt und da laufen bereits die Anzeigen bei der Staatsanwaltschaft – so viel kann ich sagen. Mehr konnte ich ihm jedoch nicht nachweisen. Vielleicht irre ich mich mit meiner Vermutung, und es steckt tatsächlich nicht mehr dahinter.«

»Oh doch, glauben Sie mir«, stieß sie plötzlich hervor. »Da ist mehr im Hintergrund, viel mehr, und Konstanze … sie hat gemeint, ich soll mich Ihnen anvertrauen …«

Sie stockte und er hörte, dass sie zu schluchzen begann. Er wusste nicht, wie er mit ihrem spontanen Gefühlsausbruch umgehen sollte. Gegen die plötzliche Angst, die er bei Sophia spürte, war er machtlos. Er nahm den Hörer ans andere Ohr, lehnte sich geduldig zurück und sagte einige beruhigende Worte. Nach einer kurzen Weile fing sie sich wieder.

»Verzeihen Sie, ich wollte Sie nicht anheulen«, meinte sie und atmete durch. »Es geht schon wieder. Konstanze hat mir geraten, unbedingt mit Ihnen darüber zu sprechen, obwohl man gesagt hat, dass ich keinesfalls die Polizei einschalten darf.«

Augenblicklich wurde Ruprecht hellhörig und sein Tonfall dienstlich. »Bitte sagen Sie mir, was geschehen ist.«

»Ich werde erpresst«, sagte sie daraufhin, so sachlich es ihr in der Aufregung möglich war. »Es war jemand am Telefon, der meine zwölfjährige Tochter Marie bedroht. Er hat gesagt, ihr könne etwas Ähnliches passieren wie Jonas.«

»Haben Sie eine Ahnung, weshalb man Sie erpresst?«, fragte er in ihre kurze Atempause, obwohl ihm der Grund dafür natürlich sofort klar war.

»Es geht um meine Anteile an der Firma. Es gibt da einen Konzern, der sie kaufen möchte und seit Vaters Tod enormen Druck ausübt.«

»Verstehe«, bemerkte er vorsichtig. »Konstanze hat mir gegenüber schon etwas in der Richtung erwähnt.«

»Aber ich hätte doch niemals erwartet«, stieß sie hervor, »dass diese Leute so weit gehen!«

»Konnten Sie erkennen, wer es war?«

»Nein, die Stimme war seltsam verzerrt.«

»Und die Art des Sprechens? Kam Sie Ihnen irgendwie bekannt vor?«

»Eigentlich nicht«, meinte sie überlegend, »aber ich hab das Gespräch auf Band.«

»Wie?«

»Ja, ich war gerade beim Diktieren und wollte das Gerät nicht weglegen. Daher nahm ich das Telefonat einfach über Lautsprecher an. Und in meiner Aufregung hab ich dann das Diktaphon nicht abgeschaltet und es ist durchgelaufen.«

»Das ist ein guter Ansatzpunkt. Ich möchte aber Sie oder Ihre Tochter keinesfalls gefährden, deshalb sprechen wir nicht am Telefon weiter. Immerhin ist es möglich, auch wenn es hart klingen mag, dass jemand aus der Firma oder Verwandte an der Sache beteiligt sind.«

»Das kann ich mir nicht vorstellen«, meinte sie. »Wer könnte das sein? Von meinen Verwandten würde doch niemand von einem Verkauf profitieren und für meine Mitarbeiter lege ich die Hand ins Feuer.«

»Trotzdem«, bestand er auf seinem Vorschlag, »treffen wir uns an einem neutralen Ort, wo wir sicher sein können, keine Mithörer zu haben.«

»Gut. Wann und wo?«

»Am besten gegen Mittag. Da gibt es ein kleines Lokal in der Nähe, ich schicke Ihnen die Adresse aufs Handy. Und bitte, vorerst zu niemandem ein Wort darüber.«

»Wäre es wenigstens möglich, dass Konstanze zu dem Gespräch mitkommt?«, fragte sie. »Sie weiß über die Sache Bescheid und es wäre mir wohler, wenn ich eine Freundin als Stütze dabeihätte.«

»Ja, wenn Sie das möchten«, sagte Ruprecht etwas zögerlich, da es ihm eigentlich gar nicht recht war, Konstanze in den Fall zu involvieren. Es blieb ihm aber nichts anderes übrig.

Nach dem Gespräch verständigte er Konstanze über den Wunsch von Sophia, sie dabeizuhaben.

»Es wäre mir zwar lieber gewesen, mit ihr allein zu sprechen und dich nicht mit hineinzuziehen, aber jedenfalls ist es gut, dass du ihr geraten hast, sich an mich zu wenden. Solche Drohanrufe sind in der Regel nur Warnungen, um etwas zu erreichen, aber trotzdem unangenehm für die Betroffenen und man muss vorsichtig sein, keine Überreaktion auszulösen.«

»Das dachte ich auch und deshalb hab ich ihr versprochen, dass du dir alles einmal *privat* anhörst und nichts unternimmst, wenn sie das nicht möchte.«

Er schüttelte energisch den Kopf. »Das geht leider nicht! In einer laufenden Ermittlung muss ich einer Sache, die damit zusammenhängt, in jedem Fall nachgehen. Aber hören wir uns zuerst an, was sie erzählt.«

Ruprecht hatte um eins im *Everest* reserviert, für ihn ein Spaziergang von einer Viertelstunde, den Ella nach einem Vormittag im Büro dringend brauchte, und es lag günstig für Sophia und Konstanze nahe der Autobahnabfahrt Salzburg Süd. Das Everest war außerdem sein Geheimtipp, wenn er bei einem Essen in Ruhe mit jemandem reden wollte. Er mochte die Atmosphäre und die vorzügliche Küche, die man nach dem unscheinbaren Äußeren des kleinen Lokals nicht erwartet hätte.

Sie gingen in den hinteren Raum, wo sie die einzigen Gäste und für das Gespräch unter sich waren. Ruprecht liebte von der umfangreichen Speisekarte das indische Curry mit Frischkäse und Spinat, bei dem er auch heute blieb. Konstanze nahm gebratenen Reis mit Gemüse und Sophia, der die Aufregung auf den Magen geschlagen hatte, wollte eigentlich gar nichts essen. Sie bestellte dann nur gegrilltes Hühnerfleisch mit Joghurtsauce, von dem sie aber die Hälfte stehen ließ.

»Ich verstehe, dass Ihre gesamte Situation mit der Firma, mit Jonas und jetzt durch dieses Telefonat sehr belastend ist«, sagte Ruprecht, als sie beim Essen saßen. »Gerade deshalb wäre es an der Zeit, langsam reinen Tisch zu machen. Nur möchte ich gleich vorausschicken – wenn Ihre Informationen für den Fall relevant erscheinen, werde ich diesen nachgehen.«

Sophia stocherte in ihrem Spinat herum, dann schaute sie plötzlich auf und legte das Besteck weg.

»Also gut«, sagte sie entschlossen. »Begonnen hat alles vor vier Jahren in Luzern bei einem Symposium für Dermatologen, den die Biodon AG veranstaltete. Stephan Rottwanger hatte den Schweizer Konzern damals gerade übernommen und machte meinem Vater, der zu der Tagung eingeladen war, das Angebot, unsere Firma zu kaufen. Die beiden kannten sich bereits länger von diversen Kongressen. Vater lehnte das strikt ab, und es entspann sich ein Machtkampf, der über ein Jahr ging. Wir konnten die Übernahme nur mit Mühe abwehren.«

»Ich nehme an, der Grund für diesen Versuch war auch damals schon das Patent, das Sie registriert haben?«

»Genauso ist es. Das will Rottwanger unbedingt haben und als Basis für irgendeinen Beauty-Scheiß verwenden!« Sophia klang gereizt, wischte den aufkommenden Ärger aber mit einer Handbewegung weg. »Egal! Unsere Tinktur ist ein hochwirksames Präparat für die Regeneration der Haut im medizinischen Bereich und das soll sie bleiben. Nur im letzten Jahr …«

Sie schluckte und Ruprecht sah, dass es ihr schwer fiel, auf die aktuellen Ereignisse einzugehen, deshalb drängte er sie nicht.

»Kaum dass Vater tot war, tauchte dieser Holländer von der EMA in Amsterdam auf«, fuhr sie nach einer Pause fort. »Der arbeitet als Vermittler für Rottwanger und begann mit Jonas zu verhandeln. Der würde seine Hälfte ja lieber heute als morgen verkaufen. Ihm hat das Unternehmen nie viel bedeutet …«

»Im Unterschied zu Ihnen«, fügte Ruprecht an. »Ich nehme an, der Lobbyist ist Piet Havenbrook?«

Sie nickte. »Ich wollte das zuerst abwenden und Jonas mit einer vernünftigen Summe auszahlen, aber die Schweizer haben dann mehrere Millionen geboten und Jonas hat das ständig weiter in die Höhe getrieben. Und so weit kann ich mich nicht verschulden.«

»Haben Sie Havenbrook getroffen?«

»Nein. Er wollte zwar, aber ich lehnte das bisher ab. Denken Sie, er steckt hinter dem Drohanruf?«

»Das könnte ich mir gut vorstellen. Für Jackl ist so etwas eindeutig eine Nummer zu groß, die Schweizer werden sich nicht selbst die Hände dreckig machen, und für einen Lobbyisten gibt's bei einem derartigen Deal bestimmt eine satte Provision. Also hat er ein eindeutiges Motiv«, erklärte Ruprecht, dann sah er Sophia fragend an. »Sie haben die Aufnahme mit?«

»Natürlich!« Sie holte das Diktaphon aus ihrer großen Umhängetasche, die über der Sessellehne hing. »Hier.«

Sie legte das Gerät auf den Tisch, suchte die Stelle und startete die Aufnahme. Es war eine stark verzerrte Stimme zu hören. Obwohl sich Ruprecht nicht ganz sicher war, klang die Sprechweise männlich für ihn.

Die Stimme fragte, ob Sophia ihre Tochter liebe, denn wenn sie das täte, dann solle sie sich nicht gegen den Verkauf der Firma stellen. Marie wäre oft mit dem Rad unterwegs, und es gäbe so viele unachtsame Autofahrer, da könne ihr leicht etwas Ähnliches wie Jonas zustoßen … Am Schluss sagte die Stimme:

Wir beobachten Sie und Ihre Tochter.
Falls Sie die Polizei einschalten,
schreiten wir sofort zur Tat!
Überlegen Sie gut, was Sie tun …!

Sophia sah Ruprecht an. »Verstehen Sie nun, wie besorgt ich bin. Marie ist das Wichtigste in meinem Leben. Seit meiner Scheidung lebt sie bei mir und ich werde alles tun, sie zu schützen.« Sophia wurde leise. »Und wenn es bedeutet, dafür die Firma verkaufen zu müssen, dann werde ich das tun.«

»Ich nehme das Gerät zur Analyse mit«, sagte Ruprecht. »Weiß sonst jemand davon?«

»Nein, nicht einmal Herr Doppler, meine einzige Stütze, seit Vater nicht mehr ist. Mit dem teile ich normalerweise alles, nur war er wegen eines Lieferproblems vormittags in Salzburg unterwegs, ich bin am Nachmittag zu Konstanze gefahren und heute kam ich nicht von der Arbeit, sondern direkt von zu Hause.«

»Dann lassen wir das bitte vorerst so. Sprechen Sie mit niemandem über den Anruf oder unser Treffen, nicht einmal mit Ihrem Vertrauten«, schärfte ihr Ruprecht ein. »Unsere Techniker werden schnellstens versuchen, die Stimme auf der Aufnahme klar zu bekommen und dann holen wir uns den Lobbyisten für eine Gegenprobe.«

»Und wenn sich der Anrufer wieder meldet?« Bei Sophia war wieder die Angst zu spüren.

»Dann versuchen Sie nichts abzulehnen, zeigen Sie sich im Prinzip gewillt, alles zu tun, was man verlangt, aber zögern Sie die Sache hinaus. Und, bis wir die Aufnahme ausgewertet haben, lassen Sie sich bitte nicht zu einem spontanen Verkauf erpressen.« Ruprecht steckte das Gerät ein. »Vor allem soll Ihre Tochter in Ihrer Nähe bleiben oder Sie bringen sie außerhalb bei Freunden unter, bis die Sache vorbei ist.«

»Wenn du das möchtest, kannst du Marie jederzeit zu mir nach Hallstatt bringen, ich passe gern auf sie auf«, sagte Konstanze, die still zugehört hatte, zu Sophia. »So was wie eine Reiterwoche gefällt ihr bestimmt. Bei mir sind genug Leute am Hof, und Ashley verbellt lautstark jeden Fremden.«

Zurück im LKA ging Ruprecht sofort in die Forensik zu Wöss und spielte ihm die Aufnahme vor. »Ich hoffe, du kannst damit etwas anfangen«, sagte er danach, »denn wenn die Erpresser es ernst meinen, stehen wir unter Zeitddruck. «

Wöss wiegte nachdenklich den Kopf. »So wie es klingt, könnte es sogar eine Frau sein. Mach dir keine zu großen Hoffnungen«, bemerkte er dazu. »Es gibt hunderte Apps auf dem Markt, die Stimmen technisch verzerren und unkenntlich machen. Wenn wir nicht genau wissen, welches Programm die verwendet haben, wird es schwierig, den Algorithmus zu finden.«

»Es ist meine einzige Chance auf einen stichhaltigen Beweis gegen den Holländer. Alex, bitte schau, dass du mir irgendwas Greifbares an die Hand geben kannst«, ersuchte ihn Ruprecht nachdrücklich.

»Ich versuch es, aber ob wir es herausbekommen …« Er hörte nochmals in die Aufzeichnung hinein und fuhr mehrmals zurück, um eine Stelle erneut zu hören. »Fest steht jedenfalls, dass da niemand direkt – also live – gesprochen hat, sondern es wurde eine Aufnahme abgespielt.«

»Wieso bist du da so sicher?«

»Weil der Anrufer auf die Fragen von Sophia, die sie in ihrer Aufregung dazwischen gestammelt hat, überhaupt nicht eingegangen ist und keine Pause im Reden macht. Das ist für ein echtes Gespräch schon deshalb untypisch, weil man ja möchte, dass der andere mitbekommt, was man sagt. Daher unterbricht man bei einer Gegenfrage automatisch oder wird zumindest langsamer.«

»Das ist gut«, meinte Ruprecht spontan. »Irgendwo muss diese Aufnahme also noch existieren!«

»Wenn sie nicht gelöscht wurde.« Wöss nahm das Diktaphon an sich. »Der Anrufer benutzte sicher eine Prepaid-Karte. Ich probiere, ob wir über die Verbindungsdaten die Nummer feststellen können. Damit wüssten wir, wo die Karte gekauft wurde. Das sollte gehen.«

»Bitte rasch, wenn es irgendwie geht! Die Sachen hängen eindeutig zusammen, und nachdem der Jackl beim Verhör dichtgehalten hat, muss ich diesen Holländer irgendwie anders festnageln, bevor er Salzburg wieder verlässt.«

15

»Ich weiß, was du meinst«, Sophia Röhm deutete auf den Besucherstuhl vor ihrem Schreibtisch. »Nur will ich die Firma um jeden Preis halten.«

»Das ist mir klar. Doch so wie die Dinge liegen ...« Doppler setzte sich auf die Kante des Stuhls und hob ratlos die Arme. Sie waren in Sophias Büro bei einer kurzen Besprechung über die nächsten Lieferungen an die Salzburger Uni-Klinik, und er hatte die Gelegenheit genützt, das Angebot der Biodon anzusprechen. »Damit du mich nicht falsch verstehst – mir würde es große Schmerzen bereiten, wenn wir aufgeben müssten. Schon wegen deines Vaters, der die letzten Jahre wirklich alles für die Firma geopfert hat.«

»In erster Linie denke ich an die Leute. Glaubst du nicht, dass viele ihren Job verlieren würden?«

»Da sehe ich eigentlich keine Probleme«, versuchte er ihre Bedenken zu zerstreuen. »Havenbrook hat uns wissen lassen, dass Biodon die gesamte Mannschaft übernimmt, wenn wir einwilligen.«

»Das kann er vielleicht Jonas erzählen, aber ...«

»Du glaubst den Schweizern nicht?«

Sie schüttelte energisch den Kopf. »Ich bin sicher, dass Rottwanger den medizinischen Bereich und die Forschung sofort einstellt. Der möchte doch nur seine Beauty-Linie erweitern. Dazu braucht er weder das Labor noch die ganze Infrastruktur für den Spitalsverkauf.«

»Aber wenn er es vertraglich garantiert?«

»Dann übernimmt er unsere Leute eben zuerst und baut die Stellen ein halbes Jahr später ab.«

»Willst du von einem Käufer etwa eine Garantie für Jahre?«, sagte Doppler einen Ton schärfer, der seine hohe Stimme unangenehm klingen ließ. »Die wird dir niemand geben.«

»Ich will überhaupt keine Garantie«, konterte sie ebenso. »Ich möchte alles behalten und unseren Weg – der seit vierzig Jahren prima läuft – weitergehen!«

»Entschuldige bitte! Natürlich ist es deine Sache«, lenkte Doppler ein. »Es wäre nur gerade der richtige Moment, die Sache ohne große Störung abzuwickeln.«

»Mit der Störung meinst du Jonas«, blitzte sie ihn an. »Oder täusche ich mich da?«

»Das liegt mir fern …« Er suchte nach geeigneten Worten für seine Überlegungen. »Nur es konnte wegen seiner ständigen Forderungen zu keinem vernünftigen Gespräch zwischen Havenbrook und dir kommen. Sonst bin ich sicher, dass du ein anderes Bild von der Sache hättest.«

Sie warf den Kopf unwillig zurück. »Und du meinst, jetzt wäre der Weg frei?«

»Jedenfalls könntest du, im Falle seiner Verhinderung, laut Erbschaftsvertrag für ihn entscheiden und bist allein für beide Teile zeichnungsberechtigt.«

»Soll ich, solange mein Bruder wehrlos im Koma liegt, ganz schnell das Unternehmen über seinen Kopf hinweg verkaufen?«

»Das wäre es doch nicht, es ist eben so festgelegt, und er wird das Geld dringend für seine Reha brauchen, sobald er wieder aufwacht.«

»Es ist schön, dass du so genau im Bilde bist, was wir dürfen und was wir brauchen …!« Sie klang nun wirklich aufgebracht. »Was willst du mir da einreden?«

»Gar nichts, Sophia!« Er beugte sich vor und sah sie direkt an. »Du kennst mich schon, seit du ein Kind warst. Ich tu alles für euch und für das Unternehmen. Aber durch die hohen Rohstoffkosten und die enormen Energiepreise machen wir fast keinen Gewinn mehr, dadurch sind nun auch die Arbeitsplätze gefährdet und die einzige Chance, das Lebenswerk deines Vaters zu erhalten, ist der Verkauf an einen finanzkräftigen Konzern. Du kannst meiner Lebenserfahrung in diesem Punkt ruhig vertrauen.«

Sophia verstand sehr gut, worauf Doppler hinauswollte und sie kannte die akuten Probleme genau. Aber sie hasste seine Art, mit ihr zu reden, als wäre sie noch das unerfahrene Kind und ließe alles blind ins Verderben laufen. Für einige Sekunden entstand eine frostige Stimmung im Raum.

Doppler stand auf und versuchte einen verbindlichen Ton anzuschlagen. »Schau, mit solchen Leuten wie dem Konzernchef Rottwanger ist nicht zu spaßen. Der könnte uns ohne große Anstrengung ruinieren – entweder bringt er uns mit gekauften Studien in Misskredit oder gräbt ein paar negative Fälle aus. Solche Machenschaften sind an der Tagesordnung. Und wenn uns dann die EMA, über das Betreiben von Havenbrook, am Ende sogar die Zulassung entzieht, dann haben wir gar nichts mehr.«

Sophia wusste, dass seine Argumente stimmten, die riesigen Konzerne kämpften ständig mit allen Mitteln um Marktanteile und Monopolstellungen. Trotzdem wollte sie nicht klein beigeben.

»Ich bin doch nur um euer Wohl besorgt«, fuhr Doppler, der ihren Widerstand spürte, fort. »Rottwanger ist nicht nur geschäftlich gefährlich. Wer weiß, was ihm sonst noch alles einfällt, um seine Ziele zu erreichen. Wenn du dich da querlegst, ist das bestimmt nicht schlau. Bedenke, dass du Familie hast und im Moment sowohl für Marie als auch für Jonas die Verantwortung trägst.«

Er ging zur Tür, drehte sich dort aber noch einmal um. »Ich lasse das Kaufangebot der Biodon bei mir im Büro liegen, falls du es dir anders überlegst. So, nun muss ich mich aber um eine dringende Lieferung kümmern!«

Sie sagte dazu nichts mehr und schaute ihm nach, wie er geschäftig aus ihrem Büro eilte. Nein!, dachte sie insgeheim, so einfach gebe ich mich nicht geschlagen.

Sophia war froh, Ruprechts Ratschlägen gefolgt zu sein. Sie hatte den Drohanruf gegenüber Doppler nicht erwähnt – schließlich brauchte das wirklich niemand zu wissen – und hatte ihre Tochter weggebracht. Sie war am Vortag nach dem Treffen nicht mehr ins Büro gefahren, sondern hatte Marie von daheim abgeholt und sie nach St. Martin zur Mutter ihres Exmannes gebracht. Trotz der Scheidung war sie die beste Oma der Welt und würde alles für ihre Enkelin tun.

Jetzt war sie bereit. Wie früher schon ihr Vater würde sie weiter für den Bestand des Unternehmens kämpfen.

*

»Das ist purer Zufall! Du weißt doch, dass ich mich diesbezüglich immer an die Vorschriften halte.«

Ruprecht stand im Büro von Oberst Wieland, der ihn am nächsten Vormittag komplett verstimmt zu sich rufen ließ. Frieda hatte die Botschaft nur mit einer knappen Bemerkung überbracht: »Er rotiert!«

Am Tisch vor seinem Chef lag der Stein des Anstoßes – Hannas Artikel in der Salzburger Presse. Wielands Vorwürfe waren Ruprecht schon deshalb unangenehm, da er nicht wusste, was in dem Bericht stand.

»Ja, möglich, dass ich bei einem Gespräch am Rande etwas erwähnt habe«, räumte er ein. »Es ist kein Geheimnis, dass wir in der Sache ermitteln – eine Vermutung in der Richtung hat sogar das Fernsehen in den Nachrichten letztens gebracht.«

»Aber da!« Wieland drehte die Zeitung zu Ruprecht hin und deutete auf eine Stelle. »Wer sind die gut informierten Kreise aus dem LKA?«

In den Erhebungen zum tragischen Unfall von Jonas Röhm, dem Miteigentümer der Halleiner Röhm Chemie, zeichnet sich eine neue Entwicklung ab. Auslöser für das Unglück war nach letzten Erkenntnissen nicht die überhöhte Geschwindigkeit, sondern ein entgegenkommendes Fahrzeug.

Wie aus gut informierten Kreisen verlautet, schaltete sich nun das LKA Salzburg in die weiteren Ermittlungen gegen den unbekannten Fahrer ein. Erste Einvernahmen in der Sache laufen bereits.

Ruprecht überflog die Stelle und atmete auf – Hanna hatte keine Details von Jackls Verhör oder von seinen Vermutungen gegenüber Havenbrook erwähnt.

»Wie du lesen kannst, gibt es keinerlei Details, keine konkreten Fakten und die Verhaftung von Jackl ist überhaupt nicht erwähnt«, spielte er die Sache deshalb hinunter. »Es sind nur allgemeine Schlussfolgerungen, so wie sie Journalisten eben anstellen.«

»Das will ich hoffen!« Wieland ließ sich auf seinen Chefsessel fallen und beruhigte sich nur langsam. »Aber warum muss es ausgerechnet deine Schwester sein, die darüber schreibt.«

»Entschuldige bitte, ich kann ihr doch kein Berufsverbot erteilen, nur weil ich im LKA arbeite. Das wäre so, wie …« Er suchte nach einem passenden Vergleich. »Wie wenn man einem

Bäcker verbieten würde, Semmeln zu verkaufen, weil sein Bruder in einer Brotfabrik arbeitet.«

Wieland wischte die Bemerkung mit einer Handbewegung fort. »Jetzt kann man sowieso nur mehr versuchen, den Schaden zu begrenzen.«

»Welchen Schaden?«, fragte Ruprecht irritiert.

»Die da oben schauen auf uns«, Wieland zeigte mit einer theatralischen Geste zur Decke, als würde es darüber noch ein Stockwerk geben. »Wenn man hier auch nur ansatzweise eine undichte Stelle vermutet, kann sich das negativ auf das gesamte Team auswirken. Wir sind ja nicht irgendwer …! Aber genug davon, wie ist der Stand der Dinge?«

Ruprecht berichtete von seinem Treffen mit Sophia Röhm, dem Drohanruf mit verzerrter Stimme, den sie aufgenommen hatte, und dass er zum Glück rasch davon erfuhr, da Sophia zufällig mit Konstanze befreundet sei.

»Sollte deine Freundin da in irgendeiner Weise involviert sein, musst du überlegen, den Fall an einen Kollegen abzugeben«, war Wielands sofortige Reaktion darauf. »Wie ich dir voriges Jahr schon gesagt habe, gibt es nur Probleme, wenn man sich mit einer Zeugin einlässt.«

»Frau Dahnberg war keine Zeugin«, Ruprecht benutzte absichtlich die förmliche Anrede. »Sie ist die Tochter des damaligen Opfers, und außerdem ist der Fall längst abgeschlossen.«

»Schon gut, es ist deine Privatsache, nur bitte trenne das strikt«, entgegnete Wieland. »Wie geht es mit der Aufnahme des Erpressers weiter?«

»Wöss versucht sie gerade auszuwerten, was nicht einfach wird, da es viele Möglichkeiten gibt, Stimmen so zu verändern.«

»Und du bist dir bei diesem Lobbyisten so sicher?«

Ruprecht nickte. »Und ich hoffe, wir finden etwas, bevor der Holländer wieder abreist.«

»Dann halte mich bitte auf dem Laufenden«, sagte Wieland abschließend. »Aber so lange wir nichts Konkretes gegen ihn haben, lässt du ihn bitte in Ruhe! Wenn wir den höheren Beamten einer EU-Behörde zur Befragung holen, zieht das Kreise, da muss es hieb- und stichfest sein.«

Ruprecht kam voll schlechter Laune in sein Büro zurück. Ella spürte das sofort, ging zum Fenster und sah ihn von unten an. Ja gut, nur raus hier, dachte er und schnappte wortlos die Leine vom Riegel.

»Du hättest es mir sagen müssen!«, platzte er aufgebracht heraus, nachdem sie unten auf der Straße waren und er Hanna in der Redaktion erreichte.

Sie kannte sich nicht aus. »Was?«

»Der Artikel über Röhm. Wieland ist deswegen *rotiert,* wie Frieda es bezeichnet, und ich wusste davon gar nichts. Du hättest mich vorwarnen müssen!«

»Was wäre dann anders gewesen?«

»Dann wäre ich zumindest nicht vollkommen unvorbereitet vor Wieland gestanden. Aber so pflaumt er mich an und ich hab keine Ahnung weshalb!«

»Hab ich dich schon ein einziges Mal blamiert?« Hanna schmollte ob des Verweises. »Oder je etwas geschrieben, das dich in Schwierigkeiten gebracht hätte?«

Er blieb stumm.

»Sag es …«, beharrte sie.

»Nein«, kam es nach einer Pause zurück und klang wieder versöhnlicher, »hast du nicht.«

»Eben! Und dafür, dass ich meine Arbeit mache, werde ich mich nicht bei dir entschuldigen.«

»Ist ja gut! Nur bitte tritt für eine Weile leise, das wäre für die neuesten Entwicklungen von Vorteil.«

»Du meinst die Erpressung?«

»Ja«, sagte er automatisch, dann stockte er. »Wieso weißt du schon wieder davon?«

»Ich hab mit Konstanze gesprochen, aber keine Angst, ich schweige wie ein Grab«, beruhigte sie ihn. »Dafür bekomme ich aber dann einen kleinen Vorsprung, sobald du Beweise hast, die halten.«

»Gut, okay!«, gab er sich geschlagen.

»Übrigens …«, ließ sie beiläufig fallen. »Ich hab begonnen, belastendes Material gegen Havenbrook zu sammeln.«

»Es gilt die Unschuldsvermutung!«, sagte er und setzte nach einer Pause hinzu: »Leider!«

»Vielleicht schreib ich was über die Praktiken der Zulassungsbehörde in Amsterdam und über die illegalen Nebengeschäfte der Kommissionsmitglieder …«

»Hanna, bitte …!«

»Ich versuche, es ganz allgemein zu halten …«

Er hörte, wie sie grinste und rasch auflegte.

16

Christi Himmelfahrt – Ruprecht war zu Konstanze gefahren und hatte sich, nach den Ärgernissen der letzten Tage und dem momentanen Stillstand in den Ermittlungen, den Fenstertag am Freitag dazu freigenommen.

Das Salzkammergut feierte, nicht so bunt und vielfältig wie zu Fronleichnam, wo allerorts auf den Seen die geschmückten Zillen fuhren, aber die Bürgermusik mit ihrem Frühlingskonzert marschierte traditionell durch Bad Goisern und im bodenständigen Hallstatt lud eine Trachtengruppe nach der Messe zur Feier vor der Wallfahrtskirche. Unmittelbar hinter Schloss Dahnberg gab es in Winkl, einer dörflichen Ansammlung von Höfen am Südufer des Sees, eine Prozession mit beschaulicher Waldmesse und – da das Wetter strahlend schön war – anschließendem Frühschoppen im Freien.

An dem Treiben unten am Wasser nahm Ruprecht nur akustisch teil, da er mit Konstanzes Landrover beschäftigt war, der aufgebockt und mit offener Haube auf dem Platz hinter dem Stall stand. Der alte Defender brauchte einen neuen Filtersatz, der rechte Rückspiegel war zu tauschen und bei der Gelegenheit bekam er gleich ein Rundumservice und wieder die Sommerreifen aufgezogen. Ruprecht hatte sich ausdrücklich angeboten, diese Arbeiten für Konstanze zu übernehmen – es war ein kleiner Ausgleich für seine Absage am letzten Wochenende. Und an alten Autos zu schrauben befreite zugleich den Kopf vom Alltag.

Für ihn hatte Dahnberg etwas Befreiendes, und er verbrachte seine Zeit gern in der lockeren Atmosphäre mit den Reitgästen, die zur Entspannung und bestens gelaunt herkamen. Schon bei seinem ersten Besuch hatte er gedacht, so ein Ort wäre ein Platz, wo man zur Ruhe käme – keine Täter, keine Opfer. Sogar Ella freundete sich bereits mit den Pferden an, und er probierte zum Vergnügen von Konstanze gelegentlich sogar, sich im Sattel zu halten. Als ausgezeichnete Reiterin mit einer guten Hand für die sensiblen Geschöpfe sah sie seinen Versuchen mit einem heimlichen Grinsen zu.

Das Herrenhaus aus dem neunzehnten Jahrhundert hatte sie vor zwanzig Jahren von ihrem Vater geerbt. Das Anwesen besaß ursprünglich eine halbhohe Steinmauer, von der nur mehr der Teil an der Straße nach Bad Aussee erhalten geblieben war. Von dort zweigte bei der Traun ein Wirtschaftweg ab, der über Felder führte und vor dem schmiedeeisernen Tor an den Stallungen endete.

Früher, zur Zeit der Pferdezucht des alten Grafen, gab es hier regen Betrieb. Heute standen viele Boxen leer. Statt einer eigenen Zucht hatte Konstanze nun Tiere zur Pflege eingestellt. Dahnberg war als Reitstall sehr beliebt und die Einnahmen leisteten einen wichtigen Beitrag zum Erhalt des Hauses.

Die Grundmauern des ältesten Teils mit zwei Geschoßen, einem steilen Dach und gemauerten Gauben stammten sogar noch aus dem Mittelalter. Der Bau war jedoch niedergebrannt und später neu aufgebaut worden. Der Eckturm an der linken Seite und der Bereich bis zum Vordach des Eingangs waren fast zur Gänze mit eisernen Rundbogenfenstern verglast. Dadurch wirkte das Gebäude am Abend, wenn drinnen Licht brannte und man in die Bibliothek dahinter sah, offen und einladend.

Ella und Ashley tollten unermüdlich herum, während Ruprecht sich des Autos annahm. Um nicht untätig zu sein, räumte

Konstanze die Natursteinplatten im Vorgarten zur Seite. Sie hatte diese Woche die Gärtner bestellt und ließ mehrere Eiben tauschen, die den Winter nicht überstanden hatten und keine frischen Triebe bekamen. Auch einige der rund geschnittenen Buchsbäume wurden wegen Schädlingen ersetzt.

Die Arbeiter der Gärtnerei hatten am Feiertag frei und alles wie auf einer Baustelle liegen gelassen. Aber zumindest musste Konstanze nicht ständig hinter den Leuten her sein und ihre geliebten Lavendelbüsche schützen, von denen einige noch aus ihrer Kindheit stammten.

»Kommt gut heim!«, rief sie den zwei jungen Frauen im schwarzen Cabrio nach. »Und vergesst bitte nicht auf nächste Woche!«

Sie drehte den Schlüssel, und das schwere Gittertor, das seit der letzten Renovierung elektrisch betrieben war, schloss sich geräuschlos. Es war bereits Nachmittag und die beiden Reiterinnen verließen als letzte Gäste für heute den Hof. Konstanze freute sich schon auf das kommende Frühlingsfest, das sie jährlich abhielt. Den großen Ausritt vor dem Sommer mit kräftigem Umtrunk hinterher im Stall hatte ihr Vater eingeführt und sie pflegte die Tradition weiter.

Nach der Schlepperei der Steine hatte Konstanze die Boxen ausgemistet und ihre eigenen Pferde gestriegelt. Froh, dass die Leute alle weg waren, schaute sie etwas geschafft hinters Haus zu Ruprecht.

»Ich bin gleich fertig«, meinte er und wischte sich die Hände mit einem Lappen ab. »Eine Viertelstunde! Ich wechsle nur noch die Reifen.«

Sie kam um die Motorhaube herum und küsste ihn.

»Nicht, ich bin ölig und total verschwitzt«, wollte er ihr ausweichen.

Sie drückte ihn nur noch fester, schüttelte mit einer Kopfbewegung ihre Haare nach hinten und senkte die Stimme. »Aber ich steh doch auf Männer, die sich nach richtiger Arbeit anfühlen …«

Er schob sie irgendwie hilflos zur Seite. »Ich hab ihn innen geputzt und die Radlager gefettet.«

Sie lachte auf. »Muss man das?«

»Eigentlich nach jedem Winter.«

»Ich weiß nicht, ob das schon jemals gemacht wurde, er ist aber trotzdem immer gefahren«, sagte sie und es klang, als wären ihr die Radlager absolut egal. »Ich geh duschen. In einer Stunde gibt's Essen.«

So toll sie für die Pferde da ist, dachte er, so wenig Herz hat sie für alte Geländewagen. Mit einem Achselzucken sah er ihr nach und holte dann die Sommerreifen aus dem Stall. Seit er öfter in Dahnberg war und sich um den Landrover kümmerte, hatte er eines der leeren Abteile als Servicebox für das Auto eingerichtet. Das war ja ebenfalls ein betagter Gaul. Mittlerweile fuhr er mit dem lauten, ruppigen Gesellen selbst sehr gern.

Er hörte, wie Konstanze nach den Hunden rief, die versuchten, die restlichen Steinplatten am Weg auszugraben, wobei Ella immer die nähere Auswahl traf und Ashley dann das Wühlen übernahm.

Das Ende des Weges von den Wirtschaftsgebäuden zum Haus führte vorbei an einer mit Efeu überwachsenen Steinmauer, und über ein paar Stufen erreichte man die Terrasse beim Wohnraum. Die Türen blieben bei Schönwetter offen und in der kalten Jahreszeit brannte drinnen ein Feuer im großen Kamin. Direkt beim Fenster stand der wuchtige Esstisch, auf dem bereits für das Abendessen gedeckt war.

Obwohl beide beschäftigt gewesen waren, hatten sie den gemeinsamen Tag genossen. Das Wetter war ziemlich warm und es würde die erste laue Sommernacht des Jahres werden. Deshalb standen die Türen weit offen und sie saßen beim Essen somit fast im Freien. Zwischen den Büschen und bei den Stallungen brannten Laternen, die dem Garten in der Dunkelheit ein beinahe festliches Flair gaben.

Ella und Ashley lagen erschöpft von dem ausgefüllten Tag vor dem Kamin und schliefen. Sogar zum Betteln neben dem Tisch schienen sie heute schon zu müde.

Konstanze hatte ein altes Delfter Rezept ihrer Mutter gemacht – *Biervlees met Dumplings.* Also einen saftigen Rindsbraten, der im Rohr mit Bier übergossen wird, mit Erdäpfelknödeln. Das Fleisch hatte fast zwei Stunden geschmort und war so weich, dass es förmlich von der Gabel fiel.

»Wenigstens etwas Gutes ist von meiner Großmutter in Holland geblieben«, meinte Konstanze und langte kräftig zu. »Sonst kann sie mir gern gestohlen bleiben.«

Sie deutete damit das gespannte Verhältnis zu den Eltern ihrer Mutter an. Die Van Roegens, eine vermögende Reederfamilie aus Delft, hatten ihre Tochter enterbt, da sie Konstanzes Vater und nicht den vorbestimmten Spross eines befreundeten reichen Industriellen heiratete. So bekam sie nur eine kleine Mitgift und musste das Haus verlassen. Dabei stammte Konstanzes Vater ebenfalls aus einer angesehenen Salzburger Familie mit einem alten Gestüt, das für seine Holsteiner Deckhengste berühmt war.

Konstanze hatte ihre Familie in Holland später nur ein einziges Mal besucht, wurde aber kühl empfangen und empfand keine Lust, das zu wiederholen. So blieben ihre Großeltern nur die von Vaters Seite.

»Deine Verwandten aus Holland waren niemals hier?«, wunderte sich Ruprecht.

Konstanze schüttelte den Kopf. »Kein einziges Mal.«

»Sie hätten von deinem Vater sicher einen ganz anderen Eindruck bekommen, wenn sie das Haus und die Pferdezucht gesehen hätten.«

»Das hat sie gar nicht interessiert. Der alte Van Roegen«, Konstanze sprach von ihrem Großvater nur mit dem Familiennamen, »wollte nur seinen Kopf durchsetzen. Aber das ist bei den alteingesessenen Familien hierzulande ja auch nicht viel anders. Ich erinnere mich noch gut an die Leute, die mit ihren Stuten herkamen.«

»Alter Adel bis zum letzten Pferd …« Ruprecht grinste und schenkte Wein in die Gläser am Tisch.

»Ja! Und auch neuerer …« Sie lachte auf. »Öfter kam ein Graf Udo aus der Flachau zu uns, der betrieb dort einen Rennstall. Er fuhr mit seinem Jaguar hinter dem Transporter her und erzählte oft von seinen edlen Vorfahren. Bei dem hatte man das Gefühl, er sammelt sogar die Pferdeäpfel auf und vergoldet sie.«

»Dabei hat er den ehemaligen Gutshof vielleicht nur gekauft«, bemerkte Ruprecht scherzhaft, »und die wirkliche Adelsfamilie ist schon vor zweihundert Jahren ausgestorben.«

Sie lachten herzlich. Er liebte es, ihre Augen schelmisch aufblitzen zu sehen und sah sie von der Seite an. In solchen Momenten spürte er eine Vertrautheit, die er sonst nur mit Hanna oder seinem langjährigen Freund und Kollegen Alex Wöss empfand.

»Wir werden hier übrigens bald herrschaftlich«, setzte sie nach einer Weile das Gespräch fort.

»Aha …?«

»Ja, ich hab ein Klavier gekauft, einen Stutzflügel«, sagte sie und nahm einen Schluck Wein. »Also gekauft ist zu viel gesagt, wir bekommen ihn fürs Abholen.«

»Was ist es für einer?« Ruprecht fasste es nicht, manchmal schaffte sie es, ihn völlig zu überraschen.

»Ein Hofmann, hundert Jahre alt, natürlich zu renovieren.«

»Und wieso?«

»Die Bibliothek, in der Vater früher gearbeitet hat, benützen wir praktisch nie, da ist Platz genug. Und wenn hier ein Klavier steht, auf dem du spielen kannst, hast du einen Grund, öfters hier zu sein ...«

Sie waren mit dem Essen fertig und Ruprecht ging in die Küche, um Kaffee zu machen. Konstanzes Handy begann den Titelsong von Tarzan mit Phil Collins, den sie als Rufton hatte, zu spielen. Sie warf einen kurzen Blick aufs Display, ließ es aber auf dem Tisch liegen.

»Willst du nicht rangehen?«, fragte er über die Schulter, nachdem der Song eine Weile lief.

»Es ist Sophia.« Konstanze klang wenig interessiert. »Sie ist am Feiertagabend sicher allein zu Hause, brütet über ihren Firmenproblemen und will sich bei jemandem ausweinen – und ich mag nicht ...«

Das Läuten hörte abrupt auf. Ruprecht stellte den Kaffee auf und kam zurück.

»Und wenn es wichtig gewesen ist?« Obwohl er versuchte, die Freizeit nicht von seinen beruflichen Dingen stören zu lassen, machte es ihn doch nervös.

»Dann hätte sie doch dich angerufen. Aber gut, ich ruf sie zurück«, entschloss sie sich und griff zum Telefon. »Damit du beruhigt bist.«

Sie stand mit einem Seufzer auf, ging hinüber zu den Sofas und suchte eine bequeme Position für das längere Gespräch.

»Waas?«, rief sie, nachdem sich Sophia gemeldet hatte, fuhr wieder hoch und rannte hinaus. »Sag schon ...«

Mehr hörte Ruprecht nicht. Es war eine ihrer Eigenarten, mit denen er sich gar nicht anfreunden konnte. Wenn sie angerufen wurde und es in einem Gespräch nicht nur um belanglose Dinge ging, huschte sie in ein anderes Zimmer oder lief stundenlang draußen im Garten auf und ab. Diesmal dauerte es jedoch nur kurz, dann stand sie aufgeregt in der Tür.

»Das war Sophia … ach, entschuldige, das weißt du ja, ich bin ganz durcheinander. Sie ist vollkommen fertig …«

»Was ist denn los, um Gottes willen?«

»Jonas«, sagte sie atemlos und lehnte sich an den Türstock. »Er liegt im Sterben.«

Ruprecht war sofort bei der Sache. »Hat Sophia die Info vom Spital bekommen?«

Konstanze nickte. »Ja, gerade eben! Er wird bereits künstlich beatmet und der Arzt meint, es wird nicht mehr lange dauern …«

»Wo ist Sophia?«

»Schon unterwegs nach Salzburg.« Konstanze stieß sich von der Tür ab. »Ich kann sie nicht allein lassen, sie braucht mich sicher. Ich muss hin.«

»Selbstverständlich!« Bei den letzten Worten war er bereits in der Küche, nahm den Kaffee vom Herd und griff nach seinen Autoschlüsseln, die dort lagen. »Wir nehmen den Volvo, der ist schneller, und ich komme auf jeden Fall mit.«

Opferlohn

17

Durch die Fensterscheiben der Uni-Klinik drängte die Aktivität der abendlichen Stadt von draußen in die endlosen Gänge. Menschen spazierten plaudernd durch die Straße davor, Autofahrer trommelten an der roten Ampel ungeduldig aufs Lenkrad, Jugendliche flitzten auf dem Elektroscooter vorbei – von oben betrachtet waren alle in einer angeregten Stimmung mit ihrem Leben beschäftigt. Das geschah durch die schalldichten Fenster beinahe tonlos und wirkte auf Ruprecht wie eine seltsam unwirkliche Pantomime, als er neben Konstanze über den Flur hinauf zu den Zimmern ging.

Im ersten Stock, hinter den Türen zur Intensivstation, verlangsamte sich das Tempo indessen schlagartig. Die Patienten lagen reglos, hingen überwacht von Monitoren an Schläuchen und warteten auf den nächsten Herzschlag und das leise Zischen, mit dem Sauerstoff in ihre Lungen gepumpt wurde. Bei manchen in den halb abgedunkelten Zimmern war es ein letzter großer Kraftaufwand, dem Leben noch ein wenig Zeit abzutrotzen und seien es nur einige Stunden im Dämmerzustand.

Wie schon bei seinem letzten Besuch bei Jonas konnte Ruprecht das Gefühl der Beklemmung nicht abschütteln. Vielmehr waren ihm, durch die Beschäftigung mit dem Fall und der persönlichen Beziehung der beiden Frauen, Sophia und ihr Bruder deutlich näher gekommen. Auch ging er damals zu einem Verletzten und heute zu einem Sterbenden.

Sophia stand stumm vor dem Zimmer und starrte durch die Scheibe auf ihren Bruder. Neben ihr stand ein Arzt, der versuchte, ihr die Situation zu erklären. Ruprecht hörte, dass es keine Gehirnaktivität mehr gab.

»Er ist bereits gegangen«, sagte der Arzt. »Was Sie sehen, sind nur die Reflexe von den Maschinen.«

Er hatte die negative Botschaft sehr vorsichtig und sanft ausgesprochen. Offenbar war er gewohnt, dass Angehörige oft mit Aggression gegenüber dem Überbringer reagierten oder zusammenbrachen. Sophia hingegen stand still da, in einer Art Schockstarre, und schien vollkommen teilnahmslos in eine stumme Leere zu fallen.

»Erlösen Sie ihn bitte«, sagte sie dann bestimmt.

Während der Tubus entfernt und das Beatmungsgerät abgeschaltet wurde, nahm Konstanze Sophia in den Arm, die sich in einem tränenlosen Weinen an ihre Schulter lehnte.

»Kennst du eine Art, angemessen mit dem Tod umzugehen?«, fragte sie leise.

Ruprecht sah dem Arzt zu und erinnerte sich an Emilia aus der Bar in Berchtesgaden und ihren Satz, was für ein toller, lebendiger Typ Jonas sei. Nichts an dem bleichen jungen Mann mit den genähten Wunden am Kopf und dem fehlenden Bein erinnerte noch daran.

Zuletzt beendete der feine Summton der Null-Linie die Qual. Jonas Körper durfte ruhen. Solche Momente – tatsächlich den Tod eines Opfers mitzuerleben – blieben für immer haften. Da gab es wenig Chance auf den nötigen Abstand. Der Tote wurde automatisch mehr als der neutrale Fakt einer Ermittlung. Ruprecht hatte das in seiner Laufbahn schon öfters erlebt. Es gab keine Untersuchungen darüber, welche Narben der tägliche Dienst im Kopf eines Beamten hinterließ, aber diese Fälle gehörten zweifellos dazu. Man mied danach gewisse Plätze oder es kam beim Durchfahren einer Straße spontan eine Erinnerung hoch, die man längst verschüttet geglaubt hatte. Doch darüber wurde niemals gesprochen.

Während Konstanze mit Sophia die nötigen Formalitäten für das Krankenhaus erledigte, wandte sich Ruprecht ab und ging langsamen Schrittes hinaus aus der Station auf den Gang zur Treppe, wo ein Kaffeeautomat stand und wo Menschen waren. Alles hatte sich durch Jonas' Tod mit einem Schlag verändert. Wenn der Unfall mit Absicht herbeigeführt worden war, war es jetzt Mord.

Nachdem Sophia darauf bestand, selbst und allein heimzufahren, rief Konstanze bei Ruprechts Schwester an und meinte, dass sie in der Stadt wären und etwas Abwechslung bräuchten.

»Kommt einfach vorbei«, meinte Hanna.

Eine halbe Stunde später öffnete sie schwungvoll, mit guter Laune und zerzausten Haaren, da sie annahm, die beiden wären einfach zum Vergnügen am Abend des Feiertags nach Salzburg gekommen.

»Na, macht ihr so spät noch die Stadt unsicher?«, fragte sie fröhlich, da es inzwischen gleich halb zehn war, sah aber dann im Gesicht ihres Bruders, dass etwas geschehen sein musste. »Du schaust so seltsam, Martin. Was ist los?«

»Lass uns bitte zuerst einmal rein.« Ruprecht drückte ihr einen Kuss auf die Wange und ging ins Haus.

Konstanze umarmte Hanna. »Jonas Röhm ist gerade im Krankenhaus gestorben«, platzte sie heraus.

Sie setzten sich auf die Sofas, Hanna holte eine Flasche hellen trockenen Muskateller aus dem Kühlschrank und stellte einen Teller mit frischen Käsekeksen dazu, die sie auf irische Art mit rotem *Cheddar Cheese* machte.

»Gerade eben?«, fragte sie und rief nach Lukas, der im Glashaus an der Einstellung für ein Foto tüftelte.

»Vor etwa einer Stunde.«

»Und wie?«

»Er zeigte keine Reaktionen mehr und Sophia hat mit dem Arzt gemeinsam beschlossen, die Maschinen abzuschalten.«

Hanna wirkte tatsächlich sehr betroffen. »Wahnsinn, so jung …!« Sie sah Ruprecht an. »Wirst du diesen Jackl deswegen festnageln können?«

»Keine Ahnung …« Er zuckte ratlos mit den Schultern. »Es gibt leider keinen handfesten Beweis dafür, dass es mehr als ein Unfall war.«

»Immerhin ist er auch dann schuld an der ganzen Scheiße«, sagte sie energisch und schenkte Wein in die Gläser.

»Deshalb werde ich ihn gleich morgen Früh wieder zur Fahndung ausschreiben, mit den neuen Fakten konfrontieren und ihm seine Situation klarmachen. Bin gespannt, ob er weiterhin so stur ist, wenn er spürt, dass er als einziger überbleibt.«

»Wenn er es absichtlich inszeniert hat«, vermutete Hanna, »ist es doch Mord, oder?«

»Natürlich! Trotzdem kann das nicht auf seinem Mist gewachsen sein. Er hat es lediglich ausgeführt. Scheußlich genug und er wird sich dafür verantworten müssen, aber in Wahrheit ist er nur eine kleine Nummer. Die tatsächlichen Arschlöcher sind die Leute dahinter, die Typen wie Jackl anstiften und dafür bezahlen.«

»Du meinst Havenbrook …«, stellte Lukas fest, der gerade hereingekommen war und die letzten Sätze gehört hatte.

Ruprecht nickte. »Er ist für mich die Schlüsselfigur in der ganzen Sache. Ich hoffe, dass Wöss die Aufnahme irgendwie klar hinkriegt, damit wir den Holländer festnageln können.«

»Sonst kommst du gar nicht an ihn heran?«

»So wie es aussieht – leider nein! Wenn wir ihm den Drohanruf nicht nachweisen können und Jackl keine entsprechende Aussage macht, hat er eine gute Chance davonzukommen.«

»Man müsste ihn irgendwie nervös machen, ihn dazu bringen, einen Fehler zu begehen«, überlegte Hanna laut.

»Ja, aber dafür bräuchte ich ihn bei einer Vernehmung, was Wieland ohne konkrete Handhabe strikt ablehnt. Also spaziert er seelenruhig durch Salzburg und mir fehlt jede Möglichkeit, ihn unter Druck zu setzen.«

»Nicht unbedingt …«

Ruprecht schaute sie fragend an.

Hanna lehnte sich mit ihrem Glas in der Hand in die Polster der Couch und lächelte ihn entwaffnend an. »Als Journalistin bin ich doch frei, Fragen zu stellen …«

»Davon rate ich dringend ab«, unterbrach sie Lukas sofort. »Wer weiß, mit wem du dich da anlegst und außerdem bekommt Martin dann wieder Probleme im Amt.«

Ruprecht wollte ebenfalls eine abwehrende Bemerkung machen, hielt aber inne. Hannas Vorschlag kam ihm diesmal sehr gelegen. Er selbst konnte gegen Havenbrook nicht aktiv werden, da waren ihm durch seine Stellung als Ermittler die Hände gebunden. Sie hingegen, die sowieso schon über den Fall berichtete, brauchte als Außenstehende weder auf Wielands Anweisungen Rücksicht zu nehmen, noch musste sie einen stichhaltigen Beweis vorlegen. Sie stellte bloß Fragen, doch wenn es die richtigen waren …

»Interessanter Aspekt«, sagte er deshalb zustimmend. »Wenn wir uns da absprechen können, was deine Fragen betrifft, dann wäre das zumindest ein Ansatz.«

»Wow!« Hanna war ehrlich überrascht. »Das ist neu! Normalerweise bist du da meistens …«

»Ja, aber diesmal hab ich keinen anderen Hebel.«

Konstanze war trotzdem unwohl bei dem Gedanken. »Mit solchen Leuten solltest du nicht spaßen, Hanna. Da geb ich Lukas vollkommen recht. Denen ist nämlich egal, wer oder was du bist, wenn du ihnen im Weg stehst.«

»Ich kann schon auf mich aufpassen«, konterte sie und war bereits Feuer und Flamme für die Sache. »Andere Sachen, über die ich schreibe, sind manchmal auch heikel. Außerdem hat er doch keine Ahnung, dass Martin mit mir verwandt ist.«

»Genau den Vorteil müssen wir ausspielen«, sagte Ruprecht. »Damit glaubt Havenbrook nämlich, alles was du erzählst, wären Sachverhalte, die bereits bis zur Presse durchgedrungen sind und muss annehmen, Jackl hätte was ausgeplaudert oder es gäbe sonst eine undichte Stelle.«

»Na, da seid ihr euch wieder mal einig«, bemerkte Lukas und wirkte verunsichert. »Wenn das nur gut geht.«

»Keine Angst«, beruhigte ihn Ruprecht, »ich bring doch meine Schwester nicht in Gefahr, da pass ich schon auf.«

*

Es war spät, als Sophia die Ausfahrt bei Hüttau hinein ins Tennengebirge nach St. Martin nahm. Während Ruprecht und Konstanze bei Hanna saßen, war sie unterwegs zu ihrer Tochter. Sie hatte zwar am Nachmittag, bevor die Nachricht vom Spital wegen Jonas kam, noch mit Maries Großmutter telefoniert, die ihr mehrmals bestätigte, dass alles bestens sei, trotzdem hatte sie ein flaues Gefühl im Magen.

Seit sie Marie auf Anraten des Chefinspektors weggebracht hatte, quälte sie ständig die Frage, ob ihre Tochter zu Hause nicht doch besser aufgehoben wäre. Da könnte sie selbst ein Auge auf Marie haben und sie im schlimmsten Fall irgendwie gegen die Erpresser verteidigen. Was konnte dagegen, sollte die

Drohung des Anrufers tatsächlich ernst gemeint sein, eine ältere Frau allein schon ausrichten.

Sophie nahm ihr Taschentuch und wischte sich die Tränen ab, die ihr seit der Fahrt vom Krankenhaus weg ständig über die Wangen liefen. Der Tod von Jonas, die Angst um Marie und die stumme Wut auf die anonyme Erpressung bedrückten sie schwer.

Was war während der letzten Tage überhaupt geschehen?, fragte sie sich. Ihre ganze Welt, die bisher sicher nicht reibungslos, aber doch in geordneten Bahnen verlief, drohte an allen Ecken zusammenzubrechen. Jedenfalls stand für sie fest, die Sicherheit ihrer Tochter hatte Vorrang. Nach dem Tod von Jonas war sie Sophias ganze verbliebene Familie. Und für ihre Tochter hatte sie immer gekämpft, schon vor der Geburt, da ihr Ex-Mann um keinen Preis Kinder wollte, und dann zehn Jahre später, als er ihr bei der Scheidung trotzdem das Sorgerecht streitig machte. Nichts würde ihr jemals so wichtig sein – keine Firma, kein Patent, kein Erbe.

Sie warf das Taschentuch achtlos auf den Beifahrersitz und wählte auf dem großen Display des Teslas die Nummer von Doppler. Wenigstens einen Menschen hatte sie, dem sie vertrauen konnte. Onkel Erwin, wie sie ihn früher genannt hatte, war seit Anfang der 1990er-Jahre bei der Firma, da war sie gerade fünf geworden. Binnen weniger Jahre wurde er zu einem unverzichtbaren Mitarbeiter für ihren Vater, und gemeinsam bauten sie das Unternehmen von einem kleinen Laborbetrieb zu einer respektablen Größe aus. Auch für die beiden Kinder war Doppler immer da, hatte sie und Jonas aufwachsen sehen und ihr sogar bei der Masterarbeit in Chemie geholfen.

Natürlich gab es manchmal Differenzen, wie letztens, als sie nicht einsehen wollte, dass sein Rat, die Firma zu verkaufen, im Grunde genommen der richtige war. Er hatte schon ihrem Vater gegen die seinerzeit drohende Übernahme beigestanden und wusste genau, wie dieser Schweizer Konzernchef einzuschätzen war. Leute wie Rottwanger gingen über Leichen und die Sturheit, am Erbe eisern festhalten zu wollen, löste vermutlich eine Lawine an Gewalt aus. Wenn Ruprecht sogar vermutete, dass die Schweizer an Jonas' Tod die Schuld trugen, konnte Marie zweifellos die Nächste sein, die sie ins Visier nahmen.

»Ich muss das beenden«, stieß sie hervor, als sich Doppler nach längerem Läuten meldete. »Ich werde uns vor weiteren Gewaltakten bewahren!«

»Was meinst du?«

»Jonas ist am Abend gestorben.« Mit großer Mühe versuchte sie ruhig und klar zu bleiben. »Es war nichts mehr zu machen.«

Kaum hatte sie die Worte gesagt, schluchzte Sophia kurz auf. Von Dopplers Seite kam nur ein betretenes Schweigen. Anscheinend hatte ihn die Nachricht ebenfalls mitgenommen. Er blieb still, bis sie wieder halbwegs in Ruhe durchatmen konnte.

»Wie kann ich dir helfen?«, fragte er dann fürsorglich.

»Hast du die Papiere für die Übernahme der Anteile noch, die Jonas von der Biodon bekommen hat?«

»Ja, sie liegen bei mir.«

»Okay, also ich werde deinen Ratschlag annehmen und verkaufen. Ich fühl mich zwar von dieser Willkür total genötigt, muss aber klein beigeben und Marie aus der Sache raushalten.«

»So plötzlich?« Er begriff ihren spontanen Entschluss nicht. »Und wieso wegen Marie?«

»Weil ich den Arschlöchern ausgeliefert bin, die sich jetzt auf meine Tochter einschießen. Was ich dir nämlich nicht erzählt habe, ich werde erpresst und man droht, es könnte ihr etwas Ähnliches zustoßen wie Jonas. Anscheinend haben die da etwas gedreht. Und es darf nicht sein, verstehst du, dass ich Marie wegen der Firma gefährde.«

»Wahnsinn!«, kam es betroffen zurück. »Da steh ich klarerweise hinter dir. Wie möchtest du vorgehen?«

»Nachdem der Verbindungsmann gerade in Salzburg ist und mich sowieso treffen wollte, mach bitte einen Termin für die Unterzeichnung.« Sophia versuchte wieder geschäftsmäßig zu klingen. »Wenn du ihn erreichst, am besten gleich für morgen, dann hab ich die Scheiße hinter mir.«

»Ich versuche das sofort …« Er unterbrach sich und sagte dann ganz ruhig: »Bei diesem Schritt gäbe es nur schwer ein Zurück, wenn die Verträge einmal unterzeichnet sind. Willst du nicht eine Nacht darüber schlafen?«

»Nein«, sagte sie knapp. »Brauche ich nicht! Ich wollte mein Leben lang alles richtig machen und nie war ich mir so sicher!«

18

Die Firma war wie ein Wespennest! So kam es Sophia vor, als sie am nächsten Morgen ihr Auto abstellte und durch die Eingangshalle zur Treppe ging. Die Sekretärin am Empfang telefonierte auf Anlage und Handy gleichzeitig, reichte dem vorbeieilenden Mitarbeiter aus der Forschung eine schriftliche Notiz und nickte dabei zur Begrüßung in Richtung Sophia. Zwei junge Männer vom Verkauf kamen ihr gestikulierend in ein Gespräch vertieft entgegen, liefen, ohne sie zu bemerken, an ihr vorbei zum Parkplatz, während draußen ein Hubstapler mit dem typisch singenden Geräusch seines Elektromotors über den Hof rollte und ein zurückschiebender Lieferwagen beim Lager mit unablässigem Piepston die Umstehenden warnte.

Eigentlich war es wie immer – und dennoch anders. Sophias Wahrnehmung hatte sich seit dem Entschluss, den Betrieb abzugeben, völlig verändert. Ein seltsames Gefühl machte sich seit dem Aufstehen in ihr breit. Es würde der letzte Tag sein, an dem sie ein Teil dieses Getriebes war. Während der Fahrt hierher zogen dreißig Jahre wie ein Film an ihr vorbei. Der Ort, an dem sie aufgewachsen war, schon als Kind hinter den Packräumen mit Jonas Verstecken spielte, als Studentin die Angestellten des Labors mit ihren neuen Erkenntnissen quälte und letztlich das alte Büro ihres Vaters bezog und sich als Chefin einrichtete – dieser Ort würde in einigen Stunden nichts mehr mit ihr zu tun haben.

Sie verhielt kurz den Schritt, sah sich um und fühlte sich irgendwie fremd. Es machte sie traurig und sie hatte Bedenken, was die Zukunft der Mitarbeiter betraf, aber zu ihrem Erstaunen spürte sie auch eine unerwartete Befreiung. So als würde eine Last von ihren Schultern genommen werden und in den stummen Satz: *Es geht mich dann nichts mehr an!*, schob sich deutlich ein *zum Glück* dazwischen.

»Ah, Sophia …« Die Stimme kam von oben. Es war Doppler, der dort auf der letzten Stufe stand. »Du bist spät, wir warten schon.«

Unwillkürlich sah sie auf die Uhr. »Der Termin ist um zehn«, sagte sie und es stieg gleich wieder Ärger über seinen Ton in ihr hoch. »Es ist drei Minuten nach!«

»Ja, nur wir sind schon um Dreiviertel gekommen«, erklärte er leicht nervös und ging voraus zu ihrem Büro. »Ich habe die Herren inzwischen hereingebeten.«

Sie folgte ihm und schüttelte unwillig den Kopf. Ihr Chefzimmer war tabu, überhaupt für Fremde. Doppler hätte das respektieren sollen, solange sie hier noch die Eigentümerin war.

Einer der beiden Besucher, ein dicklicher Mittfünfziger in einem grauen, etwas zu engen Anzug, mit rötlichem Gesicht und beginnender Stirnglatze, saß in einem der Besuchersessel vor ihrem Schreibtisch. Als Sophia eintrat, unterbrach er das Rühren in der Kaffeetasse und kam ihr mit ausgestreckten Armen entgegen.

»Piet Havenbrook aus Amsterdam, es freut mich, dass wir uns endlich kennenlernen«, sagte er dazu und der Akzent verriet seine Herkunft mehr als deutlich. »Und dass es mit unserem Vertrag klappt.«

Reserviert reichte ihm Sophia die Hand und hatte dabei das Gefühl, sich danach sofort waschen zu müssen. Du bist also der Scheißkerl, dachte sie, der mich erpresst! Am liebsten hätte sie zugeschlagen, beherrschte sich aber und drehte sich zu dem anderen um.

Der zweite, ein schlanker Typ mit längeren grauen Haaren, die sich im Nacken kräuselten, trug eine Tasche und betrachtete interessiert die gerahmten Kinderzeichnungen an der Wand.

»Reizend«, meinte er und wendete sich ihr zu. »Von Ihrer Tochter?«

Die Bemerkung traf Sophia wie ein Faustschlag. Sie zuckte unmerklich zusammen, antwortete nicht, sondern betrachtete den Grauhaarigen nur mit einem abweisenden Blick.

»Doktor Mateiner«, sagte er, die eisige Stille unterbrechend, und nickte ihr zu. »Ich bin Anwalt in Salzburg und die Biodon AG hat mich gebeten, bei der Vertragsunterzeichnung als neutraler Rechtsberater zu fungieren. Ich bin demnach auch für Sie zuständig, Frau Röhm. Es sollen für beide Seiten alle Punkte zur vollen Zufriedenheit ausgestaltet sein. Sie können sich also mit jeder Frage an mich wenden.«

Er öffnete seine Aktentasche, entnahm eine Mappe und reichte sie ihr hin.

»Dann fangen wir an«, bemerkte Sophia darauf schroff, nahm die Papiere und setzte sich lesend auf das Sofa.

Die Besprechung und der Abschluss des Vertrages dauerten nicht lange, Sophia überflog die meisten Punkte nur. Doppler hatte bei den Vorgesprächen zwischen Jonas und den Schweizern die nötigen Details wegen der Mitarbeiter und dem Weiterbetrieb bereits geklärt. Sophia erfuhr im Zuge des Gesprächs so nebenbei, dass Jonas schon seit dem Tod des Vaters über den Verkauf seiner Anteile verhandelte, wovon sie nichts gewusst hatte. Zumindest von Doppler, ihrem Vertrauten in allen Fragen, hätte sie sich darüber ein offenes Wort erwartet, was aber für sie jetzt keine Rolle mehr spielte.

Im Finanziellen einigte man sich nach einer kurzen Diskussion, in der Sophia trotz ihrer Angst um Marie hart blieb, auf die Mitte zwischen den von Rottwanger angebotenen fünfzig und den von Jonas zuletzt verlangten achtzig Millionen Euro. Dafür übertrug sie das begehrte Patent, das nicht auf die Firma, sondern auf sie als Erbin persönlich eingetragen war, direkt an die neuen Eigentümer.

Als Havenbrook und der Rechtsanwalt gegangen waren, wunderte sich Sophia, wie schnell man ein Unternehmen mit einer Unterschrift verkaufen konnte.

»Wie geht es dir?«, fragte Doppler und sah durchs Fenster den beiden nach, die im BMW des Salzburgers wegfuhren. »Alles soweit okay?«

Sie nickte stumm, saß auf dem Sofa und drehte den Füller nachdenklich zwischen den Fingern. In einem halben Vormittag hatte sie alles, was über drei Generationen im Familienbesitz gewesen war, weggegeben. Wenigstens war ihre Tochter jetzt sicher, sagte sie sich, doch tief im Innersten hatte sie kein Gefühl dafür, wie ihr Leben ab nun weiter verlaufen würde. Sollte sie Marie und das ganze Geld nehmen und einfach für lange Zeit wegfahren?

»Du hast das Richtige für dich und vor allem für Marie getan!«, erklärte er mit Nachdruck. »Also bitte mach dir jetzt keine Vorwürfe.«

»Mach ich gar nicht …«, antwortete sie abwesend.

»Das ist gut. Du wirst sehen, die vielen unschönen Sachen der letzten Zeit und der ganze Druck, dem du ausgesetzt warst, werden nun bestimmt aufhören!«

Sophia steckte die Füllfeder in ihre Tasche, stand auf und warf die Vertragskopie mit einer energischen Geste auf ihren Schreibtisch.

»Bitte ruf die Belegschaft am Nachmittag zusammen«, sagte sie wieder in ihrem konkreten Tonfall. »Ich muss den Leuten die Situation schonend beibringen und mich bedanken. Einige kenne ich schon mein ganzes Leben und bin ihnen eine Erklärung schuldig.«

*

Hanna sah auf die Uhr, es war Mittag und sie hatte das Warten langsam satt. Seit über einer Stunde saß sie in der Lobby des Schlosshotels Mönchstein und wartete auf Havenbrook.

Der Rezeptionist, der ihr immer wieder höflich zunickte, sagte auf die Frage, wann der Gast aus Holland kommen würde, er wisse es nicht und dürfe keine Auskunft geben. Da Hanna nicht locker ließ, verriet er ihr mit gesenkter Stimme, der Herr habe für Mittag einen Tisch im Restaurant reserviert. Also blieb sie in der Nähe des Empfangs sitzen und schlug die Zeit eine Weile mit dem Beobachten der Besucher tot, doch die ältern Herren mit Golfhose und die distinguierten Ehepaare verloren schnell ihren Reiz. Auch verschiedene Hochglanzjournale, die zum Kauf von allerlei Luxusartikeln animieren sollten, verschafften keine geeignete Zerstreuung.

Gerade als Hanna ihre Tasche nahm und beschloss zu gehen, um eventuell später wieder vorbeizuschauen, kam Havenbrook zur Rezeption. Sie erkannte ihn nach den verschiedenen Fotos aus dem Internet sofort. Der freundliche Mann am Empfang sagte etwas zu ihm und deutete dabei in ihre Richtung. Der Holländer drehte sich um, taxierte sie mit einem fragenden Blick und kam durch die Halle auf sie zu.

Hanna stellte sich als Journalistin vor, die beabsichtige, einen Artikel über die Situation der Pharmaindustrie und seine Arbeit zu schreiben. Dafür ersuche sie ihn um ein Interview.

Seine erste Reaktion war eine abwehrende Handbewegung. »Meine Zeit ist leider sehr begrenzt und für ein Pressegespräch gibt es eigene Termine. Obwohl …« Hannas rotes Sommerkleid, das sie extra angezogen hatte, tat seine Wirkung. Havenbrook konnte seinen Blick nur schwer von dem tiefen Ausschnitt lassen. »Eigentlich spräche aber nichts dagegen. Ich habe großes Interesse für die Arbeit der Presse, und wenn Sie schon einmal hier sind … Für mich ist ein Tisch im Restaurant reserviert, wollen wir nicht bei einem gemütlichen Essen reden?«

»Herzlichen Dank«, wehrte Hanna ab. »Ich muss gleich wieder zurück in die Redaktion.«

»Dann zumindest ein kleiner Drink«, meinte er. »Dafür, dass ich eine Ausnahme für die Presse mache!«

Sie setzten sich in die *Apollo Bar* in dem neuen Anbau mit der als spektakulär gepriesenen Glaskuppel, die sich um das Schloss krümmte. Hanna war nach der Eröffnung schon einmal hier gewesen und fand die Stahlkonstruktion zum übrigen Ambiente unpassend, aber so erging es ihr mit den meisten modernen Zubauten bei alten Gebäuden. Sie nahm nur ein Mineral-Zitron, da sie während des Wartens schon einen Kaffee getrunken hatte.

Havenbrook bestellte sich, als passenden Abschluss zu seinem gelungenen Deal, einen achtzehn Jahre gereiften Single Malt Scotch. Sein anzügliches Angebot, man könnte das Gespräch später gern in Ruhe auf seinem Zimmer fortsetzen, überhörte Hanna geflissentlich, bedankte sich nur für seine Bereitschaft zum Interview und fischte ihr Diktaphon aus der Handtasche.

»Sie werden mich doch nicht festnageln wollen?« Er grinste gekünstelt über seinen jovialen Scherz und deutete auf das Aufnahmegerät.

»Eine reine Gedächtnisstütze«, sagte Hanna mit einem spöttischen Unterton. »Ich will schließlich keines Ihrer Worte missen.«

»Also«, begann er und richtete mit einer mechanischen Geste seine Krawatte. »Interessiert Sie meine Arbeit für die EMA generell oder möchten Sie etwas über die Evaluierung von Präparaten wissen?«

»Eigentlich möchte ich gern mehr über Ihre anderen Tätigkeiten erfahren, die mir viel spannender zu sein scheinen.« Sie wartete, bis die Bedienung die Getränke auf dem Tisch abgestellt hatte und lehnte sie sich gemütlich in den Fauteuil zurück. »Sie sind doch als Lobbyist für die Biodon in Salzburg, wenn ich das richtig gehört habe.«

»Nein, keinesfalls«, antwortete er rasch und wusste nicht so recht, ob ihre Bemerkung eine Frage oder eine Feststellung war. »Als Mitglied einer Behörde der EU hat man verschiedene Kontakte, die im Sinne des Marktes hilfreich sein können. Da kann es schon vorkommen, dass man gelegentlich die richtigen Personen zusammenbringt, wie etwa im Fall der Biodon. Aber keinesfalls bin ich so etwas wie ein Lobbyist. Da ich im Komitee die Verantwortung für die Zulassungen trage, wäre das gegen die ethischen Prinzipien meiner Tätigkeit.«

»Zweifellos eine hohe moralische Verpflichtung«, stellte Hanna fest.

»Sehr richtig!« Havenbrook nickte und nahm einen tiefen Schluck von seinem Scotch.

»Haben Sie dann nicht ein schlechtes Gefühl, wenn eine Seite Druck ausübt, um ihre Bedingungen durchzusetzen?«, setzte Hanna ansatzlos nach.

Er setzte sein Glas irritiert ab. »Bei dem Abschluss eines Vertrags sucht üblicherweise jeder einen Vorteil und trachtet nach den besten Konditionen für die eigenen Interessen. Mir ist daher unklar, was Sie mit dieser Behauptung andeuten wollen?«

»Na gut, dann machen wir es konkret!« Hanna war in Fahrt gekommen. »Stimmt es, dass Biodon die Übernahme von Röhm unbedingt durchdrücken möchte und – wie soll ich es richtig ausdrücken – deshalb härtere Bandagen anwendet?«

»Ich weiß nicht, wovon Sie sprechen und werde Ihnen auf so eine pauschale Beschuldigung keine Antwort geben.« Havenbrook trug einen massiven Siegelring, den er mechanisch um den Finger zu drehen begann. »Die genauen Details kennen nur die beiden Parteien, da müssten Sie also bei Frau Röhm nachfragen.«

»Das habe ich«, meinte Hanna trocken. »Es war ein sehr aufschlussreiches Gespräch.«

»Wie?«

»Einer der Eigentümer hatte kürzlich einen tödlichen Verkehrsunfall, andere werden wegen des Vertrags erpresst ...« schoss ihn Hanna direkt an. »Wissen Sie zufällig davon?«

Er wurde unsicher, was diese Reporterin mit ihren Fragen bezweckte. Wusste sie tatsächlich Bescheid? Wollte sie ihn beschuldigen? Oder hatte sie nur irgendetwas aufgeschnappt und versuchte daraus eine große Story für ihre Karriere zu machen? Jedenfalls verlor er jegliches Interesse an ihrem Ausschnitt und wollte sie jetzt so schnell als möglich loswerden.

»Was erzählen Sie da?«, fragte er verstimmt. »Von Erpressung oder einem Verkehrsunfall habe ich überhaupt keine Kenntnis. Ich war nur inoffiziell bei den Annäherungsgesprächen dabei und bemüht, für ein gutes Klima zu sorgen.«

»Sie arbeiten also nicht für die Biodon?«

»Nein, verdammt«, fuhr er sie jetzt deutlich lauter an. »Ich sagte doch, es war inoffiziell.«

»Aber vielleicht möchte Sophia Röhm die Firma gar nicht verkaufen?«

»Da kann ich Sie beruhigen – das will sie!« Diese Journalistin weiß doch nicht alles, dachte Havenbrook dabei und bekam wieder Oberwasser. »Genauer gesagt, hat sie das schon. Ich komme gerade aus Hallein und die Übernahme ist positiv gelaufen, die Verträge sind unterzeichnet. Da gab es keinerlei

Zwang! Im Gegenteil: Frau Röhm hat persönlich um den Termin gebeten – freiwillig, ohne Druck, und wir, ich meine die Biodon, hat das Angebot finanziell sogar noch nachgebessert.«

»Die Verträge sind unterschrieben?«

»Vor einer Stunde.«

Hanna nahm rasch einen Schluck vom Mineralwasser, um ihre Überraschung zu verbergen. Die Sache war also schon über die Bühne gegangen. Sophia hatte aus Angst um ihre Tochter nachgegeben und die Firma verkauft.

»Ich kann Ihnen versichern, der Deal wurde in beiderseitigem Einverständnis geschlossen«, setzte Havenbrook nach. »Alle sind zufrieden und die Papiere über den Rechtsanwalt bereits unterwegs in die Schweiz. Und hören Sie mit Ihren impertinenten Unterstellungen auf. Sie haben keine Ahnung von dem sensiblen Gefüge der Pharmabranche und stören nur meine Bemühungen, die richtigen Partner zum Wohle der Bürger zusammenzubringen.«

»Da handelt es sich in erster Linie wahrscheinlich um wenige Bürger, nämlich die, die davon profitieren …«

»Lächerlich! Unser Gespräch ist hiermit beendet!« Er stand abrupt auf. Jede Freundlichkeit war aus seinem Gesicht gewichen. Er kam einen Schritt näher und deutete auf das Diktaphon. »Schalten Sie gefälligst das Ding aus und und wenn Sie es wagen sollten, nur eine einzige von Ihren absurden Behauptungen zu veröffentlichen, wird Ihr Leben als Journalistin nicht mehr lange dauern, dafür kann man sorgen, da können Sie sicher sein!«

Die offene Drohung wirkte bei ihr nicht. Seine Gereiztheit verriet ihn und gab Hanna die Sicherheit, dass sie auf der richtigen Fährte war.

»Ich behaupte nichts, ich stelle bloß Fragen«, antwortete sie ungerührt und stand ebenfalls auf.

»Dann passen Sie auf, wo diese Fragen hinführen. Wer solche Fragen stellt …« Mit einer unwilligen Geste unterbrach er sich. Der Kragen seines Hemdes war durchgeschwitzt. In einem Zug trank er den Scotch aus und deutete auf Hannas Mineralwasser. »Das bezahlen Sie gefälligst selbst.«

19

Ruprechts Stimmung war auf dem Nullpunkt.

Er hatte gerade mit Hanna telefoniert, die ihm von ihrem Treffen mit Havenbrook berichtete. Sie meinte, dass er während des Gesprächs ziemlich nervös geworden sei, sich aber nicht weiter in die Karten schauen ließ. Durch seine aufgebrachte Reaktion auf ihre Fragen war sie jedoch sicher, er musste hinter der ganzen Sache stecken und versuchte nun, alles zu vertuschen. Am Ende erzählte Hanna grinsend, wie Havenbrook sie mit dem Mineral sitzen ließ. Sie meinte, es wäre das teuerste Wasser ihres Lebens gewesen, was Ruprecht nur ein mürrisches »ich zahl's dir« entlockte.

Die ganze Aktion mit Hannas Vorstoß war ins Leere gegangen. Der erhoffte Ausrutscher Havenbrooks, auf den man ihn hätte festnageln können, war ausgeblieben. Und so wie die Dinge lagen, würde Wieland ohne einen greifbaren Tatbestand die Befragung aus Scheu vor einer Blamage abblocken. Überdies war der Deal gelaufen, womit der Holländer demnächst aus Salzburg abreisen würde und sich schon räumlich einem raschen Zugriff entzog.

Kaum aufgelegt, läutete das Handy schon wieder. Diesmal war es Konstanze.

»Ich wollte dir nur schnell etwas sagen«, fiel sie gleich mit der Tür ins Haus. »Sophia hat ihre Anteile und die ihres Bruders heute Vormittag an die Biodon überschrieben.«

»Ich weiß …«

»Du weißt es schon?« Konstanze war überrascht.

»Hannas Interview mit Havenbrook, um ihn aus der Reserve zu locken, war zu Mittag. Und er hat es erwähnt.«

»Das muss dann direkt danach gewesen sein. Hat es wenigstens was gebracht?«

»Leider nicht. Er ist ihr ausgewichen – angeblich vermittelt er nur Kontakte, ist in keine Details eingeweiht, alle sind zufrieden und wenn sie etwas Negatives schreibt, wird er sie sofort verklagen.«

»Arschloch!«

»Naja, einen Versuch wars wert.« Ruprecht zuckte die Achseln. »Wolltest du sonst noch was?«

»Ja, Sophia hat zuerst bei mir angerufen. Sie erzählte mir nicht nur von dem Verkauf, sondern bat mich überdies, mit dir zu sprechen.«

»Und worüber?«

»Dass du bitte nichts weiter unternimmst.« Konstanze sagte das sehr vorsichtig und setzte schnell hinzu: »Sie will sich keinesfalls in deine Arbeit einmischen, sondern nur Ruhe vor den Leuten haben und niemandem einen Grund geben, sie oder ihre Tochter weiter zu verfolgen. Wenn du sie da also raushalten kannst, würde ihr das sehr helfen. Sie wird keine Anzeige wegen der Telefonanrufe machen.«

»Das ist gar nicht nötig!« Ruprecht klang trotz der beschwichtigenden Worte ziemlich barsch. »Es geht bei dieser Art von Drohungen um einen strafrechtlichen Tatbestand, dem gehen wir nach, da braucht es keine private Anzeige. Und sonst werde ich sehen, aber versprechen kann ich es nicht.«

Damit beendete er das Gespräch etwas verstimmt. Sie wusste, dass er keine privaten Zurufe bei seinen Ermittlungen duldete.

»Zoff?« Frieda kannte den Tonfall. Sie stand an der Tür mit einem großen Stück selbstgebackenen Kuchen.

»Ach, jeder denkt nur an sich.«

»Also das Übliche.« Sie stellte den Teller auf seinen Tisch. »Zumindest eine kleine Versüßung zur Jause!«

»Danke! Ich war heute gar nicht essen«, sagte er darauf und grinste matt. »Aber für diesen Fall bräuchte ich einen ganzen Gugelhupf.«

»Wir stecken in einer Sackgasse …?« Sie setzte sich auf den Besuchersessel beim Tisch.

»Leider gewaltig!« Er stand auf und ging hinüber zur Kaffeemaschine. Ellas Kopf erschien hinter ihm auf der Tischplatte und ihr Blick fixierte den Kuchen. Frieda brach heimlich ein Stück davon ab und gab es ihr.

»Ich hab gerade erfahren, dass die Sache gelaufen ist«, sagte Ruprecht und kam mit zwei Espresso zurück. »Sophia Röhm hat heute Vormittag alle ihre Firmenanteile bereits verkauft. Und jetzt, wo die Firma weg ist, will sie nichts mehr von einer Erpressung hören, alles am besten vergessen und nur ihre Ruhe haben.«

»Und sonst?«

»Gegen den Holländer hab ich bislang gar nichts. Das Einzige, was bleibt, ist somit die Beteiligung von Jackl, aber dafür gibts höchstens eine Bedingte.« Ruprecht klang bitter. Für ihn war es stets ein Problem, wenn er wusste, wie die Dinge lagen und sich dafür kein Beweis fand.

»Dein Kaffee duftet bis auf den Gang hinaus.« Wöss stand in der Tür, blickte auf den Kuchen und drehte sich zu Frieda. »Selbst gebacken?«

»Ist hier etwa die Cafeteria?«, brummte Ruprecht. Er fühlte sich überfallen und wäre mit seinen Gedanken lieber allein gewesen.

Frieda nickte Wöss zu. »Ja, aber leider gibt es im Moment nichts zu feiern.«

»Ganz so würde ich das nicht sagen …« Wöss brach sich ein Stück vom Gugelhupf ab und deutete hinüber zur Kaffeemaschine. »Darf ich?«

»Ja, von mir aus«, sagte Ruprecht darauf, war auf die Bemerkung des Forensikers aber bereits hellhörig geworden. »Was hätten wir denn zu feiern?«

»Einen glücklichen Zufall …« Wöss ging hinüber zur Maschine, kramte im Karton mit den Kapseln herum und fragte beiläufig: »Hast du noch Grüne irgendwo?«

»Nein, nimm einfach eine andere und was heißt *Zufall* – sag doch!« Ruprecht wurde ungeduldig. »Du bist wie Hanna, die braucht auch immer ewig, bis sie auf den Punkt kommt.«

Wöss grinste. Er liebte es, gute Nachrichten mit einer nachdrücklichen Verzögerung zu verbreiten, um deren positive Wirkung zu erhöhen. Und als passionierter Marathonläufer hatte er dabei einen langen Atem.

»Also!«, er drehte sich mit dem Kaffee in der Hand um und rührte in der Tasse. »Ich habe bei den unzähligen Apps, die Stimmen verzerren können, und den Equalizer-Einstellungen einen Treffer gelandet.«

»Du hast …?«

«… den Algorithmus gefunden«, ergänzte Wöss. »Zumindest nehme ich an, dass die Stimme, die wir nun hören können, der tatsächliche Anrufer von Sophias Aufnahme ist.«

»Und wer?«

»Du bist gut, ich kenn die Leute doch nicht.« Wöss hob hilflos die Arme. »Für mich ist es nur eine Stimme.«

»Aber der Akzent«, Ruprecht sprang auf. »Der holländische Akzent!«

»Ich weiß nicht?«

»Ich muss es mir anhören!« Ruprecht lief bereits zur Tür hinaus, Wöss und Frieda folgten ihm und zuletzt kam Ella bellend hinterher, die überhaupt nicht wusste, was die plötzliche Aufregung bedeutete. Ein Kollege, den sie am Gang zu den Räumen der Kriminaltechnik beinahe niederrannten, sah ihnen kopfschüttelnd nach.

»Endlich hab ich dich«, murmelte Ruprecht aufgeregt, als sie im technischen Labor ankamen.

Wöss, der noch immer die Tasse in der Hand hielt, stellte sie zur Seite und klickte auf dem großen PC einige Einstellungen für den Sound durch. Dann öffnete er das verbundene Notebook mit der Aufnahme und auf dem Bildschirm erschien über die ganze Breite die gezackte Linie des Tonfiles.

»Kann ich?«, fragte er mit einem Seitenblick auf Ruprecht und drehte die Boxen lauter.

»Ja, mach doch!«

Wöss drückte auf Enter, und aus den Lautsprechern kam eine klare Stimme, die Ruprecht sofort erkannte.

Wenn Sie Ihre Tochter lieben,
sollten Sie achtsam sein.
Schwere Unfälle geschehen oft,
wenn man mit dem Rad unterwegs ist.
Denken Sie nur an Jonas …

*

In seinem mondänen Büro am noblen Gerlisberg lief Stephan Rottwanger vor dem ausladenden Panoramafenster auf und ab. Der Verwaltungssitz der Biodon lag direkt oberhalb des Luzerner Sees, mit Blick auf die Altstadt am Seeufer gegenüber und dem dahinter aufragenden Pilatusmassiv – der schönsten Berggruppe der helvetischen Voralpen. Gerade an klaren Tagen wie heute, wenn die tief stehende Nachmittagssonne die Flanken der Kalkkegel in ein weiches Abendlicht tauchte, war der Ausblick atemberaubend.

Doch Rottwanger nahm in seiner größer werdenden Anspannung nichts davon wahr. Er hatte für heute alle weiteren Termine abgesagt und blickte bereits zum wiederholten Mal auf die Uhr und dann Richtung Telefon auf dem Schreibtisch. Der Anruf von Havenbrook war überfällig, was möglicherweise neue Schwierigkeiten oder Verzögerungen beim Kauf von Röhm bedeutete. Mit solchen Situationen konnte der erfolgsverwöhnte Unternehmer und knochentrockene Geschäftsmann nur schwer umgehen. Als Nachkomme des alten Adelsgeschlechts Beulen-Rottwang war er daran gewohnt, die Dinge, die er wünschte, zu bekommen.

Umso mehr verstimmte ihn die Tatsache, dass in den letzten Jahren zwei große Übernahmen an der Biodon vorbeigegangen waren. Beim Weltmarktführer von Botox hatte er es um einige Tage zu spät erfahren – der Mega-Deal wurde von den Amerikanern für sechzig Milliarden Dollar abgeschlossen, bevor Rottwanger mitmischen konnte – und für *Viagra,* für das er alles gegeben hätte, reichte das Geld einfach nicht. Dreihundert Milliarden wäre die Vorstellung von *Pfizer* gewesen und die waren kurzfristig nicht einmal für ihn aufzutreiben.

Deshalb wollte er jetzt unbedingt diese Salzburger Firma haben. Das kleine österreichische Unternehmen nicht zu bekommen, würde er als persönliche Schmach empfinden. Ganz zu schweigen vom Imageverlust, wenn sich der missglückte Versuch in der Branche herumsprach und er die Ankündigung der neuen Beauty-Essenz wieder von der Webseite nehmen müsste.

Das Telefon läutete. Rottwanger griff zum Handy, es war Havenbrook – endlich!

»Sorry für den verspäteten Anruf«, sagte dieser, sich sofort entschuldigend. »Es war ziemlich viel los, ich musste überdies zum Anwalt und wollte nicht in seinem Beisein mit Ihnen sprechen.«

»Es ist in Ordnung«, antwortete Rottwanger wieder betont ruhig und gab den coolen Manager, ohne sich die Unruhe anmerken zu lassen. Zeige anderen nie, was du willst, denkst oder fühlst, war seine oberste Maxime im geschäftlichen Umgang. »Ich nehme an, die Sache ist erledigt …?«

»Selbstverständlich! Es ging ohne Probleme über die Bühne! Die Verträge sind bereits beim Anwalt in Salzburg. Es hat nur etwa eine Stunde in Anspruch genommen, Sophia Röhm unterzeichnete anstandslos. Allerdings bestand sie – wie ich schon früher einmal befürchtet hatte – auf einem Extrabonus für die Übertragung des Patents, aber es blieb am Ende in dem von Ihnen genehmigten Spielraum …« Havenbrook überholte sich förmlich selbst beim Reden, so schnell versuchte er die positive Nachricht anzubringen und zugleich den höheren Kaufpreis herunterzuspielen.

»Wie viel?«, kam es von Rottwanger trotz seiner Erleichterung, dass die Sache geklappt hatte, unmittelbar dazwischen.

»Nun … Wir hatten doch ursprünglich fünfzig geboten …«

»Das ist mir bekannt!«, fuhr ihn Rottwanger an. »Erklären Sie mir nicht meine eigenen Zahlen. Also?«

Havenbrook holte tief Luft. »Fünfundsechzig.«

Es gab die Absprache, dass er bis zu siebzig Millionen ohne Rückfrage zusagen durfte, aber bei dem Konzernchef blieb immer eine gewisse Unsicherheit darüber, wie er auf eine Summe reagieren würde.

Der ließ Havenbrook zappeln und blieb einige Sekunden stumm. Fünfundsechzig ist gut, dachte er bei sich, ich hätte auch neunzig oder hundert bezahlt.

Laut sagte er dagegen: »Die hohe Summe wird sich klarerweise in einem Abschlag von Ihrer Vergütung auswirken.« Er wartete weder die Zustimmung noch eine Reaktion ab. »Haben Sie den Kurier bestellt? Ich will die Verträge schnellstens in Luzern haben.«

»Ja, das ist organisiert. Die Papiere gehen heute Nacht an Sie ab.«

Das Gespräch mit Rottwanger war erledigt! Havenbrook fühlte sich deutlich erleichtert. Er hatte es die letzten Stunden ständig vor sich hergeschoben. Was Geld betraf, war der Schweizer nur schwer einschätzen.

Die beiden kannten sich schon sehr lange – Rottwanger, zu dieser Zeit Finanzdirektor der Biodon, suchte gerade nach der richtigen Quelle, um den Konzern in einem Handstreich zu übernehmen und Havenbrook, damals in der konservativen Volkspartei der Niederlande, besaß beste Kontakte zu den dortigen Banken. Süchtig nach Ansehen und Einfluss, fädelte er die Finanzierung für Rottwanger ein. Als Gegenleistung dafür besorgte ihm dieser über sein Netzwerk in der Industrie den Job bei der Europäischen Arzneimittelbehörde. Seitdem arbeitete Havenbrook im Hintergrund als Lobbyist für die Biodon. Das Verhältnis blieb jedoch über die Jahre hinweg streng geschäftlich und Rottwanger ließ nie einen Zweifel darüber aufkommen, wer das Sagen hatte.

Havenbrook schlenderte während des Telefonats im Freien auf dem Mönchsberg herum – eine alte Angewohnheit, um ein Mithören unmöglich zu machen. Er war vorn beim Museumsturm angekommen und schlug den Weg zurück zum Hotel ein. Im Gehen rechnete er sich bereits seine Provision aus und versuchte abzuschätzen, wie viel ihm Rottwanger wegen des Mehrpreises abziehen würde.

In jedem Fall, dachte er, wird es für den Röhm-Vertrag ein ordentlicher Batzen sein, der meine Rücklagen deutlich aufbessert.

Immer schon liebäugelte er mit dem Kauf eines Bentley Cabrios, solange das noch möglich war und nicht geräuschlose Elektroautos den Spaß an wuchtigen Benzinmotoren vollends verdrängten. Den würde er sich nun leisten. Natürlich nur für sein privates Vergnügen, für Fahrten ins Amt und mit Kollegen hatte er einen zeitgemäßen Hybrid – er war in einer Position, in der man Bewusstsein für die Umwelt demonstrieren sollte.

Zufrieden mit dem Ergebnis seiner Arbeit überlegte er, eventuell ein paar Tage in Salzburg anzuhängen. Ein kurzer Urlaub zur Entspannung nach dem ganzen Stress mit den Röhms würde ihm bestimmt gut tun.

Vor allem konnte er hier in Ruhe abwarten, bis sich die Presse beruhigt hatte. So ein Erlebnis wie mit der aufdringlichen Schickse von Journalistin, die ihn in die Enge treiben wollte, brauchte er kein zweites Mal. Und es wäre äußerst unangenehm, wenn etwas davon in den Zeitungen bei ihm daheim oder gar in Brüssel erschiene.

*

Wir beobachten Sie und Ihre Tochter.
Falls Sie die Polizei einschalten,
schreiten wir sofort zur Tat!
Überlegen Sie gut, was Sie tun …!

Die letzten Worte der Aufnahme, die Wöss mit einigen technischen Tricks entzerrt hatte, waren bereits zum zweiten Mal gelaufen. Wieder legte der Anrufer auf dem Band mit einem Knacken auf. Es war totenstill im Raum. Nach dem ersten Abhören hatte Ruprecht Wieland dazugeholt und den File neuerlich abgespielt. Jetzt standen alle um den PC im technischen Labor herum.

»Und du bist dir sicher?«, fragte Wieland und begann, mit den Fingern auf die Tischplatte zu trommeln.

»Absolut!« Ruprecht nickte völlig überzeugt. »Diese Stimme würde ich unter hunderten herauskennen!«

»Wenn wir da einen Fehler machen, blamieren wir uns«, meinte der Oberst und wendete sich an Wöss. »Hast du mit der Nummer etwas anfangen können?«

»Nein. Es ist eine nicht registrierte Prepaid-Karte, irgendwo in einem Supermarkt gekauft und war nur während des Anrufs eingelockt. Aber …« Wöss klickte den Tonfile am Computer weg, öffnete eine Karte mit den Salzburger Funkmasten und zeigte auf einen roten Punkt. »Interessanterweise war sie hier eingebucht!«

»Na bitte«, entfuhr es Ruprecht sofort. »In Hallein, direkt neben der Firma!«

Wieland wiegte überlegend den Kopf, dann drehte er sich zu Ruprecht um. »Okay, ihr habt grünes Licht!«

Ruprecht hatte sein Handy bereits in der Hand und verständigte das Team für den Zugriff, während er hinauslief.

Frieda nahm Ella freundschaftlich am Halsband. »Du bleibst bei mir, mein Schatz.« Dann flüsterte sie ihr etwas ins Ohr, das wie *Hundekuchen* klang und ein heftiges Wedeln auslöste.

20

Auf einer Palette in der Auslieferungshalle stehend, versuchte Sophia beinahe eine halbe Stunde ohne Unterbrechung, den Leuten ihre Beweggründe darzulegen, die für den Verkauf der Firma den Ausschlag gegeben hatten. Den Druck von außen, die Ungereimtheiten beim Unfalltod ihres Bruders und die Erpressung erwähnte sie mit keinem Wort. Als Argumente nannte sie dagegen die Sicherheit für die Jobs in der veränderten Lage des Marktes, die angespannte finanzielle Situation seit dem Tod ihres Vaters und ihre Sorge für den Weiterbestand des Unternehmens. Am Schluss bedankte sie sich mit Tränen in den Augen bei ihren Mitarbeitern.

Sophia kam geschafft zurück ins Büro und ließ sich müde auf ihr Sofa fallen. Es war später Nachmittag am schwersten Tag ihres gesamten bisherigen Arbeitslebens.

»Erschöpft?«, fragte Doppler fürsorglich und kam mit Sekt in ihr Büro.

»Ziemlich! Trotz meiner Ansprache sind die Leute ziemlich verunsichert über ihre Zukunft nach Hause gegangen.« Sie sah auf und bemerkte die Gläser in seiner Hand. »Willst du unseren Untergang feiern?«

»Nur eine kleine Abrundung. Ich dachte, ein Schluck würde uns nach dem ganzen Trubel gut tun.« Er stellte ein Glas auf den Couchtisch und schob es ihr hin. »Und als Untergang würde ich es nicht sehen. Du hast damit das Beste für die Firma getan.«

»Nur ich bin damit vorerst arbeitslos.«

»Mit einem ordentlichen Arbeitslosengeld«, versuchte er scherzhaft auf die Kaufsumme anzuspielen.

»Schon, aber es ist nicht dasselbe. Seit ich denken kann, war ich hier. Ich bin hier aufgewachsen und hab keine Ahnung, wo ich hingehen soll und ob ich mich je an einen anderen Betrieb gewöhnen werde!«

»Musst du nicht. Du bist finanziell abgesichert, und wenn du nicht willst, brauchst du nie wieder einen Job anzunehmen.«

»Und was dann?« Sophia sah ihn an. »Ich bin nicht wie Jonas, der am liebsten Party gemacht hat und froh war, wenn niemand etwas von ihm wollte. Ich liebe meine Arbeit. Die Firma war mein Leben und ich werde sie furchtbar vermissen.« Sie nippte vom Sekt. »Was wirst du weiter machen?«

»Ich verstehe nicht …?«

»Überlegst du etwa zu bleiben?«

»Ja, doch. Da ich zumindest meine zehn Prozent aus der Sache raushalten konnte, wird sich schon wieder etwas für mich finden.«

Sophia war ehrlich überrascht. Gleichzeitig fiel ihr auf, dass in dem Vertrag nur ihre Anteile und die von Jonas erwähnt wurden. Über Dopplers Teil wurde nie gesprochen und in dem ganzen Stress hatte sie das weder bemerkt noch wurde es bei den Gesprächen erwähnt.

»Das hat doch etwas Gutes«, fuhr Doppler fort. »So bleibt wenigstens ein Vertrauter der alten Garde hier, der weiterhin ein Auge auf den Betrieb hat. Und für dich ist es wichtig, einmal so richtig auszuspannen. Wie geht's eigentlich Marie?«

»Danke, gut«, antwortete Sophia und verdrängte das seltsame Gefühl, das in ihr aufstieg. »Sie weiß natürlich von den ganzen scheußlichen Dingen nichts. Ich hab sie schon von ihrer Großmutter geholt und ab morgen kann sie wieder normal in die Schule gehen.«

»Es freut mich, dass sich die Wogen glätten und Ruhe einkehrt.« Er trank sein Glas aus. »Ich werde dich selbstverständlich aus der hektischen Übergangszeit, die sicher auf die Übernahme folgen wird, heraushalten. Ihr sollt euch wirklich erholen können.«

»Das wär schön«, Sophia gähnte und lehnte sich zurück, »Nur leider gibt es viele Kleinigkeiten, die ich persönlich übergeben muss.«

»Nicht nötig, das mache ich schon für dich.«

»Danke für deine Fürsorge, Erwin.« Sie wunderte sich über seine Bemerkung. »Aber wie stellst du dir das vor? Unzählige Kontakte, offene Entscheidungen, laufende Berichte in der Forschung – da sind so viele Details, die muss ich selbst erst alle sortieren.«

»Oder du lässt einfach alles liegen, so wie es ist.« Seine Stimme wurde um einen Ton schroffer. »Also kümmere dich einfach nicht weiter darum. Ich finde mich da schon zurecht.«

Sophia setzte sich auf und schüttelte energisch den Kopf. »Sorry, aber in dem Vertrag steht, dass ich die Verantwortung dafür trage, der neuen Geschäftsleitung alle Informationen, die … wie steht da genau?« Sie nahm die Vertragskopie, blätterte zu dem Absatz und zitierte leicht verärgert: »Alle Informationen, die für die reibungslose Weiterführung des Unternehmens benötigt werden, sind dem Nachfolger persönlich zu übergeben.«

Er baute sich vor ihr auf. »Ich wollte es dir auf diese Weise eigentlich ersparen, aber die Biodon hat mich zum neuen Geschäftsführer ernannt.« Er klang mit einem Mal unangenehm distanziert und gar nicht mehr so freundlich wie zuvor. »Und wie du weißt, kenne ich den Betrieb schon aus der Zeit, wo du mit Jonas in der Sandkiste gespielt hast. Ich brauche demnach keinerlei Informationen von dir, um mich in den Kontakten, Forschungen oder sonst welchen Belangen zurechtzufinden.«

Sophia konnte nicht fassen, was sie hörte, und in dem plötzlichen Bewusstsein, von jemandem, dem sie blind vertraut hatte, hintergangen worden zu sein, schossen ihr Tränen der Wut in die Augen.

»Es tut mir leid«, setzte er bereits nach und versuchte gar nicht mehr, sich hinter der Fassade des loyalen Angestellten zu verstecken. »Aber dass ich die Firma weiterführen werde, ist das einzig Richtige. Es ist ganz im Sinne deines Vaters, und ich hoffe, du verstehst, dass dafür klare Fronten nötig sind.«

»Das sind sie allerdings!« Ruprechts Stimme fuhr schneidend durch den Raum. Er stand in der Tür, die Doppler zuvor offen stehen gelassen hatte.

Nachdem Wieland grünes Licht für die Festnahme gegeben hatte, rannte Ruprecht – gemeinsam mit Wöss und seinem Kollegen Schönegger – hinunter in die Garage. Sie warfen sich in einen Dienstwagen, Ruprecht gab Vollgas und schaltete das Blaulicht ein. Auf der Autobahn nahmen sie den Pannenstreifen mit Folgetonhorn, um schneller voranzukommen, und schafften die Strecke in zwölf Minuten.

Ruprecht wollte Doppler und Sophia unbedingt gemeinsam in Hallein antreffen. Das war er ihr, so schien es ihm, nach all den Ereignissen schuldig. Er rechnete damit, dass der Tag des Firmenverkaufs länger dauern würde und beide im Büro wären. Trotzdem war es bereits sechs vorüber, als sie in Gamp die zwei scharfen Kehren hinauf auf den Georgsberg nahmen und die Straße auf der Anhöhe entlang bis zum Gelände der Röhm Chemie fuhren. In der Kurve unterhalb kamen bereits die beiden Einsatzfahrzeuge mit der angeforderten Verstärkung hinterher.

Mit Schwung nahm Ruprecht die Einfahrt durch die offenen Schranken beim Pförtnerhaus und lenkte den Wagen über die Kuppe hinunter zum Verwaltungsgebäude. Als er anhielt, stellte er mit Genugtuung fest, dass der silberne Tesla auf dem Parkplatz stand – zumindest Sophia war also da.

Am unbesetzten Empfang in der Halle vorbei, wo er Schönegger postierte, um dem Zugriffsteam den Weg zu zeigen, nahm er den bekannten Weg über die Treppe hinauf zu Sophias Büroraum. Noch in der Tür unterbrach er Dopplers zynische Bemerkung, die bis auf den Gang hinaus zu hören gewesen war, mit aller Schärfe.

Der fuhr herum. »Was erlauben Sie sich …?«

»Sie halten gefälligst den Mund und setzen sich!« Der Chefinspektor deutete auf einen der Besuchersessel, sein Tonfall ließ keinen Widerspruch zu. Doppler gehorchte völlig überrumpelt und Ruprecht wendete sich Sophia zu. »Ich habe Ihnen etwas mitgebracht, das Sie sicher interessieren wird.«

Wöss, der hinter ihm eingetreten war, stellte sein Notebook auf den Tisch, klappte es auf und öffnete den File mit der entzerrten Aufnahme des Drohanrufs. Mit einem Seitenblick auf Doppler startete er die Wiedergabe.

Als die ersten Sätze mit der hohen unpersönlichen Stimme zu hören waren – unverkennbar, wie Ruprecht schon zu Wieland gesagt hatte – versank Doppler förmlich in seinem Sessel. Während der Text lief, begriff er die Situation in ihrer Tragweite.

Alles umsonst, sie sind da, um mich zu verhaften, dachte er und wollte nur weg aus diesem Zimmer. In einem Anfall von Angst sprang er auf und stürzte hinaus. Er kam jedoch nur bis auf den Flur, dort prallte er gegen die Beamten der Sondereinheit, die direkt nach Ruprecht eingetroffen waren. Sie warfen ihn mit einem kurzen Griff zu Boden, drehten seine Arme auf den Rücken und schoben ihn zurück in Sophias Büro.

Diese saß reglos vor Schock auf dem Sofa und fixierte den File auf dem Bildschirm. Für einige Augenblicke lag eine lastende Stille über dem Raum. Erst als Wöss das Notebook vorsichtig zuklappte, löste sich ihre Starre. Wie in Zeitlupe hob sie den Kopf, ihre Züge wurden trotz der Tränen, die ihr über die Wangen liefen, hart. Sie stand auf, ging hinüber zu Doppler, den die beiden Beamten zwischen sich hielten. Nur wenige Zentimeter vor ihm blieb sie stehen und musterte ihn mit einem Blick, der Verachtung und Abscheu ausdrückte.

»Sag nie wieder etwas über meinen Vater!« Ihre Stimme bebte vor Empörung. »Du glaubst, du handelst in seinem Sinne? Indem du Marie bedrohst, seine Enkeltochter?«

Doppler hielt ihrem Blick nicht stand. Er drehte den Kopf zur Seite und versuchte erfolglos, sich aus dem Griff der Polizisten zu winden.

»Wenn Vater das miterlebt hätte, wärst du hochkant hinausgeflogen«, sagte Sophia leise und ihre Stimme bebte vor Zorn. »Du würdest nie wieder einen Fuß in diese Räume setzen.«

Abrupt drehte sie sich weg und ging zu Ruprecht hinüber. »Was geschieht jetzt mit ihm?«

»Wir nehmen ihn zum Verhör mit nach Salzburg.«

»Und dann? Angeblich soll er ab morgen die Firma für die Käufer leiten.«

»Das kann ich mir nicht vorstellen. Wegen akuter Fluchtgefahr wird der Staatsanwalt sicher Untersuchungshaft anordnen und es wird eine Anklage wegen Erpressung geben. Mindestens wegen Erpressung …«

Auf dem Gelände gab es nachts zwei Leute vom Wachdienst und hinten im Lager wurden die Sendungen für den nächsten Tag bis zehn am Abend verpackt und vorbereitet. Sonst war niemand mehr in der Firma. Nachdem die Polizei mit Doppler abgezogen war, ging Sophia hinunter zum Empfang und sperrte die Tür des Haupteingangs ab. Sie wollte allein und ungestört sein, sie musste nachdenken. In der Teeküche machte sie sich einen doppelten Mokka und zurück im Zimmer kramte sie in der untersten Lade des Schreibtischs nach den Zigaretten, die dort seit über fünf Jahren lagen. Damals hatte sie das Rauchen aufgegeben, aber die angebrochene Packung nie weggeworfen.

Ich werde sofort eine Nachricht an die Presse schreiben, überlegte sie als erstes, eine offizielle Aussendung über Dopplers Machenschaften. Sie musste Ruprecht auch um den entschlüsselten Tonfile bitten und diesen auf *YouTube* stellen, mit einem Text dazu, dass der ehemalige Mitarbeiter am Tod ihres Bruders die Schuld trug. Wahrscheinlich durfte man so etwas gar nicht schreiben, aber die ganze Welt sollte wissen, wer dieser Doppler war.

Die Zigarette schmeckte grauenhaft und löste bereits nach einigen Zügen einen leichten Schwindel aus. Angewidert öffnete Sophia das Fenster und warf sie in hohem Bogen hinaus.

Gleichgültig ob es ihre Firma war oder nicht, Doppler würde sie niemals leiten. Das empfand sie zumindest als eine kleine Genugtuung. Schon bevor sie ihm von der Erpressung erzählte, hatte er gesagt: »Wer weiß, was denen noch einfällt!« Und dann im Gespräch nach der Unterzeichnung des Vertrags: »Du wirst sehen, die vielen unschönen Sachen der letzten Zeit werden nun aufhören!«

Natürlich konnte er das mit Sicherheit sagen, da er es ja selbst inszeniert hatte, nur mir ist es nicht aufgefallen, dachte sie ärgerlich über sich selbst. Ohne die Drohung gegen Marie hätte ich niemals verkauft und Rottwanger könnte sich seine Millionen irgendwohin stecken …

Mechanisch zog sie die Vertragskopie zu sich und blätterte die Seiten durch. Sie suchte eine Klausel für den Rücktritt von dem Deal. Aber – so einen Paragraphen gab es nicht. Shit!

Hinten am letzten Blatt heftete die Visitenkarte des Salzburger Anwalts. Der hatte doch großspurig erwähnt, er wäre als neutraler Rechtsberater für beide Seiten zuständig und sie könnte sich jederzeit an ihn wenden. Sophia griff zum Handy und wählte seine Nummer.

»Eugen Mateiner, guten Abend«, meldete er sich verbindlich nach mehrmaligem Klingeln.

»Sophia Röhm«, antwortete sie, »verzeihen Sie die späte Störung, aber ich muss Sie dringend sprechen. Es ist wegen des heute unterzeichneten Vertrags.«

»Aber gern, was kann ich für Sie tun?«

»Wir müssen alles rückgängig machen!«

»Wie meinen Sie?«

»Die Situation hat sich total geändert«, begann sie und berichtete ihm die Ereignisse der letzten Stunde. Danach erwähnte sie die Umstände, die dazu geführt hatten, dass sie sich zum Verkauf entschloss und ersuchte ihn, ihr bei der Stornierung des Vertrags zu helfen.

Mateiner hatte die Papiere in einem versiegelten Kuvert vor sich auf dem Schreibtisch liegen und wartete bereits auf den Boten, der sie in die Schweiz bringen sollte. Er wurde für seine Mühewaltung, in der Sache als neutraler Rechtsbeistand aufzutreten, gut bezahlt und sah keine Veranlassung, dem Konzern in den Rücken zu fallen.

»Unerfreulicher Weise gibt es die Möglichkeit des Rücktritts nicht«, sagte er deshalb kurz angebunden. »Von irgendwelchen Hintergründen, die Sie mir schildern, habe ich keine Kenntnis und diesen Herrn Doppler habe ich heute zum ersten Mal getroffen. Auch ist seine Person nicht relevant.«

»Nicht relevant?«, brauste Sophia auf. »Ich wurde von diesem Verbrecher bedroht und damit zum Verkauf genötigt! Und das soll nicht von Belang sein?«

»Genau so ist es. Erwin Doppler scheint ja in dem Vertrag überhaupt nicht auf. So wie mir bekannt ist, ist er lediglich ein geringfügiger Miteigentümer und ist nicht Teil des Rechtsverhältnisses zwischen Ihnen und der Biodon.« Mateiner leierte den Text herunter, als wäre er in einem Gerichtssaal. »Natürlich tut es mir persönlich sehr leid für Sie, aber ich sehe da keine Möglichkeit …«

*

Das Glass Garden, das noble Gourmet-Restaurant des Schlosshotels war gut besucht. Unten breitete sich das beleuchtete Salzburg bis zum dunklen Hügel des Kapuzinerbergs aus.

Havenbrook saß in bester Laune bei flambierten Crêpes mit Brombeeren, als süßer Abschluss nach einem herzhaften Steak. Das Geschäft war abgeschlossen und die Woche damit erfolgreich gewesen. Er würde übers Wochenende bleiben und ausspannen – das Hotel war hervorragend, die Temperatur frühsommerlich und Salzburg ein Highlight für ihn. Und mit der zu erwartenden Provision gefiel ihm alles noch besser.

Zuerst spielte er mit dem Gedanken, ein Mädchen für den späteren Abend bei einem Escort-Service zu buchen, nahm dann aber wieder Abstand von der Idee. Nach dem guten Essen und zwei Gläsern Wein verspürte er eine angenehme Müdigkeit. Er würde also heute ein wenig allein feiern und sich erst morgen um eine willige Begleiterin für die nächsten beiden Tage umsehen – das schien ihm passender.

Er winkte der Bedienung um eine Flasche Champagner. Die würde er mit auf sein Zimmer nehmen. Da läutete sein Handy.

»Ja, bitte?«

»Mateiner«, kam es knapp von der anderen Seite.

»Was gibt's?«

»Ich wollte Sie nur darüber informieren, dass ich gerade einen Anruf von Sophia Röhm erhalten habe.«

»Und?«

»Sie wollte den Vertrag stornieren.«

»Auf einmal?« Er schüttelte zwar den Kopf, klang aber ziemlich gleichgültig. »Ich hoffe, Sie haben ihr erklärt, dass sie da keine Chance hat.«

»Natürlich!«

»Wo liegt dann das Problem?« Havenbrook nahm den Champagner, den der Ober brachte, und stand auf.

»Ich dachte, es würde Sie interessieren, dass am Nachmittag die Polizei bei Röhm in Hallein war und den Produktionschef verhaftet hat.«

»Doppler?« Havenbrook, der schon auf dem Weg zum Lift war, blieb stehen und senkte die Stimme. »Weiß man warum?«

»Es geht angeblich um irgendeine Erpressung, und Frau Röhm erwähnte einen tödlichen Unfall ihres Bruders. Wissen Sie etwas darüber?«

Der Holländer schluckte. »Nein, natürlich nicht«, sagte er rasch. »Aber danke, dass Sie mich informiert haben.«

Mit der Beendigung des Telefonats war seine gelöste Stimmung dahin. Die Nachricht von der Verhaftung traf Havenbrook mit Wucht. Er hatte Doppler vor dem Essen schon erreichen wollen und ihm einige Anweisungen geben, wie er sich als neuer Geschäftsführer des Unternehmens verhalten müsse. Aber der war nicht ans Telefon gegangen – nun wusste Havenbrook warum!

Zugegeben, sie hatten von einem gewissen Druck gesprochen, aber er wollte keinesfalls mit einer Erpressung in Verbindung gebracht werden. Die Sache schien gerade zu entgleisen, und wenn es für Doppler eng werden sollte, war der Weg zu ihm nicht weit.

Er ließ die Flasche im Vorbeigehen auf einem leeren Tisch stehen. Da der Lift nicht kam, lief er die Stiegen zum Zimmer hinauf. Statt entspannte Tage zu genießen, musste er sofort packen und versuchen, einen Flug zu bekommen. Erst zu Hause in Amsterdam würde er sich wieder in Sicherheit fühlen.

21

Doppler fühlte sich elend. Aus seinem Gesicht war jegliche Überheblichkeit gewichen, mit der er andere sonst betrachtete. Der erfolgsverwöhnte Produktionschef mit den breiten Schultern und dem knochigen Gesicht saß zusammengesunken mit rundem Rücken auf seinem Sessel. Die dunklen Haare klebten feucht an den Schläfen und das weiße Hemd hatte deutliche Schweißflecke unter den Achseln. Müde hob er kurz die Hände vor die Augen. Es war mittlerweile vier Uhr morgens und er versuchte seit Stunden, sich irgendwie aus den Anschuldigungen herauszuwinden, was nur zu einer neuerlichen Wiederholung der ganzen Fragen durch Ruprecht führte.

Sie waren nach der Ankunft in Salzburg direkt in den 2-4er gegangen, in dem vor einigen Tagen bereits Jackl verhört worden war. Doppler brauchte eine Weile, um sich nach der grellen Beleuchtung der Gänge an das konzentrierte Licht im Zentrum des Verhörbereichs zu gewöhnen. Heimlich blickte er sich dann in dem Zimmer, in das sie ihn gebracht hatten, um. Es war ein schmuckloser heller Raum, auf dem Tisch in der Mitte, an dem sie saßen, stand ein Mikrophon zur Aufzeichnung, eine Wand besaß einen großen Spiegel.

Dahinter sitzen bestimmt Leute, die das Gespräch verfolgen, dachte Doppler. Er kannte das vom Fernsehen und war beinahe verwundert, dass so etwas in der Realität tatsächlich existierte.

»Vernehmung von Erwin Doppler wegen des Verdachts der Erpressung von Sophia Röhm und der Beteiligung an der

Tötung von Jonas Röhm …«, hatte Ruprecht die übliche Formel für die Aufnahme des Verhörs begonnen. Er sprach betont korrekt und laut – bei Befragungen die bekannte Eröffnungstaktik am Beginn eines Verhörs, um sofort Autorität zu signalisieren.

Was folgte, war eine Bestandsaufnahme der Fakten und der Erkenntnisse der Spurensicherung, die Ruprecht aus dem Akt zitierte, und ein nochmaliges Abhören des Bandes mit dem Anruf bei Sophia.

Bei den Details des Unfalls versuchte sich Doppler gleichermaßen aufmerksam wie unschuldig zu geben. Davon wisse er gar nichts, beteuerte er immer wieder. Als die Sprache auf Jackl kam, wollte er diesen aus der Brauerei zwar vom Sehen kennen, würde aber keinen näheren Kontakt mit ihm pflegen.

Ruprecht wusste, dass Typen wie Doppler, die von ihrer unerwarteten Verhaftung überrascht worden waren und sich ihre Geschichte erst während der Antworten auf seine Fragen ausdachten, meistens über Kleinigkeiten stolperten. Alles, was sie in ihrem Lügengebäude zur Entlastung spontan erfanden, enthielt eine Menge an Details, mit denen sie sich selbst in Unstimmigkeiten verstrickten.

So war es auch bei Erwin Doppler. Nach einigen Stunden Widerstand brachte ihn Ruprecht damit endlich an diesen ausweglosen Punkt. Er kenne Jackl, gab Doppler widerwillig zu, und ja, er habe ihm Geld dafür geboten, Jonas ein wenig Angst einzuflößen, weil dieser seine Forderungen für die Anteile endlos in die Höhe trieb. Von der Wahnsinnstat, die Jonas letztlich das Leben kostete, habe er angeblich erst danach erfahren. Das habe er nicht gewollt, schließlich kannte er Jonas, seit dieser ein Kind war, und hatte ihn sehr gemocht.

»Die Mitleidstour können Sie sich sparen«, sagte Ruprecht angeekelt. »Die ist erbärmlich! Und da es um den Verkauf an Biodon ging, würde mich bei der ganzen Sache die Beziehung zwischen Ihnen und Havenbrook interessieren. Was wollte er konkret? Hat er Sie angestiftet? Zog er im Hintergrund die Fäden?«

Doppler blieb stumm. Was sollte er sagen? Sollte er Havenbrook belasten? Aber war der nicht sein einziger Rückhalt, der mit seinen Beziehungen diese Scheiße noch irgendwie hinbiegen konnte?

»Beantworten Sie meine Frage!«, kam es nach der kurzen Pause scharf über den Tisch.

»Na ja … er hatte Fragen wegen Unterlagen zu unseren Präparaten, aber das ist normal«, versuchte Doppler krampfhaft, den Holländer herauszuhalten. »Die EMA ist ein wichtiges Institut der Europäischen Union und für die …«

»Lächerlich! Halten Sie mich nicht für blöd und erzählen Sie mir gefälligst nicht, bei Ihren Treffen wäre es um eine fachliche Kontrolle gegangen!«, fuhr Ruprecht ansatzlos laut dazwischen. »Havenbrook war nicht für die Behörde an Röhm interessiert, sondern in seiner Eigenschaft als Lobbyist für die Biodon. Und ich weiß, dass er Druck von Rottwanger bekam, die Sache abzuschließen, den er an Sie weitergab.«

Doppler wand sich auf seinem Sessel. »Eben! Ich bin wirklich nur eine ganz unbedeutende Nummer.«

Ruprecht ließ ihn nicht aus den Augen. »Habe ich mir bereits gedacht, das ist aber strafrechtlich keine Entlastung.« Er ließ die Worte etwas wirken, dann beugte er sich vor, ganz dicht zu Doppler, und sagte beinahe leise: »Willst du wirklich für diesen Holländer wegen Anstiftung zum Mord für Jahre in den Bau wandern, und er sitzt mit seiner Millionenprovision für den Deal in seiner Villa in Amsterdam und lacht über dich Idioten?«

Nach einigen Sekunden, in denen nicht klar war, ob Doppler zu heulen beginnen und auf dem Sessel zusammenbrechen würde, veränderte sich dessen Gesicht plötzlich. Statt der

Verzweiflung wurde es hasserfüllt. Er wischte sich mit der Hand über die Augen und sprang auf.

»Du willst eine Geschichte von mir hören?« Seine Stimme bebte, bekam einen gehässigen Unterton. Automatisch hatte er das Du von Ruprecht übernommen. »Na gut, ich werde dir eine erzählen!«

Er begann im Verhörraum auf und ab zu gehen. Ruprecht ließ ihn gewähren. Wenn er sich damit leichter tut, alles loszuwerden, dachte er, soll es mir recht sein.

Doppler brauchte eine Weile, um sich halbwegs zu beruhigen, dann lehnte er sich an die kühle Wand dem Spiegel gegenüber, sein Blick wanderte über die Decke und er begann wie abwesend zu sprechen: »Es war einundneunzig, als ich nach Hallein in die Firma kam, die damals mehr schlecht als recht ging und in den darauf folgenden Jahren wahrscheinlich in einen Konkurs geschlittert wäre. Hermann Röhm, der Besitzer des Unternehmens, das damals nur aus dem Labor und einer kleinen Packstation bestand, war ein ausgezeichneter Chemiker und hatte eine Tinktur zur Regeneration der Haut entwickelt. Nur in Dingen des Verkaufs und der Finanzen war er hilflos. Er hatte sein Produkt, das wirklich bahnbrechend in der Therapie war und bis heute ist, damals nicht einmal zum Patent angemeldet. Er sah die Möglichkeiten seiner eigenen Schöpfung auf dem Markt überhaupt nicht …

Ich habe das Potenzial erkannt! Und wir hätten mit einer entsprechenden Vermarktung zum Großkonzern werden können. Wie oft habe ich ihm vorgerechnet, wie billig und simpel die Herstellung einer Schönheitscreme wäre, die den Frauen genau das bietet, wonach alle anderen Unternehmen schon lange suchen! Aber was sagte Hermann darauf?« Er äffte die Stimme des alten Röhm nach: »Sehr schön, aber wir bleiben doch lieber medizinisch!«

Doppler sah Ruprecht an, hob in einer verzweifelten Geste die Arme und nahm seine unstete Wanderung wieder auf.

»Als ob das so furchtbar wäre, ein Vermögen im Drogeriesegment zu verdienen. Dreißig Jahre habe ich gelitten und auf ihn eingeredet – vergeblich. Er hat das Geld, das auf der Straße lag, nicht aufgehoben. Können Sie verstehen, was das für einen Geschäftsmann wie mich bedeutet?«

Ruprecht nickte mit einem aufmerksamen Blick, sagte aber nichts darauf. In solchen Situationen war es am besten, man zeigte sich interessiert und ließ den Redefluss einfach laufen.

»Und dann, als er tot war«, fuhr Doppler auch schon fort, »war ich sicher, dass ich die Leitung übernehmen und den Betrieb endlich groß machen könnte. Die Kinder hätten mich nicht gestört, solange sie nur die Eigentümer geblieben wären. Ich kenne sie doch von klein auf. Aber was geschah?« Langsam kam er auf den Punkt, die Stimme wurde giftig und sein Temperament ging wieder mit ihm durch. »Sie übernahmen die Nachfolge selbst – Sophia, die so wie der Alte eine gute Chemikerin ist, aber keine Ahnung von einer Geschäftsführung hat, und Jonas, der am liebsten ein Leben lang Ferien gemacht hätte!«

»Und dann kam Rottwanger ins Spiel«, stellte Ruprecht nun doch fest, um langsam auf die aktuellen Geschehnisse zu kommen.

»Ja, sofort!« Doppler nickte. »Hermann Röhm war noch nicht unter der Erde, war Havenbrook im Auftrag der Biodon bereits in Salzburg und nahm Kontakt zu Jonas auf.«

»Warum zu ihm?«

»Das war logisch. Sophia wollte nicht verkaufen, das war bekannt, bei mir waren sie zuerst nicht sicher, und Jonas schien das schwächste Glied in der Kette zu sein. Mit ihm, dachten sie, würde sie ein leichtes Spiel haben.«

»Womit sich Havenbrook täuschte.«

»Allerdings. Kaum hatte Jonas Lunte gerochen, waren es bei jedem Gespräch fünf Millionen mehr. Mit einem Mal entdeckte er seinen Geschäftssinn.«

»Also mussten Sie ihn bremsen.«

»Nicht ich! Das war Jackl!« Sofort klang Doppler wieder verzagt. »Ich wollte doch nur, dass er ein wenig Angst bekommt und es endlich genug sein lässt.«

»Und die Erpressung?«

»Nachdem Jonas im Spital im Koma lag, konnte Sophia alles unterschreiben und ich wollte, dass sie endlich Vernunft annimmt und verkauft. Das war doch keine echte Drohung …«

»Hörte sich aber anders an«, sagte Ruprecht scharf.

»Ja, ich weiß. War aber nicht so gemeint. Es ist nur, wenn du eine Grenze überschreitest, entwickeln die Dinge eine Eigendynamik.« Er suchte nach einer Rechtfertigung für sein Verhalten. »Der Schalter ist umgelegt, du bist angewidert von dir selbst, aber es gibt keinen Weg mehr zurück. Ich hätte Marie doch nie etwas getan, bitte glauben Sie mir das!«

Doppler blieb beim Tisch stehen und setzte sich wieder auf seinen Sessel. Er sah ein, dass er keine Chance hatte, sich aus der Sache herauszuwinden, faltete die Hände vor der Brust und sah Ruprecht mit einem verzagten Blick an.

»Ich möchte aussagen«, kam es dann beinahe leise. Er atmete tief durch. »Ich möchte aussagen, dass alles, was geschehen ist, von Piet Havenbrook verlangt und bezahlt wurde. Ich habe alles nur für ihn und die Biodon getan!«

Genau dort wollte Ruprecht ihn haben. »Und die Gegenleistung dafür ist der Job als Geschäftsführer der Röhm Chemie gewesen?«

Doppler nickte stumm und hoffte, zumindest einen Teil der Schuld von sich abzuwälzen, indem er den Holländer als Auftraggeber nannte.

»Also: Um endlich an den ersehnten Job zu kommen«, fasste Ruprecht zusammen, »engagieren Sie einen Herumtreiber für die Inszenierung eines Unfalls, der dann ungeplant tödlich ausgeht, und bedrohen die Tochter ihrer Chefin. Dabei geben Sie an, dies alles im Auftrag von Piet Havenbrook, dem Lobbyisten der Biodon AG, getan zu haben. Ist das so korrekt und werden Sie diese Angaben später im Protokoll unterschreiben?«

Wieder nickte Doppler, ohne etwas zu sagen.

Wieland, der den letzten Teil des Verhörs aus dem Raum hinter dem Spiegel verfolgt hatte, kam nun ins Zimmer.

»Oberst Wieland, Leiter des LKA«, sagte er und blieb vor Doppler stehen. »Nachdem es bei Piet Havenbrook um den hohen Beamten einer EU-Behörde geht, frage ich, ob Sie – unabhängig von der Aussage – einen eindeutigen Beweis für seine Beteiligung haben, der Ihre Behauptung belegt?«

»Einiges habe ich«, antwortete Doppler. »Darf ich mein Telefon haben?«

Ruprecht händigte ihm sein Handy aus und er öffnete mit einem Passwort einen Cloud-Dienst. In einem File lag der gesamte Mailverkehr mit dem Holländer.

»Ich möchte mich – wenn möglich – als Kronzeuge anbieten«, sagte Doppler, in dem Versuch, sich so weit als möglich hinter dem Lobbyisten zu verstecken, kleinlaut.

»Vergessen Sie das«, entgegnete Wieland trocken. »Diese Möglichkeit gewähren die Staatsanwälte nur bei Korruptionsfällen, und Straffreiheit gibt es auch in diesen Fällen nicht. Von einer Beteiligung an einem Mord kann man sich bei uns nicht freikaufen!«

Sie ließen Doppler, der wie ein Häuflein Elend an dem Tisch saß und den Kopf in seinen Händen vergrub, im Verhörraum sitzen und gingen ins Nebenzimmer. Endlich hatte Ruprecht den Beweis gegen Havenbrook in Händen. Obwohl die Mails keine konkrete Aufforderung für Dopplers brutale Aktion enthielten, wurde doch mehrfach verlangt, mit allen Mitteln Druck auf Röhm auszuüben. Dafür, erwähnte Havenbrook in einem Schreiben, würde Doppler dann Chef des Unternehmens werden. Das kam einer Bezahlung gleich, die Mitwirkung des Holländers als Drahtzieher war damit mehr als eindeutig belegt.

Ruprecht nahm die Einmündung der Augustinergasse, vorbei an dem Fahrverbotsschild, mit Schwung und wurde auch in der schmalen gewundenen Straße zum Schlosshotel hinauf nicht langsamer. Zwei Spaziergänger waren kurz nach sechs Uhr morgens mit ihren Hunden unterwegs. Sie nahmen wahrscheinlich an, es handle sich bei dem Raser um einen nach durchzechter Nacht heimkehrenden Hotelgast und tippten sich mit dem Zeigefinger gegen die Stirn. Wöss hob vom Beifahrersitz aus entschuldigend die Hand, aber da war Ruprecht schon eine Kurve weiter. Er hielt nicht auf dem Parkplatz vor dem Hotel, sondern schoss in die Auffahrt hinein, die normalerweise für zahlende Gäste reserviert war und direkt vor dem Haupteingang endete.

Es war keine Stunde her, dass Doppler nach einer langen Nacht im Verhörraum endlich gegen Havenbrook ausgesagt und Wieland beim Staatsanwalt einen Haftbefehl veranlasst hatte. Mit diesem in der Hand liefen sie nun hinein in die Lobby. Das Auto ließ Ruprecht unmittelbar vor dem Eingang stehen und ignorierte die Aufforderung eines dort stehenden Angestellten, es sofort zu entfernen.

»Entschuldigung«, sagte Wöss und schob ein älteres Ehepaar, das bei der Rezeption stand, mit einer höflichen, aber bestimmten Geste zur Seite. Bevor der Mann hinter dem Empfang protestieren konnte, hielt ihm Ruprecht seinen Ausweis entgegen und fragte mit einem dringlichen Unterton nach dem holländischen Gast.

»Einen Moment«, sagte der Rezeptionist, zog die Tastatur des Buchungscomputers zu sich und tippte etwas. Sein blasiert wirkendes Gesicht sollte offenbar ausdrücken, wie sehr er die unerwartete Störung durch die Exekutive missbilligte. »Herr Havenbrook nimmt die Maschine um halb sieben nach Amsterdam. Mein Kollege vom Nachtdienst hat sie gestern gebucht.«

Ruprecht sah auf die Uhr. »Von Salzburg aus?«

»Nein, natürlich ab München! Seit wann geht um diese Zeit ein Flug von Salzburg nach Amsterdam?« Er drehte Ruprecht mit einer affektierten Kopfbewegung den Monitor hin. »Wie Sie sehen, hat er kurz nach vier ausgecheckt und wir haben ihm ein Transfertaxi organisiert.«

»Verdammt!«, entfuhr es Ruprecht leise.

»Soll ich die Taxifirma anrufen, dass sie den Fahrer verständigen?«

Ruprecht winkte ab. Es hatte keinen Sinn, der Flug hob in wenigen Minuten ab, und es war zu spät, die Maschine zu stoppen. Bis er jemand Zuständigen am Münchner Flughafen erreichte und die Lage ausreichend erklären konnte, würde Havenbrook längst in der Luft sein.

22

Die Boeing 737 der niederländischen KLM zog im Sinkflug eine unruhige Kurve über dem Westeinderplassen, dem großen See unterhalb von Amsterdam, und peilte bei harschem Seitenwind die westliche Landepiste von Schiphol an. Die Böen kamen ohne Vorwarnung, zerrten an der Maschine, und der Pilot antwortete mit resolutem Gegensteuern. Die ruckartigen Bewegungen warfen die Köpfe der Reisenden von einer Seite der Sitzlehne auf die andere. Einige Passagiere umklammerten instinktiv die Armlehnen ihrer Sitze, was die Knöchel weiß hervortreten ließ, oder versuchten, ihr besorgtes Gesicht tapfer hinter einer Zeitschrift zu verbergen.

Havenbrook war einer der wenigen, die von der ruppigen Landung unbeeindruckt blieben. Er flog jede Woche nach Brüssel oder Frankfurt, manchmal sogar mehrmals, und kannte die Scherwinde am Amsterdamer Airport zur Genüge. Gerade im Frühjahr und im Herbst, wenn die unterschiedlichen Luftschichten heftige Böen auslösten, taumelten die Flieger förmlich durch die Luft. Manchmal hatte man den Eindruck, die Maschine würde quer aufsetzen. Trotzdem war er immer heil gelandet. Und so war es auch diesmal – nach einem kurzen dumpfen Schlag beim Aufsetzen und einer Schlingerbewegung, als der Gegenschub einsetzte, rollte die Boeing ohne Probleme in den Taxiway hinein und hielt vor dem Terminal.

Er faltete das *Financieele Dagblad* zusammen, in dem er aus Langeweile die Wirtschaftsberichte und die Aktienkurse überflogen hatte – die einzigen Dinge, die er in Zeitungen las, da ihn politische Kommentare oder Sportergebnisse nicht interessierten – stand auf und schob sich gemächlich aus der Reihe. Nach den Ereignissen des letzten Tages war es in jedem Fall eine Wohltat, wieder auf heimischem Boden zu stehen.

Nach der Abfertigung ging er nicht gleich zu den Transfers hinaus, sondern genehmigte sich ein ausgiebiges Frühstück im *Grand Palais* in der großen Halle. In dem Café machte er bei der Ankunft meistens Station, es gab rund um die Uhr frische Küche, eine gute Auswahl an Bieren und hervorragenden Espresso. Vor allem aber wurde am Tisch serviert und man musste sich nicht in einer Schlange beim Selfservice anstellen, wie in den anderen Lokalen.

Außerdem suchte er einen halbwegs ruhigen Platz, um Rottwanger anzurufen. Er musste ihn über die letzten Entwicklungen informieren und das Gespräch dabei insgeheim aufzeichnen. Sollte es hart auf hart kommen, hatte er damit etwas in der Hand, das ihn zumindest zum Teil entlastete und den Schweizer als wahren Drahtzieher hinter allem entlarvte, dem jedes Mittel recht gewesen war, die Salzburger Firma zu bekommen. Nach einem *American Breakfast* beim zweiten Kaffee sitzend, fühlte sich Havenbrook für ein Gespräch mit dem Konzernchef genügend gestärkt.

»Entschuldigen Sie die Störung am Wochenende«, begann er vorsichtig.

»Was gibt's«, fragte Rottwanger kurz angebunden und wenig freundlich zurück.

»Ich wollte fragen, ob sich der Anwalt schon bei Ihnen gemeldet hat und ob die Papiere unterwegs sind.«

»Aber das müssten doch *Sie* mir sagen«, bellte es zurück. »Sie bestanden darauf, einen Anwalt zu nehmen und jetzt wissen Sie nicht, was er tut? Aber zu Ihrer Beruhigung, zumindest war mein Kurier zuverlässig. Der hat sich gemeldet und ist mit den Dokumenten bereits unterwegs in die Schweiz.«

»Ausgezeichnet.« Havenbrook war erleichtert. »Ich konnte gestern nicht mehr nachhaken, da ich ziemlich plötzlich aus Salzburg abreisen musste.«

Er wartete auf eine Gegenfrage, aber in der Leitung blieb es still.

»Der Anwalt rief nämlich am Abend an«, setzte der Holländer hinzu. »Er wollte mich nur vorwarnen …!«

Wieder keine Reaktion.

»Sophia Röhm hatte davor mit ihm gesprochen. Sie wollte aus dem Vertrag wieder aussteigen.«

»Keine Chance«, kam es prompt zurück. »Das hätten sich die Geschwister vorher überlegen müssen. Die Möglichkeit eines Rücktritts haben wir schon bei den Verhandlungen mit Jonas aus der Vereinbarung gestrichen. Das geschah im Gegenzug für seine höheren Forderungen – dafür gab es ja mehr Geld.«

»Ich weiß, aber die Papiere hat Sophia nun allein unterzeichnet.«

»Wollen Sie mir sagen«, fuhr der Konzernchef sofort aufgebracht hoch, »dass wir nur die halben Anteile gekauft haben?«

»Nein, keineswegs!«, versicherte Havenbrook rasch. »Sie musste nur für Jonas mitunterzeichnen, der ja einen schweren Unfall hatte – wie Sie wissen.«

»Wissen wäre zuviel gesagt, Sie haben das bei einem unserer letzten Gespräche erwähnt«, beruhigte sich der Schweizer wieder. »Schreckliche Sache! Das hätte uns am Ende sogar noch den Vertrag kosten können. Ich hoffe, dem jungen Mann geht's gut und er ist bald wieder wohlauf?«

»Leider nicht. Er ist an den Folgen des Unfalls gestorben.«

»Tragisch!«, meinte Rottwanger nach einer kurzen Pause ungerührt. »Dann wird Sophia Röhm den Betrag vom Kauf gut brauchen können. Und deswegen mussten Sie so dringend weg aus Salzburg?«

»Nein, es war wegen Erwin Doppler, unserem Kontakt …«

»*Ihrem* Kontakt!«

»Ja, meinem Kontaktmann bei Röhm. Er wurde gestern Nachmittag verhaftet!«

»Weswegen?«

»Wegen einer versuchten Erpressung und wegen des Unfalls des Erben.«

»Und warum sollte mich das interessieren?«

»Na ja, wir haben da möglicherweise etwas zu viel Druck gemacht«, meinte Havenbrook und sah seine Chance gekommen, das Gespräch vorsichtig in die richtigen Bahnen zu lenken. »Doppler wollte die Sache für den Konzern unbedingt ins Laufen bringen und dabei hat er es wohl deutlich übertrieben. Wahrscheinlich dachte er, im Sinne der Biodon zu handeln, da Sie ja gemeint haben …«

»Sie verzeihen, wenn ich Sie hier unterbreche«, schnitt ihm Rottwanger abrupt das Wort ab. Er durchschaute den Versuch, ihn in die Vorgänge in Salzburg mit hineinzuziehen. Seine Stimme wurde eiskalt und die Ausdrucksweise vollkommen förmlich. »Ich verstehe nicht, was Sie damit andeuten möchten. Die Details der Geschäftsanbahnung waren Ihre Obliegenheit und sind für mich nicht von Interesse. Ich kenne diesen Doppler überhaupt nicht und von mir kam niemals eine Anweisung zu irgendeiner strafbaren Handlung. Selbstverständlich habe ich einen erfolgreichen Abschluss erwartet – natürlich mit Methoden in legalem Rahmen. Immerhin sind Sie ein leitender Beamter einer EU-Behörde, von dem ich erwarten darf, die Usancen des geschäftlich Üblichen zu kennen.«

Havenbrook schluckte. Sein Plan, Rottwanger eine belastende Stellungnahme zu entlocken, war kräftig gescheitert.

»Unsere Geschäftsbeziehung ist hiermit beendet«, fuhr Rottwanger bereits in gleicher Weise fort. »Und da sich nun überdies herausstellt, dass der Vertrag mit Röhm nicht durch Ihre gezielte Lobbyarbeit, sondern offenbar durch ungesetzliche Machenschaften zustande gekommen ist, werde ich dafür auch keinerlei Provision bezahlen. Sonst entsteht womöglich der Eindruck, ich würde derartige Maßnahmen billigen oder gar finanzieren.

Nur eines noch: Sollte die Biodon wegen dieser Praktiken den Vertrag am Ende wieder verlieren oder ich in diesem Zusammenhang nur eine einzige Zeile mit meinem Namen in der Presse lesen, sehen wir uns vor Gericht – und das würde für Sie kein Spaziergang werden!«

Er legte grußlos auf.

Havenbrook saß eine Weile regungslos und starrte auf das leuchtende Display des Handys, bis es sich von selbst ausschaltete. Es war ihm nicht gelungen, Rottwanger zu einer Aussage zu bewegen, die auch nur im Entferntesten erkennen ließ, dass dieser ausdrücklich zu einer harten Vorgangsweise gegen Jonas gedrängt hatte. Keine Rede mehr von: *Jedes Mittel ist mir recht, wenn es zum Erfolg führt,* wie sich der Chef der Biodon damals bei einem Treffen ausgedrückt hatte. Im Gegenteil klang es auf der Aufnahme so, als hätte Havenbrook alles gegen den Willen Rottwangers getan.

Der Holländer hörte das Telefonat nicht einmal ab, sondern nahm sein Headset aus dem Ohr und löschte die Aufnahme. Was darauf zu hören war, würde ihn selbst nur noch mehr belasten. Und zu allem Überfluss hatte er jetzt auch noch seine Provision verloren.

*

Kaum hatte Wöss auf dem hinteren Parkplatz in der Alpenstraße angehalten, lief Ruprecht schon den Gang entlang und die Stufen in das obere Stockwerk hinauf. Ohne auf die sonst übliche Formalität der Anmeldung – im Sekretariat oder per Telefon – zu achten, stieß er die Tür zu Wielands Büro auf. Der war gerade mitten in einem Gespräch mit dem leitenden Beamten eines anderen Ermittlungsbereiches und sah irritiert auf, weshalb Ruprecht an der Tür stehenblieb.

»Sorry, wenn ich hereinplatze, aber es ist äußerst dringend!«, entschuldigte er sein forsches Eindringen ins Chefbüro.

»Gut, komm herein.« Wieland winkte ihn zu sich, schlug den Akt auf seinem Tisch zu und schob ihn dem anderen hinüber. »Wir besprechen das später weiter.«

Wieland kannte seinen Chefinspektor schon seit einigen Jahren und wenn Ruprecht mit diesem Tonfall und ohne Vorwarnung in sein Zimmer stürmte, war etwas Außergewöhnliches geschehen.

»Was gibt's«, fragte er interessiert, sofort nachdem der andere Beamte den Raum verlassen hatte. »Habt ihr diesen Holländer verhaftet?«

»Eben nicht!« Ruprecht kam zum Tisch und setzte sich auf die Kante eines Besuchersessels. »Wir sind zu spät gekommen – knapp aber doch!«

Ruprecht gab Wieland die Infos vom Schlosshotel in einer kurzen Zusammenfassung. »Wären wir nur eine Viertelstunde früher dran gewesen, hätte ich versuchen können, den Münchner Flughafen zu erreichen und ihn aus der Maschine holen zu lassen. Aber zehn Minuten vor dem Abheben waren wir chancenlos«, schloss er seinen Bericht.

»Scheiße«, sagte Wieland, obwohl er Kraftausdrücke normalerweise hasste. »Du möchtest sofort hinterher – das seh ich dir an!«

Ruprecht nickte. »Unbedingt. Irgendjemand hat ihn offensichtlich gewarnt, sonst wäre er nicht Hals über Kopf abgedampft. Er wird annehmen, dass Doppler auspackt und ihn voll mit hineinzieht – womit er ja recht hat. Also wird er versuchen, irgendwo unterzutauchen, und es besteht dringende Fluchtgefahr. Zumindest raus aus der EU, damit wir nicht so leicht an ihn herankommen. Geld hat er dafür bestimmt genug und an Verbindungen fehlt's ihm ebenfalls nicht.«

»Geschenkt«, wehrte Wieland den Redeschwall Ruprechts ab und schmunzelte dabei sogar. Trotz der manchmal heftigen internen Meinungsverschiedenheiten stand er bei derartigen Aktionen hinter Ruprecht und schätzte dessen Fähigkeiten, eine Situation genau zu analysieren und dann kompromisslos zu handeln. »Ich kümmere mich beim Staatsanwalt um den internationalen Haftbefehl und schick ihn schon voraus nach Den Haag zu unserem Polizeiattaché im Büro der Europol. Der kennt die ganzen Zuständigkeiten, und sobald ihr oben landet, wird er euch an die richtige Einheit weiterreichen.«

»Gut, danke.«

»Wen nimmst du mit?«, überlegte Wieland weiter. »Schönegger ist draußen im Einsatz, den kann ich nicht so schnell abziehen. Willst du unseren jungen Kornhäuser dabeihaben?«

»Nein, nichts gegen den Korni, aber dort hätte ich lieber jemanden mit mehr Erfahrung.« Ruprecht stand auf. »Ich nehm Alex mit, wenn's dir recht ist, auf den kann ich blind zählen.«

Wieland nickte. »Ja, Wöss ist gut.«

»Ich muss nur schauen, wie wir am schnellsten hinkommen.« Ruprecht fischte sein Handy aus der Tasche. »Ich hab zuerst im Auto schon kurz gegoogelt. Die nächste Möglichkeit gibt's erst morgen Mittag, heute ist die Maschine schon voll. Und in München wird's am Samstag nicht besser sein. Zur Not nehmen wir eben den Audi und fahren die zehn Stunden durch.«

»Ich hab eine bessere Idee«, meinte Wieland und griff bereits zum Telefon. »Ein Bekannter von der *Globe Air* in Hörsching ist mir schon lange einen Gefallen schuldig. Vielleicht kann ich euch …«

Der Angerufene meldete sich. Wieland erklärte ihm höflich, aber sehr bestimmt die Situation, wartete dann gespannt auf die Antwort und legte danach mit einem zufriedenen Gesicht auf. »Ihr habt um vier einen Privatjet ab Hörsching und seid in eineinhalb Stunden oben.«

Wöss war müde. Er wollte nur nach Hellbrunn fahren, zur Entspannung ein paar Runden im Schlosspark laufen und den restlichen Nachmittag einfach relaxen. Die lange Nacht des Verhörs, er hatte es aus dem Nebenzimmer verfolgt, saß ihm noch in den Knochen. Er hatte den Dienstwagen in der Tiefgarage geparkt, war kurz oben im Büro gewesen und gerade auf dem Weg über die Straße zum Bus, als ihn Ruprecht erreichte.

»Unterwegs nach Hause!«, meldete sich Wöss scherzhaft und blieb vor dem Zebrastreifen stehen, obwohl Grün war. »Aber ich befürchte …«

»Richtig. Leider muss ich dir das Wochenende versauen. Wieland organisiert den Haftbefehl und ich möchte dich in Amsterdam dabeihaben. Wir fliegen am Nachmittag. Ich hoffe, du hast sonst nichts vor.«

»Außer zu schlafen, meinst du?« Er gähnte. An solchen Tagen bewunderte er Ruprecht für dessen Kondition. »Wann geht's los?«

»Um vier.«

Wöss sah auf die Uhr. »Na, zumindest hab ich ein paar Stunden.«

»Aber nicht zu lang, wir müssen nach Linz.«

»Linz?«

»Ja, Wieland hat dort einen Freund bei einer Charterfirma, der stellt uns einen Jet zu Verfügung.«

»Na, das nenn ich einmal eine Ansage …!«

Nachdem Ruprecht aufgelegt hatte, schaute er bei Frieda vorbei. Ella war letzte Nacht bei ihr gewesen, wie öfters, wenn Ruprecht länger im Dienst sein musste oder nächtliche Vernehmungen anstanden. Auch jetzt wollte er sie wieder bei ihr lassen.

»Aber bitte sag, wenn's dir zuviel ist«, sagte er, bedacht darauf, sie nicht zu überfordern. »Ich kann sie gern zu meiner Schwester bringen.«

»Im Gegenteil«, meinte Frieda. »Ich hab Ella gern bei mir. Wir zwei machen uns immer eine schöne Zeit und fahren zu meinem Bruder nach Voggenberg, da gibt's einen See voller Enten.«

»Na dann …«

Ruprecht kraulte Ella entschuldigend, die zwar heftig wedelte, ihn aber trotzdem vorwurfsvoll ansah. Er erklärte ihr, dass er ganz kurz weg müsse, aber bald wieder zurück sei – die Entfernung nach Amsterdam verschwieg er ihr tunlichst.

Zurück in seinem Büro wählte er die Nummer von Hogge. Der Deutsche war schon einige Male bei heiklen Zugriffen mit an Bord gewesen. Mit ihm bot sich die Möglichkeit, einen absolut verlässlichen Mann als Joker zu haben, der außerhalb des Polizeidienstes stand und dadurch freier agieren konnte. Ruprecht wollte ihn auch diesmal mitnehmen. Gerade für Amsterdam schien ihm das besonders wichtig zu sein. Er selbst besaß in den Niederlanden keine Befugnisse, und ein ausländischer Beobachter hatte nur wenig Spielraum. Außerdem kannte sich Hogge als ehemaliger Seemann dort sicher hervorragend aus.

Wieland gegenüber erwähnte Ruprecht solche Extratouren am liebsten erst nachher. Der Oberst sah die Mitwirkung von Zivilpersonen stets sehr kritisch, obwohl er hinterher schon öfter froh darüber gewesen war.

»Ja?« Hogge meldete sich einsilbig wie immer.

»Kennst du dich in Amsterdam aus«, fragte Ruprecht direkt.

»Das ist ein Scherz, oder?« kam es sofort entrüstet zurück. »Das war einer meiner Heimathäfen. Die Stadt kenn ich wie meine Westentasche. Warum fragst du?«

»Na, wenn du sie gern wieder einmal besuchen möchtest, gäbe es da vielleicht eine Gelegenheit«, meinte Ruprecht und versuchte, ganz beiläufig zu klingen.

»Und wann wäre die?«

»Heute Nachmittag.«

»Das klingt, als würde ein verzweifelter Chefinspektor die Hilfe des alten Seewolfs benötigen.«

Ruprecht sagte nichts, konnte sich aber ein Schmunzeln nicht verkneifen. Die Lust an etwas Action war in Hogges Stimme nicht zu überhören.

Einen kurzen Moment blieb es in der Leitung still, dann sagte Hogge: »Wann holst du mich ab?«

23

Es war Mittag und Jackl bereits leicht betrunken. Außerdem stand ihm der Ärger über sich selbst, über seinen Onkel, über Doppler und über die ganze Scheiße mit den Röhms ins Gesicht geschrieben. Die ganze Welt konnte ihn kreuzweise – er brauchte noch ein Bier und diesmal mit einem doppelten Schnaps.

Der ganze Tag hatte schon in der Früh so begonnen. Kaum war er aus seinem Wohncontainer am Autoplatz herausgekommen, gab's wieder den üblichen Streit. Er wollte nur zur Kaffeemaschine und hatte nicht damit gerechnet, dass sein Onkel am Samstagvormittag in dem Schuppen arbeitete, sonst wäre er gar nicht hineingegangen.

»Na, ist der Herr schon auf?«

Die Begrüßung klang unfreundlich. Es war seine übliche Leier, dass er schwer arbeiten müsse und andere Leute den ganzen Tag verschliefen. Jackl wollte sich umdrehen und wieder hinausgehen, aber da kam der Onkel auf ihn zu und fasste ihn am Ärmel.

»Es wird langsam Zeit, dass du mit ein paar Scheinen rüberkommst«, sagte der aufgebracht. »Ich bin nicht das Sozialamt!«

»Is ja gut, ich schau, dass ich was auftreib.«

»Wie oft hör ich das schon von dir? Nicht nur, dass ich dich günstig bei mir wohnen lass! Du hilfst mir nie am Platz, wenn ich dich brauch. Und dann hab ich wegen dir die Polizei am Hals – so wie letztens. Was war da überhaupt?«

»Es war nur ein kleiner Unfall«, log Jackl. »Es is aber nicht viel passiert.«

»Und deswegen beschlagnahmen die das Auto? Da muss schon mehr gewesen sein! Aber bitte, mich geht's nichts an.« Er tippte mit seinem Zeigefinger auf Jackls Brust. »Was mich aber was angeht, ist, dass ich hier meine Ruh haben möcht!«

»Eh klar«, wurde Jackl nun seinerseits heftig. »Wär kein Problem gwesen, wenn du das Auto nicht so blöd hingestellt hättest, dass es jeder sofort bemerkt. Aber nein, es hat mitten in der Halle stehn müssen!«

»Ah, sehr gut! Am End bin ich noch schuld, wenn die Polizei dein Kübel sucht!« Für einen Augenblick sah es so aus, als ob die beiden aufeinander losgehen würden, dann winkte der Onkel verächtlich ab. »Was reg ich mich denn wegen dem Schmarrn auf. Aber sei vorsichtig, du bist schon einmal wegen einem Einbruch gsessen und wenn's dich wieder erwischen, dann brummst sicher ordentlich.«

»Was hat denn das damit z'tun?« Jackl schüttelte den Kopf. »Das is ewig her. Außerdem geht dich das nix an!«

»Is mir auch wurscht, nur die Reparatur zahlst du mir …«

»Du hast doch gar nichts gemacht«, protestierte Jackl sofort lautstark. »Die haben das Auto doch vorher abgeholt.«

»Und die Teile? Der Kotflügel und die Stoßstange mit dem Blinker liegen schon hinten im Magazin.« Er deutete in den kleinen Raum daneben. »Die haben s' mir nicht geschenkt! Du bist genau wie deine Mutter – alles haben wolln, nie was dafür zahln und immer sind die andern Schuld, wenn irgendwas is.«

In der Tour ging es eine ganze Weile weiter, bis Jackl am Ende die Blechtür zuschlug und wütend vom Hof rannte. Sein Weg führte ihn geradewegs in die Braustube, die bereits um zehn am Vormittag aufsperrte.

»He, Bubi«, sagte jetzt der Bursche hinter den Zapfhähnen im alten Sudhaus, als er Jackl sein viertes großes Bier mit dem Doppelten auf die Schank stellte. »Langsam ist's dann genug.«

Sie kannten sich, da Jackl in der Brauerei beim Verladen mithalf und sich damit ein paar Euro verdiente. Der andere wusste genau, wann der Punkt erreicht war, an dem der Hilfsarbeiter die Kontrolle verlor.

»Ah so?«, kam es mit schwerer Zunge zurück. »Du bist auch so einer und willst über mich bestimmen? Aber das würdest du nicht sagen, wenn mir der Scheiß Doppler endlich mein Geld geben tät.«

»Das geht mich nichts an, Bubi«, versuchte der andere beruhigend auf ihn einzuwirken, drehte sich um und begann, Gläser zu polieren.

»Oh doch! Und ob dich das was angeht …« Er holte seine Zigaretten aus der Tasche und zündete sich eine an. »Da tät'st nämlich anders reden mit mir. Eine Menge ist der mir schuldig. Mit dem hätt ich mich gestern treffen sollen, aber der Arsch ist nicht gekommen.«

Der Schankbursch sah die Zigarette. »Zum Rauchen geh bitte raus, wir kriegen sonst Probleme!«

»Ah, ihr kriegt's Probleme«, äffte Jackl ihn nach. Dann drehte er sich zu den anderen Gästen an der Schank um. »Ihr könnt's mich alle …«

Er kippte den Rest vom Schnaps hinunter, nahm sein Bier und wollte hinausgehen. Doch als er sich umdrehte, stieß sich ein junger Mann, einen guten Kopf größer als Jackl, von der Schank ab und trat ihm in den Weg.

»Was können wir dich, Bubi?«, fragte er herausfordernd, wobei er das Bubi extra betonte.

»Lass mich durch, Edi«, lallte Jackl schon deutlich betrunken. »Du mit dein reichen Vater hast keine Ahnung, was Leben heißt, wenn'st schon von klein auf arbeiten musst.«

»Oje, er hat so eine schwere Kindheit gehabt, weil ihn seine Mutter weggegeben hat.« Edi schaute beifallheischend in die

Runde, dann beugte er sich vor und grinste hämisch. »Oder hat das Flittchen ihr Bubi am End ausgesetzt wie den armen Moses in der Bibel?«

Die Umstehenden lachten. Alle kannten Jackls Geschichte und wie man ihn damit, wenn er besoffen war, zum allgemeinen Gaudium provozieren konnte. Das Mädel von diesem Edi ging vorsichtshalber schon einmal neben der Schank in Deckung.

»Geh, lass ihn doch«, sagte sie zu ihrem Freund.

Aber es war bereits zu spät. Mit einem zornigen Gurgeln wollte sich Jackl auf den anderen stürzen. Der wich aber mit einem schnellen Schritt zur Seite, was Jackl ins Leere laufen ließ. Er torkelte nach vorn, stolperte über seine eigenen Beine und riss im Fallen zwei Sessel mit. Das restliche Bier schwappte mit einem weiten Schwall über den nächststehenden Tisch, das Krügel fiel klirrend zu Boden und die Zigarette flog in hohem Bogen weg. Jackl landete schwer auf dem Steinboden.

Nur langsam setzte er sich auf und kam mit einer aufgeschlagenen Lippe und zerrauften Haaren mühsam auf die Beine. Der Edi wollte gerade zu ihm hinübergehen, um noch eins draufzusetzen, da riss ihn jemand an der Schulter herum und stieß ihn mit Wucht zurück zur Schank.

»Es is gnua! Verstehst?« Die laute Stimme gehörte Fuchs. »Mach an Abgang!«

Der junge Mann schaute etwas verdattert, wich zurück und murmelte, es tue ihm leid, er habe doch nur Spaß gemacht. Gemeinsam mit seiner Freundin verzog er sich zu einem Tisch an der anderen Seite des Raumes. Die restlichen Gäste drehten sich wieder ihren Nachbarn oder ihrem Getränk zu und vermieden den Blickkontakt mit dem Bezirksinspektor.

Obwohl Fuchs das Lokal nicht in Uniform, sondern nur privat betreten hatte, war der ältere Polizist eine Respektsperson. Beinahe jeder in der Stadt kannte ihn nach seinen bald vierzig

Halleiner Dienstjahren und niemand legte sich gern mit ihm an. Es war allgemein bekannt, dass seine Stimmung ansatzlos umschlagen konnte, und dann verstand der kleine bullige Beamte, dessen Methoden alles andere als zimperlich waren, keinen Spaß.

Er half Jackl auf. »Und du kommst mit ausse!«

Jackl putzte sich einigermaßen ab, zog seine Jacke gerade und ging mit unsicheren Schritten neben Fuchs hinaus, der ihn mit einem Griff unter dem Arm stützte. Draußen im Hof bugsierte Fuchs den Betrunkenen an die Seite und setzte ihn auf ein altes Fass neben dem Tor.

»So, jetzt fang dich wieder«, sagte er dann fast väterlich. »Wir müssn redn.«

Jackl wischte sich die Nase im Ärmel der Jacke ab und schaute auf. »Danke!«

»Is scho recht, aber lass dich net immer wieder von die Affn provoziern.«

Jackl nickte stumm.

»Also«, sagte Fuchs und wurde förmlich. »Die Salzburger suchen dich scho wieder.«

»Wer?«

»Na, die Kripo! Wegen dem Röhm.«

»Ich hab doch schon eine Aussage gmacht.« Langsam wurde Jackl etwas klarer im Kopf. »Und da läuft sowieso die Anzeige.«

»Wegen Fahrerflucht – ja!«

»Genau.«

»Aber der Röhm is gestorb'n!« Fuchs hob die Arme. »Des heißt, jetz'n is es Mord.«

Jackl fuhr sich über die Stirn, versuchte zu begreifen, was Fuchs damit meinte.

»Gestern haben s' den Doppler verhaft und der hat di anscheinend ornd'lich anpatzt.«

Plötzlich begriff Jackl die Situation: Deswegen war Doppler nicht zu dem Treffen gekommen, es würde kein Geld geben, und er selbst stand nun als Mörder da. Der Schreck darüber fuhr ihm in alle Glieder und der Adrenalinschub vertrieb die Wirkung des Alkohols fast zur Gänze.

Es wäre an der Zeit abzuhauen, zuckte es ihm durch den Kopf, aber wohin? Egal, nur weg!

Jackl sprang auf, rechnete aber nicht mit der Reaktion des Bezirksinspektors. Fuchs hatte die Änderung in Jackls Verfassung schon vor dem Fluchtversuch bemerkt und seinen Fuß nach vorn geschoben. Abrupt hob er ihn an, genau zwischen Jackls Beine und fasste diesen gleichzeitig am Kragen.

»Des hat kan Sinn, Bubi«, grollte er und zog Jackls Hände auf den Rücken. »Muss i di wirklich fessln?«

Jackl bekam einen weinerlichen Ausdruck im Gesicht, schüttelte aber den Kopf.

»Na dann gemma!« Fuchs deutete hinaus auf die Straße zu seinem Auto.

Jackl ging ein wenig unsicher auf den Beinen, aber anstandslos voraus. Fuchs legte ihm weder Handschellen an, noch hielt er ihn weiter fest. Wenn Jackl andeutete, er würde mitgehen, dann gab es dazu auch keinen Grund. Fuchs kannte seine Klientel – und sie ihn …

Dead End

24

Die Stimmung über dem vollkommen ebenen Landstrich westlich von Linz erinnerte Hogge an seine Zeit auf See. So wie es über dem Wasser keine größere Erhebung gab, waren auch die Felder, auf denen das Getreide bereits hoch stand, eine einzige wellige Fläche bis zum Horizont. Der Himmel darüber sah nach Regen aus. Das gesamte Firmament bedeckten träge dahinziehende Wolkenbänke – an den Rändern hell und unruhig ausgefranst, aber in ihrer Mitte bereits schwer von dunkler Feuchtigkeit, schienen sie jederzeit willig, sich zu entladen. Die obere Seite der Wolkenfetzen schimmerte in einem schmutzigen Gelb mit rötlichen Säumen von der sich schon langsam neigenden Sonne. Aus den Zwischenräumen fielen ihre Strahlen in hell leuchtenden Streifen wie in einem alten sakralen Gemälde zur Erde. Unterhalb wurde das Grau kräftiger und endete in einem harten dunklen Strich, der den Himmel vom Land trennte.

Hogge lehnte auf der Rückbank, genoss das Schauspiel und versuchte, seine Anspannung zu verbergen. Beim Fliegen war ihm trotz seiner vielen Jahre auf den Ozeanen immer ein wenig mulmig und er hoffte auf ein halbwegs ruhiges Wetter in den nächsten zwei Stunden. Er hatte seine Füße lieber am Land oder auf dem Wasser. Das Schwanken eines Schiffes war eben etwas anderes, da war man nicht so schutzlos wie in der Luft.

Von der Ausfahrt bei Marchtrenk waren es noch gute zehn Kilometer bis Hörsching. In einer zügigen Fahrweise nahm der junge Inspektor auch auf der Bundesstraße das Tempo nicht zurück. Vom Kreisverkehr vor dem Flughafen fuhr er bis zur Einfahrt beim *Airline Imbiss* die samstags nur wenig befahrene Straße an den Speditionen vorbei.

Am Parkplatz für die Chartergesellschaften ließ er Ruprecht, Wöss und Hogge direkt vor dem Terminal aussteigen, wo ein Mitarbeiter der Globe Air bereits ungeduldig auf sie wartete. Er brachte sie durch die Kontrolle und begleitete sie hinaus aufs Rollfeld. Die nötigen Formalitäten hatte Wieland bereits von Salzburg aus erledigt. Bei der Abfertigung machte es sich bezahlt, dass Hörsching ein kleiner lokaler Flughafen war, der hauptsächlich Flüge zu Urlaubsdestinationen anbot, und man sich gegenseitig kannte. Dadurch dauerte die Prozedur nur ein paar Minuten.

Die *Citation Mustang* war aus der Nähe besehen kleiner als erwartet. Ruprecht hatte dafür keine Augen, er schien in Gedanken bereits in Amsterdam zu sein. Hogge ging still hinterher und Wöss, der als Letzter kam, musste grinsen. Mit seinen Einsneunzig überlegte er, ob man aufgrund der schiefen Kopfhaltung in der engen Maschine nachher beim Aussteigen sehen würde, wer links und wer rechts gesessen war.

Der Pilot stand bereits vor dem Flieger und drängte auf einen raschen Start. Ihr Flugplan sei schon bestätigt und die Freigabe erteilt, erklärte er. Außerdem müsse er am Abend einen anderen Fluggast aus Berlin holen. Somit hätten sie – für den aus Gefälligkeit eingeschobenen Flug – nur ein begrenztes Zeitfenster.

Ruprecht und Hogge zwängten sich zuerst durch die enge Tür der Maschine und mussten sich zu den Sitzen gebückt weiterhanteln. Wegen der geringen Innenhöhe von nur eineinhalb Metern war ein aufrechtes Stehen unmöglich. Die vier Stühle mit weicher Lederpolsterung und einem Klapptischchen dazwischen schienen zwar ausreichend bequem zu sein, der Fußraum war jedoch sehr knapp bemessen – es würden also beengte eineinhalb Stunden werden. Bordservice gab es natürlich keinen, dafür jedoch eine Kühlbox mit Getränken und in Plastik verschweißten belegten Weißbroten aus dem Supermarkt.

Hogge, der offensichtlich unter der mangelnden Bewegungsfreiheit litt, wurde nach dem Einsteigen sehr still, nahm gleich den ersten Stuhl und schnallte sich vorsichtshalber schon einmal an. Jeder hohe Seegang an einer offenen Reling wäre ihm lieber gewesen, das sah man ihm deutlich an.

Zumindest saßen er und Ruprecht hinten nur zu zweit, da Wöss von dem kleinen Flugzeug so fasziniert war, dass er den Piloten fragte, ob er vorne den unbesetzten Platz des Co-Piloten nehmen könne. Der Kapitän hatte damit kein Problem und ließ Wöss ins Cockpit hineinturnen, was dieser beim zweiten Versuch schaffte. So konnten die beiden in der Kabine ihre Beine ein wenig bequemer ausstrecken.

Bevor sie noch richtig saßen, rollte die *Mustang* bereits Richtung Startbahn und hob wenig später ab. Der Pilot, bedacht darauf, als Flugkapitän angesprochen zu werden, war ein braungebrannter Innsbrucker mit grauen Schläfen, vier goldenen Streifen auf der Schulterklappe und verspiegelter Pilotenbrille – genauso stellte man sich einen Piloten vor. Er erklärte Wöss während des Steigflugs, welche Angaben die Instrumente lieferten, wie das Radar funktionierte und wie ihm die Reihenfolge beim Ablesen der Anzeigen sinnvoll erscheine. Anscheinend froh darüber, einen Ansprechpartner zu haben, erzählte er dann von seiner Ausbildung, dem ständigen Zeitdruck bei vergleichsweise geringer Entlohnung, dass er auch den Helikopter-Schein habe und früher sogar bei der Flugrettung gewesen sei.

Nach einer Weile blendete Wöss die Schilderungen des Flugkapitäns aus. Die letzte beim Verhör verbrachte Nacht machte sich nun deutlich bemerkbar und die auf der Reisehöhe gedrosselten Düsen, die im Heck gleichmäßig brummten, verstärkten seine Müdigkeit. Gähnend streckte er sich und lehnte den Kopf seitlich gegen den Sitz. Sie hatten die Wolkendecke über der Donau durchbrochen und schwebten bei strahlend blauem Himmel zwischen langgezogenen Cirruswolken der sich gegen Westen neigenden Sonne hinterher. Die Formation der weißen Federn vor dem Fenster und die übernächtige Schwere erinnerten ihn an einen Heimflug von Sizilien vor vielen Jahren. Unwillkürlich musste er schmunzeln, als er an damals dachte.

Wöss, im zweiten Studienabschnitt Informatik an der Wiener Universität und noch weit entfernt von Forensik oder Polizeidienst, war mit seiner damaligen Freundin Friederike – einer nur Fritzi genannten, passionierten Bergsteigerin – auf Urlaub nach Sizilien gefahren. Ihr Ziel war eine günstige Frühstückspension in Taormina. Die beiden hatten sich vorgenommen, den Ätna und seine Umgebung einige Wochen lang mit gutem Schuhwerk und Rucksack zu Fuß zu erkunden. Vor allem aber wollte Wöss das durch Coppolas *Paten-Trilogie* berühmt gewordene Corleone besuchen, was seine Affinität zur Kriminalistik bereits ahnen ließ.

Sie fuhren mit dem Zug und dazwischen einige Strecken per Autostop, zu der Zeit eine bei Studenten beliebte Methode, um die Kosten auf Fernreisen möglichst gering zu halten. Dem nicht genug, verfiel Fritzi auf die Idee, von einem netten jungen Mann aus der Nachbarschaft der Pension einen Nylonsack voll Marihuana zu kaufen, um es in kleineren Mengen und zu höheren Preisen an andere wieder abzugeben.

Wöss wusste zwar, dass seine Fritzi auch selbst auf Gras versessen war und sich zur Entspannung gelegentlich – in Wahrheit eher öfter als gelegentlich – einen Joint drehte. Aber sie war mit ihren blonden Dreadlocks, den gebatikten T-Shirts und den ausgefransten Jeans so zauberhaft, dass er ihr das gern nachsah.

Ja, um ihr zu gefallen, probierte er es manchmal sogar selbst aus. Und wenn sie dann in der entsprechenden Stimmung waren, genoss er die Stunden mir ihr besonders.

Trotzdem schlug er die Hände über dem Kopf zusammen, als sie ihm eröffnete, dass sie fast die ganze gemeinsame Urlaubskasse investiert hatte. Sie beteuerte, es diene doch nur zur Finanzierung der Reise, aber sie hatten einen riesigen Streit und zwei Tage wechselten sie fast kein Wort miteinander.

In der folgenden Woche – Fritzi hatte inzwischen etwas von dem Zeug verkauft und mit dem Geld ein Taxi gemietet, das die beiden nach Syrakus brachte – besserte sich seine Stimmung. Sie verbrachten einige herrliche Tage in der Stadt, die Spaziergänge durch die antiken Stätten von Ortygia besänftigten ihn, und abends, auf den Mauern des alten Kastells hoch über dem Meer, versöhnten sie sich wieder.

Zurück in Taormina, fast wäre schon alles wieder vergessen gewesen, klopfte es zeitig am nächsten Morgen an der Tür. Fritzi reagierte darauf nicht, nur Wöss, der den leichteren Schlaf hatte, schaute schlaftrunken auf.

»Ja?!«, rief er mit einer belegten Stimme in Richtung des Klopfens. »Was …?«

Etwas wie »Polizia!« war von draußen zu hören.

Sofort fuhr Wöss das Adrenalin in die Venen! Mit einem Schlag war er hellwach. Er konnte zwar nicht Italienisch, aber das hatte er verstanden – Polizei!

»Un momento!«, schrie er förmlich zurück.

Offensichtlich hatte die Polizei Fritzi beim Dealen beobachtet und stand nun mit einer Spezialeinheit vor der Tür.

Er rüttelte Fritzi an der Schulter. Als sie nicht sofort wach wurde, sondern nur etwas Unverständliches brabbelte, riss er ihren Koffer auf, fischte den Plastikbeutel mit dem Marihuana heraus und lief ins Badezimmer.

Wieder klopfte es. Diesmal klang es bereits ungeduldig.

»Un momento«, rief er wieder und kratzte seine ganzen Sprachkenntnisse zusammen. »Sono in bagno!« Dann kippte er das ganze Gras in die Toilette und spülte.

Verdammt, dachte er, das war unser gesamtes Urlaubsgeld! Aber in einem Gefängnis auf Sizilien verrotten wollte er auch nicht. Er musste ein zweites Mal spülen, da das leichte Zeug wie Heu oben auf dem Wasser schwamm.

Fritzi, die inzwischen aufgewacht war, kam ihm nur mit einem T-Shirt bekleidet nach, schaute entsetzt auf den leeren Plastikbeutel und konnte nicht fassen, was sie sah.

Er riss zur Lüftung das Fenster auf, ließ sie stehen und stürzte zur Tür. Dort fuhr er sich mit der Hand durch die Haare, versuchte ein unschuldiges Gesicht zu machen und öffnete …

Statt der erwarteten Spezialeinheit stand ein jüngerer Mann mit Putzzeug vor ihm. Der lächelte Wöss entschuldigend wegen der Störung an.

»Pulisco?«, fragte er, und als er sah, dass ihn Wöss nicht verstand, sondern nur entgeistert ansah, versuchte er es mit ein paar deutschen Brocken: »Sollen putzen ich?«

Müde und ärgerlich über seine vorschnelle Reaktion hatte er nach der Aktion mit seinem letzten Geld den nächsten Flug von Sizilien nach Hause genommen, auf die vorüberziehenden Federwolken gestarrt und beschlossen, Italienisch zu lernen. Er war alleine geflogen. Fritzi war, erbittert über den Verlust und seine Ängstlichkeit, in Taormina geblieben.

Heute, dreißig Jahre später, amüsierte Wöss die Geschichte, wenn er daran zurückdachte. Die Unterkunft – ein schmales Haus mit vier Zimmern und dem hochtrabenden Namen *Hotel Sicile* in der Via Lawrence, benannt nach dem Schriftsteller von *Lady Chatterleys Liebhaber* – existierte noch immer. Vor einiger

Zeit war er wieder in Sizilien gewesen, an dem Haus in Taormina vorbeigegangen und hatte sich gefragt, was wohl aus Fritzi geworden sein mochte.

*

Havenbrook stand am Fenster und blickte in die belebte Bloemstraat hinunter. Es hatte leicht zu regnen begonnen und er betrachtete die Menschen, wie sie versuchten, einander auf dem engen Gehsteig auszuweichen. Dabei neigten sie ihre bunten Schirme ständig nach links und rechts, murmelten höfliche Entschuldigungen und stießen letztlich doch zusammen. Oft war es ihnen wegen der vielen abgestellten Fahrräder nicht möglich, bei den Häusern vorbeizukommen, und sie mussten auf die Fahrbahn ausweichen. Er hasste Fahrräder und Radfahrer. Schon als Jugendlicher verstand er es nicht, warum sich die halbe Stadt ständig klingelnd auf zwei schmalen Reifen mit mühsamer Körperkraft vorwärtsbewegte. Da ging er lieber zu Fuß und war der erste in seiner Klasse gewesen, der ein Moped besaß.

Er wohnte in dem kleinen historischen Viertel im Zentrum von Amsterdam – dem *Jordaan Wijk*. Hier zwischen schmalen Häusern, bunten Hausbooten und winzigen Cafés entlang der Grachten war das alte Holland zu Hause, hieß es. Ehemals für Arbeiter gebaut, wurde es in den letzten Jahrzehnten zu einem der beliebtesten und teuersten Teile der Innenstadt. Seine Eltern waren in den Fünfzigerjahren hierher gezogen und hatten das Haus zu einer Zeit gekauft, als die Preise noch leistbar waren. Er war hier geboren, zur Schule gegangen und sogar in der Westerkerk – der Kirche auf der anderen Seite der Prinsengracht, in der Rembrandt begraben lag – getauft worden. Das erzählte er gern, damit endete aber sein Interesse an Kunst.

Havenbrook nippte an seinem Drink. Nach dem unerfreulichen Telefonat am Airport war er ziemlich angekratzt nach Hause gekommen. Nach einer ausgiebigen Dusche und etwas Ruhe entspannte er sich jetzt langsam bei einem großen Glas Jenever mit Zitronensaft.

Wie er die Sache auch drehte, er fand keine Möglichkeit, seine geschäftliche Beziehung zur Biodon wieder ins Lot zu bringen. Wenn der überhebliche Schweizer in diesem Ton sprach, gab es keine Chance ihn umzustimmen, so gut kannte er Rottwanger nach den Jahren der Zusammenarbeit.

Die eingebüßte Provision für das eine Geschäft konnte er verschmerzen, obwohl ihm die Summe auf einem seiner Konten in Panama gut gefallen hätte. Anders verhielt es sich aber, wenn dieser Geldhahn künftig zur Gänze aufhören würde zu sprudeln, dann fiele ein beachtlicher Teil seines Nebeneinkommens weg. Und Auftraggeber mit einer Gier wie Rottwanger und den nötigen Mitteln dahinter fand man nicht so oft.

Mitten in seinen Überlegungen läutete das Telefon – nicht das Handy, sondern sein Festnetzanschluss. Diese Nummer kannten nur einige wenige Freunde, es musste also privat sein.

»Hi, Piet«, meldete sich der Anrufer.

»Hallo, Jan«, sagte Havenbrook und klang zurückhaltend. »Sorry, aber ich bin gerade ziemlich beschäftigt.«

Er hatte wenig Lust auf einen Smalltalk unter Freunden. Jan war ein guter Bekannter aus der Schulzeit, arbeitete in Den Haag im Justizministerium und gelegentlich trafen sie sich auf einen Drink.

»Ich halte dich nicht auf«, meinte der andere. »Ich wollte dich nur informieren, dass wir einen Haftbefehl vorliegen haben.«

»Gegen mich?«

»Ja, von den Österreichern.« Jan sprach rasch, und im Hintergrund hörte man Geräusche, so als wäre er auf der Straße. »Das

Dokument ist soeben über deren Polizeiattaché im Rahmen der europäischen Kooperation hereingekommen. Ich habe es zufällig gesehen, da mein Chef heute der zuständige *Judiciary in charge* ist.«

Havenbrook blies hörbar die Luft aus. Seine ganze Ruhe war mit einem Schlag dahin. Dieser verdammte Doppler hatte demnach wohl alles ausgeplaudert und versuchte, ihn voll mit hineinzureißen.

»Und?«, fragte er nur knapp, um Jan seine Betroffenheit nicht merken zu lassen.

»Die Sache ist im Laufen. Die Order geht von uns an ein Festnahmeteam in Amsterdam weiter. Ich kann da leider nicht eingreifen. Du müsstest also dringend deinen Anwalt …« Er unterbrach sich und sein Tonfall wurde freundschaftlich besorgt. »Aber was ist denn passiert, kann ich dir irgendwie helfen?«

»Nein, es ist gar nichts«, log Havenbrook aus Vorsicht. Man wusste nie, wie gut eine Freundschaft war, wenn es eng wurde. Außerdem arbeitete Jan bei der Behörde, die ihn nun offensichtlich verfolgte. »Da will mich sicher nur jemand anschwärzen!«

»Dann werden sich die Dinge bestimmt rasch klären«, meinte Jan. »Und bitte, von mir hast du nichts erfahren! Ich bin in einem Coffeeshop und benütze das Telefon hier – wir hatten damit keinen nachweisbaren Kontakt! Ich hoffe, du verstehst das, aber sonst verliere ich meinen Job.«

»Ja, schon gut! Danke!«, sagte Havenbrook, legte auf und dachte, der denkt nur an sich!

Es war Eile geboten. Wenn der Haftbefehl erst einmal in Amsterdam lag, reagierte die Kripo sicher schnell und würde kommen und ihn festnehmen. Was jedoch keiner wusste: Er hatte seit geraumer Zeit ein Apartment in Norwich. Eigentlich als Investition gekauft, um über eine englische Bank ein steuerschonendes Konto auf den Kanalinseln eröffnen zu können.

Nie hätte er angenommen, dass er sich einmal über den Brexit freuen würde. Aber da Großbritannien kein EU-Mitglied mehr war, bedeutete dies einen gewissen Abstand. Ein europäischer Haftbefehl griff da nicht automatisch, sondern es brauchte einen Antrag um Rechtshilfe – und die dauerte in jedem Fall einige Tage.

Sein Koffer stand noch von Salzburg gepackt im Vorzimmer. Er warf nur frische Unterwäsche und einige Hemden hinein und füllte seine große Reisetasche zusätzlich mit dem Nötigsten für die nächsten Tage. Alles andere konnte er in England neu kaufen. Danach räumte er den Safe im Wohnzimmer leer, drinnen lagen etliche Wertpapiere, die er nicht im Bankdepot hatte, seine gesamten Dokumente und etwa zehntausend Euro in bar.

Als er fertig war, setzte er sich zum Schreibtisch beim Fenster und rief bei einem Charterer an, mit dem er schon einige Male geflogen war. Es dauerte endlos, bis jemand abhob. Havenbrook versuchte, trotz seiner angespannten Nerven geschäftlich souverän zu wirken, und buchte einen Helikopter. Aufgrund der dringenden Verfügbarkeit blieb ihm nichts anderes übrig, als die Augusta-109 zu nehmen. Der viersitzige Langstreckenheli war sonst für Flüge von VIPs reserviert, demnach auf Standby und prompt zu haben. Bei der hohen Reisegeschwindigkeit der 109er würde auch die Flugzeit mit einer knappen Stunde erträglich sein. Allerdings zu einem horrenden Preis – vierzig Euro für die Flugminute. Da kamen mit den Landegebühren und dem leeren Rückflug satte fünftausend zusammen.

Havenbrook hatte das Gefühl, dass sein Gegenüber die Dringlichkeit begriffen hatte und ihn abzockte. Trotzdem musste er zähneknirschend zusagen, wollte er in den nächsten Stunden aus Amsterdam wegkommen. Und sie würden unbemerkt vom kleinen *Heliport Amsterdam* im Hafen starten, während in Schiphol vielleicht bereits die Fahndung auflag.

Hastig überwies er den Betrag von einem Offshore-Konto – es lief auf eine Briefkastenfirma und konnte nicht zu ihm zurückverfolgt werden –, warf sein Notebook obenauf in die Reisetasche und verließ das Haus.

25

Die *Citation* mit Ruprecht, Wöss und Hogge an Bord landete pünktlich um halb sechs in Schiphol. Als Reisende einer Privatmaschine ersparten sie sich die langen Wege in der Ankunftshalle und die Menschen bei der Gepäcksausgabe. Sie benützten die *General Aviation,* ein eigenes Gebäude für die Abfertigung auf der anderen Seite der Rollbahnen. Der Pilot verabschiedete sich bereits an der Tür und beeilte sich, weiter nach Berlin zu kommen. Drinnen warteten nur einige Passagiere auf einen Rundflug, somit gab es keinen Aufenthalt.

Ruprecht sah sich in der geräumigen Lounge mit den offenen roten Sitzgruppen um. Außer den Angestellten hinter den Desks war alles leer. Nur an der Seite, bei einer Kaffeemaschine für Fluggäste, standen zwei Männer. Der ältere der beiden, etwa im Alter von Ruprecht, mit kurzen eisgrauen Haaren, kam auf die Angekommenen zu.

»Sind Sie die Beamten aus Österreich?«, fragte er höflich. Der anliegende dunkelblaue Sweater betonte seine breiten Schultern und die durchtrainierte Figur.

Ruprecht nickte, reichte ihm die Hand. Der Niederländer war Hauptkommissar Joop de Nijs von einer Amsterdamer Polizeieinheit, verantwortlich für die kommende Aktion, und sein jüngerer Kollege Kommissar Jacobs.

»Bitte«, sagte De Nijs und deutete hinaus auf den Parkplatz, wo ein unauffälliger VW-Bus mit abgedunkelten Scheiben parkte. »Wir fahren direkt zu unserem Stützpunkt für die

Teambesprechung. Meine Männer sind eingeteilt und warten bereits, da wir sehr rasch auf die Lage reagieren sollten.«

»Ich gehe unabhängig von euch los«, sagte Hogge, sichtlich erfreut, dem Flugzeug heil entkommen zu sein. »Wenn dieser Havenbrook aus dem Land raus möchte und befürchten muss, dass die Flughäfen und die Autobahnen bereits überwacht werden, wird er wahrscheinlich ein Schiff im Hafen nehmen. Dort gibt es jede Menge Fähren, die meistens sehr voll und deshalb schwerer zu kontrollieren sind. Ich kenne da einige Punkte, wo man einen guten Überblick hat, und werde mich ein wenig umsehen.«

»Ist gut«, antwortete Ruprecht. »Sollten wir Havenbrook zu Hause oder im Büro erwischen, haben wir genügend Leute dabei. Und wenn du recht hast und er versucht, über den Hafen wegzukommen, dann bist du wenigstens gleich vor Ort. Ich verständige dich, sobald ich etwas weiß.«

Hogge, vom schlechten Wetter unbeeindruckt, ging trotz des Regens seelenruhig über den Parkplatz zu den Taxis, während Ruprecht und Wöss ihre Taschen über den Kopf hielten, als sie hinter De Nijs zum Bus liefen.

»Hogge macht zur Erkundung eine kleine Hafentour«, sagte Ruprecht erklärend zu De Nijs, der nur nickte und sofort verstand, was der Sinn dahinter war.

Unterwegs fragte Ruprecht nach dem Haftbefehl für Havenbrook und den Zuständigkeiten. Das Polizeisystem der Niederlande musste ja um einiges vielschichtiger sein als in den Binnenländern – man hatte eine EU-Außengrenze zu sichern, überwachte mit Rotterdam einen der größten Seehäfen der Welt, war für den Schutz des Königshauses zuständig und verfügte sogar über eine Reiterstaffel.

»Nicht zu vergessen der internationale Gerichtshof in Den Haag und das UN-Gefängnis für die wegen Kriegsverbrechen oder Völkermordes verurteilten Politiker und Militärs, das immer ein mögliches Ziel für Terrorakte von radikalen Organisationen ist«, vervollständigte De Nijs noch. »Ja, unser Aufgabengebiet ist vielfältig.«

»Dagegen muss ein Haftbefehl aus Österreich fast eine angenehme Erholung für euch sein.« Ruprecht grinste. »Bekommt ihr den direkt?«

»Nein, alles läuft über unseren Staatsanwalt bei der Eurojust, der für grenzüberschreitende Delikte zuständig ist. Normalerweise gehen die Befehle nach Genehmigung an die Landespolizei weiter und die geben dann den Auftrag für die Festnahme. Da es in eurem Fall aber dringend zu sein scheint, hat es die Eurojust gleich an uns weitergeleitet, damit keine Zeit verlorengeht.«

»Und ihr seid …?«

»Eines von acht *Arrestatie-Teams* in den Niederlanden und für besonders heikle Fälle zuständig – oder wenn es eben sehr rasch gehen muss. Wir stellen unsere Ausrüstung auch je nach Erfordernis selbst zusammen, und unsere Leute haben spezielle Ausbildungen. Jeder deckt ein eigenes Fachgebiet ab.«

»Und was ist Ihr persönliches Spezialgebiet?«, fragte Ruprecht, der gern wissen wollte, welche Fähigkeiten jemand besaß, mit dem er zusammen im Einsatz war.

»Ich leite die Truppe«, war die ausweichende Antwort von Hauptkommissar De Nijs.

Sie nahmen vom Airport den direkten Weg in die Innenstadt, verließen die A4 aber bereits nach einer kurzen Strecke und fuhren in die Industriezone am Neuen See hinein. Ein schmuckloses Viertel am Rand der Stadt, gesicherte Betriebsgebäude, große Betonflächen, wenige Menschen auf der Straße – eine anonyme Gegend, in der sich niemand um den anderen kümmerte, wo aber jeder, der nicht hierhergehörte, sofort auffiel. Der VW-Bus fuhr in eine kurze Straße hinein.

»Unser Einsatzquartier!«, sagte De Nijs.

Sie hielten vor einem einstöckigen Gebäude aus einer Art rotem Wellblech mit einer langen Reihe grauer Alufenster im oberen Teil, darunter blanker Sichtbeton mit mehreren breiten Rolltoren. Was Ruprecht auffiel, war, dass es davor, im Unterschied zu den restlichen Gebäuden in der Straße, keine Fahrradständer für Mitarbeiter gab.

De Nijs bemerkte den Blick und schmunzelte. »Wir bewegen uns nur selten mit Fahrrädern fort. Für unsere Wege haben wir beide Autobahnen vor der Tür und im Keller liegen zwei Schnellboote im Wasser, mit einer direkten Schleuse hinaus in den Kanal beim Riekerhaven.«

»Damit seid ihr in der engen Altstadt vom Tempo sicher ungeschlagen, wenn es bei einem Einsatz knapp wird«, meinte Ruprecht anerkennend.

De Nijs nickte. »Und wir schätzen es, diskret zu agieren. Niemand soll den genauen Standort kennen und die Namen unserer Beamten sind nur intern bekannt. Deshalb gibt das Gebäude keinen Hinweis auf unsere Einheit.«

Eines der Rolltore öffnete sich und der Wagen fuhr hinein. Als sich das Tor wieder schloss, war es sekundenlang stockfinster, dann schaltete sich eine Arbeitsbeleuchtung ein, große Lichtwannen an der Decke und den Seitenwänden, die den Raum taghell ausleuchteten.

Ausgezeichnet gemacht, dachte Ruprecht, da dringt auch nachts kein Schein nach außen und wahrscheinlich sind die Räume sogar schalldicht. Man war hier also in jeder Richtung vollkommen abgeschottet.

Sie gingen zu einer kurzen Einsatzbesprechung ins obere Geschoß, wo einige Männer in dunklen Einsatzdrillichs warteten. De Nijs hatte zwei Vierergruppen eingeteilt, eine für den Zugriff im Apartment und eine für Havenbrooks Büro bei der EMA. Er selbst würde mit Ruprecht die Wohnung übernehmen und stellte ihnen noch Kommissar Velder, den Einsatzleiter des zweiten Teams, vor. Die anderen Männer nickten höflich, ohne aber ihre Namen zu nennen.

Das Meeting dauerte nur wenige Minuten. Die Beamten waren davor bereits entsprechend instruiert worden, jeder kannte den ihm zugewiesenen Platz, und die Einsatzorte waren ebenfalls bekannt.

Der hässliche Beton-Glas-Klotz der EMA lag nur einige Kilometer und zwei Abfahrten auf der A10 entfernt. Zu dem Apartment in der Bloemstraat war es etwa gleich weit, allerdings in der anderen Richtung, wo gerade der dichte Abendverkehr begann. Deshalb entschied De Nijs, dass sie eines der Boote nehmen würden. Damit konnten sie jedem Stau auf der Straße ausweichen, und vom Anleger beim *Kafenion* in der Bloemgracht waren es keine fünfzig Meter bis zu Havenbrooks Haus.

Sie fuhren mit einem großen Lastenaufzug nach unten. Ruprecht lehnte sich an die Rückwand und betrachtete die Truppe. Jeder in den Teams hatte eine kugelsichere Weste über dem Drillich, Elektrotaser und Schlagstock. Statt der üblichen P99 trugen sie als Pistole die neue *Walther PDP* mit 18 Schuss und Red-Dot-Visier. Mit ihren schwarzen Kevlarhelmen und dem Gesichtsschutz sahen sie unüberwindbar aus. Schon ihr Auftreten signalisierte dem Gegner, sich besser in sein Schicksal zu fügen, da jeder Versuch einer Gegenwehr sinnlos wäre.

Das Team für die EMA nahm gemeinsam mit Wöss als Beobachter den VW-Bus, De Nijs fuhr mit seinen Männern und Ruprecht eine Etage tiefer.

Als sie dort aus dem Lift stiegen, staunte Ruprecht nicht schlecht über die Ausrüstung der Amsterdamer. Entlang der Wände des großen Kellerraums befand sich so ziemlich alles an Kampfausrüstung, Schutzkleidung und Gerätschaft, was sogar einer militärischen Spezialeinheit genügt hätte. Am eindrucksvollsten erschien Ruprecht, der seine eigene Pistole am liebsten in der Schublade des Schreibtischs vergaß, die Bewaffnung. Automatische Pistolen, Sturmgewehre mit Laserzieleinrichtungen, Blendgranaten, ja sogar zwei Bazookas zum Abfeuern von panzerbrechenden Raketen hingen hier, fein säuberlich nach Einsatzzweck geordnet. Die Feuerkraft der Spezialeinheit, wenn sie voll bestückt ausrückte, war enorm und reichte für alle denkbaren Bedrohungen, bis hin zur Ausschaltung von Terrorzellen oder Drogenbanden.

Ruprecht blieb stehen und sah sich fasziniert um. De Nijs tat so, als bemerke er es nicht, für ihn war der Anblick alltäglich. Stattdessen ging er zu einem Computerterminal neben dem Eingang und aktivierte über ein Programm die Schleuse. Augenblicklich gingen Scheinwerfer an und beleuchteten das Becken in der Mitte des Raums. Zwei schwarze Boote lagen so flach auf dem Wasser, dass Ruprecht sie erst im Licht bemerkte.

»Unsere Babys«, meinte De Nijs, und nun hörte man doch den Stolz in seiner Stimme. »Mit ihren beiden V8-Mercurys machen sie selbst bei voller Beladung locker sechzig Knoten und beschleunigen wie ein Porsche.«

Sie stiegen in das vordere ein, De Nijs und einer der Männer gingen hinter den Führerstand, Ruprecht und die anderen beiden kauerten sich in den vorderen Teil. Anders als die normalen Polizeiboote, besaßen die ultraschnellen Schlauchboote keinen Aufbau. Die Motoren sprangen an und versetzten den ganzen Rumpf in dumpfe Vibration. Gleichzeitig hob sich ein Sperrgitter in der Außenmauer und gab den Weg in den Kanal frei. De Nijs sagte zu Ruprecht etwas, das wie »festhalten« klang, dann schob er den Gashebel nach vorn, der Rumpf bäumte sich kurz auf, hob sich von der Wasseroberfläche und sie schossen in die dunkle Schleuse.

Ruprecht war zufrieden. Über die Kanäle waren es nur fünf Kilometer bis zur Anlegestelle bei der Brücke über die Bloemgracht. Er würde dem ahnungslosen Havenbrook in wenigen Minuten eine herbe Überraschung bereiten.

*

»Verdammt!« Havenbrook fluchte leise vor sich hin und trommelte ungeduldig mit seinen Fingern aufs Lenkrad. »Ein paar Tropfen Regen und alle fahren wie Idioten!«

Entgegen Ruprechts Annahme, der Holländer wäre ahnungslos, befand sich dieser bereits im Auto, unterwegs zum Heliport im Westhafen. Weit war er jedoch noch nicht gekommen, schon nach einem Kilometer stockte der Verkehr zwischen den beiden Brücken beim Amsterdamer Food Center, der zentralen Markthalle, wo die Grootgracht mit den beiden Marktkanälen zusammentraf.

Ich hätte doch den Umweg über die Evertsenstraat nehmen sollen, schalt er sich selbst. Das wäre zwar weiter gewesen, aber um die Zeit wahrscheinlich schneller. Man wusste eben nie, auf welcher Strecke es weniger staute, und meistens wählte man die falsche.

Wenigstens ahnt niemand, wohin ich fahre, dachte er und schaute zum wiederholten Male auf die Uhr. Trotz des Verkehrs würde er sicher in einer halben Stunde im Hafen sein, beruhigte er sich selbst.

Und war er erst einmal in England, war er vorläufig in Sicherheit – niemand kannte seinen Wohnsitz dort, nicht einmal vor seinen Kollegen im Amt hatte er damit geprotzt. In solchen Sachen war er äußerst diszipliniert und hielt zum eigenen Schutz auch Freunden gegenüber dicht. Er würde sich nicht länger als ein oder zwei Tage in Norwich aufhalten, gerade so lange, wie es dauerte, einige Konten zu schließen, die restlichen Gelder aus Amsterdam umzubuchen und die genaue Route festzulegen.

Er wusste, dass Länder wie Kuba, Guatemala oder die Philippinen nicht auslieferten. Es wäre demnach sinnvoll, zuerst mit einem One-Way-Ticket nach Guatemala zu fliegen, dort etwas zu bleiben und jeden Tag das Hotel zu wechseln. Am besten kleine lokale Hotels oder Unterkünfte am Strand, die man bar bezahlte und die den Pass nicht kontrollierten. Damit war es schon einmal schwierig, die Spur zu verfolgen. Und dann weiter nach Manila, wo man sich über eine Deckfirma ein Haus kaufte und dann einfach von der Bildfläche verschwand.

Diesen Fluchtweg überlegte Havenbrook insgeheim schon seit Längerem. Irgendwie hatte er geahnt, dass er ihn einmal brauchen würde und dafür vorsorglich einiges zur Seite gelegt. Die Lobbyarbeit der letzten Jahre war einträglich gewesen und Rottwanger hatte ansehnliche Summen bezahlt. Er verspürte eine leichte Wehmut darüber, dass mit den großen Deals nun Schluss war. Aber er musste mindestens drei Millionen Euro auf den verschiedenen Konten haben, alles gut verteilt in mehreren Scheinfirmen, einiges davon in Gold angelegt – genug also, um ein neues Leben zu beginnen.

Gleich stieg wieder eine Verbitterung in ihm hoch, wenn er an Rottwanger dachte. In Gedanken ging er noch einmal das Telefonat durch, was er hätte anderes sagen können, um den Schweizer zu einer unbedachten Äußerung zu bewegen. Dass der ungeschoren davonkam und für den Salzburger Vertrag keinen Cent Provision bezahlte, war das größte Ärgernis bei der ganzen Sache.

Er war inzwischen bei den Kleingärten beim Westerpark angelangt und hupte aufgebracht mehrmals einen Radfahrer an, der aus dem Weg beim Fußballplatz herausschoss und, ohne zu schauen, einfach über den Grünstreifen auf seine Seite herüberfuhr. Havenbrook bremste scharf, um ihn nicht anzufahren, und rutschte auf dem nassen Asphalt. Der Mann auf dem Rad würdigte ihn keines Blickes, sondern zeigte nur seinen Mittelfinger nach hinten.

Wenigstens erspare ich es mir zukünftig, dachte Havenbrook, in der Stadt mit den aufsässigsten Radlern fahren zu müssen. Nur um das Auto war ihm leid. Statt sich seinen Traum vom Bentley zu erfüllen, würde er sogar den Audi Hybrid zurücklassen müssen. Sein Haus in der Bloemstraat gehörte offiziell einer Firma, das konnte er über einen Strohmann wieder vermieten, aber das Fahrzeug würde die Polizei sicher beschlagnahmen, wenn sie es vor dem Heliport stehen sah.

Egal, dachte er, ich kann mir später zehn neue Audis kaufen. Wichtiger war jetzt, unbeschadet aus der Stadt wegzukommen.

26

Ruprecht sah auf die Uhr. Nicht schlecht – sie hatten für die Strecke exakt fünf Minuten gebraucht.

Das Boot touchierte beim Anlegen nach der Brückendurchfahrt leicht die Mauerbegrenzung der Bloemgracht und drehte sich dann längsseits. Der Polizist neben Ruprecht zog den Rumpf zur Wand und vertäute ihn an einem Haken. Sie stiegen an Land und mussten über die vielen entlang der Gracht abgestellten Fahrräder turnen – zum Teil waren diese umgestürzt, lagen einfach neben den zahlreichen, aber trotzdem zu wenigen Ständern herum oder lehnten am Brückengitter.

Zwei ältere Männer saßen plaudernd auf einer Bank am Wasser. Sie schauten erschrocken auf, als die Beamten in voller Montur aus dem Boot kletterten, standen auf und gingen zur Seite, um nicht in einen Einsatz verwickelt zu werden.

Das alte Jordaan-Viertel wirkte auf Ruprecht sogar im Regen gemütlich und die schmalen Ziegelhäuser an den beiden Straßen neben der Gracht mit farbigen Holztoren, hohen Sprossenfenstern und den verziert vorspringenden Giebeln schienen alle neu renoviert. Der gesamte Straßenzug sah aus wie für eine Ansichtskarte dekoriert.

Das Kafenion an der Ecke, wo sie vom Kanal heraufstiegen, passte genau in diese Gegend – Topfpflanzen vor dem Eingang, geöffnete Türläden aus rotem Holz mit schweren Eisenbeschlägen und darüber ein Fenster, hinter dem man Leute an winzigen Tischen sitzen sah.

Wie angenehm wäre es, geschützt da drinnen bei einer Zigarre und einem Espresso zu sitzen, statt im Regen irgendeinem windigen Typen nachzulaufen, dachte Ruprecht im Vorbeigehen. Aber er musste seinen Wunsch nach einer behaglichen Jause beiseiteschieben, wollte er den Anschluss an De Nijs nicht verlieren. Er fuhr sich durch die nassen Haare und lief dem Team hinterher.

Von hinten sahen die Männer durch ihren Schritt seltsam aus. Sie gingen breitbeinig, als wären sie auf einem Schiff. Ruprecht, der Schuhe mit Ledersohlen trug, begriff an der ersten Ecke, was es mit diesem Gang auf sich hatte. Nur mit Mühe konnte er einen Sturz auf dem bekannten roten Ziegelpflaster der Amsterdamer Innenstadt vermeiden. So schön sie anzusehen waren und im Sommer zum Barfußgehen einluden, so rutschig wurden die von Fußgängern und Fahrzeugen über Jahre glattgeschliffenen Steine, wenn sie feucht waren.

Ruprecht fiel auf, dass mehrere Passanten ähnlich gestelzt unterwegs waren. Das müssen die Einheimischen sein, die schon ihre schmerzlichen Erfahrungen mit dem Straßenbelag gemacht haben, überlegte er kurz und schmunzelte im Gehen.

Eine Ecke weiter hielt De Nijs an. Zwei seiner Männer drückten sich mit gezogenen Waffen neben dem Eingang eines Hauses an die Wand, der dritte blieb mit einer schweren Eisenramme direkt davor stehen. Die Menschen auf der Straße wichen der Truppe in einem möglichst weiten Bogen aus, sahen aber interessiert herüber. Überall die gleichen Gaffer, folgerte Ruprecht aus ihrem Verhalten und schüttelte den Kopf.

De Nijs läutete – keine Reaktion. Nach kurzem Warten, drinnen war es vollkommen still, schlug er mit der Faust gegen das Tor. Nachdem wieder nichts zu hören war, gab er dem Mann mit der Ramme ein Zeichen. Der holte mit dem schweren Eisenstück aus und bereits beim ersten Versuch splitterte die Tür unter der Wucht des Aufpralls. Noch einige gezielte Tritte und das Tor war offen.

Wie üblich stürmten die Männer mit wiederholten lauten Schreien das Haus. Dieser künstlich erzeugte Tumult war eine beliebte Taktik, wenn man bei Verhaftungen gewaltsam in Objekte eindringen oder gegen aggressive Widersacher vorgehen musste. Damit wurden Gegner angeblich irritiert und ein möglicher Widerstand bereits akustisch gebrochen. Ruprecht war das Gebrüll schon immer unangenehm gewesen, warum er sich bei Zugriffen gern im Hintergrund hielt. Im Fall von Havenbrook erwies es sich überdies als sinnlos. Das Gebäude war leer.

Der kurze Rundgang mit der lauten Information »zeker« aus jeder Etage – was gesichert bedeutete – war schnell erledigt. Das Haus hatte drei Geschoße, doch wegen der schmalen Straßenfront gab es nur wenige Räume. Im Parterre befand sich ein Vorraum mit Garderobe und WC, im ersten Stock war ein großes Wohnzimmer mit Kochnische und einer Terrasse in den Hinterhof und im Obergeschoß lagen das Schlafzimmer und ein komfortables Bad.

Havenbrook war ausgeflogen! Im Bad lag die Schmutzwäsche einfach hingeworfen auf dem Boden neben der Waschmaschine, der Kasten neben dem Bett stand offen, leere Kleiderhaken lagen daneben, und im Wohnbereich stand ein halbvolles Glas auf dem Schreibtisch beim Fenster. Jemand hatte hier ziemlich schnell zusammengepackt – das war offensichtlich.

Wöss meldete sich und berichtete kurz, dass sie Havenbrook in seinem Büro bei der EMA nicht angetroffen hatten. Zur Sicherheit würde das Team doch vor Ort zur Überwachung bleiben, aber keiner von Havenbrooks Kollegen kannte seinen genauen Terminkalender oder wusste, wann er wieder in der Behörde sein würde.

»Wäre zu schön gewesen«, meinte Ruprecht unzufrieden.

»Zu Hause ist er auch nicht, und es sieht aus, als wäre er überstürzt weg«, setzte er hinzu.

»Meinst du, er wurde gewarnt?«

»Ich kann mir zwar nicht vorstellen, wie das gelaufen sein soll, aber es sieht alles danach aus. Ich melde mich, wenn sich was ergibt.«

Während De Nijs den kleinen Hof hinter dem Haus inspizierte, ging Ruprecht durch die Räume. Er versuchte, irgendeinen Hinweis zu entdecken.

Havenbrook wohnte allein, alles war wenig oder nicht benützt, das konnte man deutlich erkennen. Die geölten Parkettböden glänzten so, als würden sie selten begangen, und die Einrichtung aus dunklem Holz wirkte wie neu, musste aber ziemlich teuer gewesen sein. Aber nichts strahlte hier so etwas wie Wohnlichkeit aus, fiel Ruprecht auf, es hing kein Bild an der Wand, es standen keine Fotos herum, statt Vorhängen gab es nur Stoffjalousien in den Fenstern. Der Holländer hielt demnach nichts von einem gemütlichen Heim und dürfte wahrscheinlich die meiste Zeit unterwegs sein.

»Mehr wie in einem Hotel«, murmelte Ruprecht vor sich hin und ging hinüber zum Schreibtisch, der beim Fenster zum Hof stand. Es war der einzige Platz, der anscheinend regelmäßig benutzt wurde. Auf der Unterlage klebten gelbe Post-its, ausgedruckte Mails lagen in einem Drahtkorb neben dem Computer, sogar im Papierkorb befanden sich einige Zettel. Aber die Sachen erbrachten keinen Hinweis, als Ruprecht sie durchblätterte. Mechanisch nahm er das Glas und roch, was Havenbrook vor seinem überhasteten Aufbruch noch getrunken haben mochte – Jenever! Ruprecht verzog das Gesicht ob des intensiven Geruchs. Warum der Wacholderschnaps eine Spezialität war, konnte er nicht verstehen, aber so ging es ihm bei vielen beliebten Nationalgetränken.

Er wollte das Glas schon wieder abstellen, da fiel sein Blick auf ein Gekritzel direkt neben dem feuchten Rand, den das Glas auf der Unterlage des Schreibtischs hinterlassen hatte. Er hielt inne. Havenbrook gehörte sichtlich zu jenen Menschen, die während eines Telefonats in Gedanken alles vollschmierten und sich dabei auch Nummern oder Termine als Gedankenstütze notierten. Neben dem Abdruck des Glases stand undeutlich, aber lesbar:
19h Heliport Westhaaven

Ruprecht war wie elektrisiert, die Notiz schien frisch zu sein. Sollte sie mit Havenbrooks jetzigem Verschwinden zu tun haben? Er rief De Nijs und zeigte ihm die Stelle.

»Das ist ein Landeplatz für Helikopter im Hafen«, meinte der. »Sie glauben …«

Ruprecht nickte. »Ja, absolut!« Er wunderte sich selbst, wie sicher er war, aber sein Bauchgefühl sagte – das ist es!

»Ich versuche, ob ich etwas in Erfahrung bringen kann«, antwortete De Nijs und hatte sein Telefon bereits in der Hand.

Drei Minuten später wussten sie: Am Heliport war um 19:00 ein Start von einer privaten Chartergesellschaft mit einem Passagier angemeldet. Mehr konnte er von der Verwaltung des Landeplatzes aus Datenschutzgründen telefonisch nicht erfahren. An ein Blockieren des Fluges war ohne amtliches Dokument nicht zu denken, und um die Staatsanwaltschaft zu bemühen, war die Zeit zu knapp. Sie konnten nur darauf vertrauen, dass Ruprecht richtig lag und Havenbrook in dem Helikopter sitzen würde. Also rief De Nijs seine Leute zusammen, es blieben genau dreißig Minuten bis zum Abheben.

Während sie zur Gracht zurückliefen, verständigte De Nijs das andere Team. Als das Boot wenig später mit Vollgas in die Fahrrinne schoss, duckte sich Ruprecht tief in den Rumpf hinein.

Ich hätte die Regenmontur in die Tasche werfen sollen, schalt er sich selbst. Er hatte in der Eile nicht an Schlechtwetter gedacht, lediglich sein Waschzeug und ein Reservehemd eingepackt und war mit seiner Lederjacke und in dünnen Jeans geflogen. Nachdem sie sich nur für den Zugriff in Amsterdam aufhielten und morgen wieder zurück nach Salzburg fliegen würden, hatte er sich nicht mit größerem Gepäck belasten wollen.

Jetzt litt er unter der zu leichten Kleidung und war bereits bis auf die Haut nass. Vor allem die Schuhe, ausgerechnet seine geliebten englischen Derbys, hatten sich vollgesogen und es ging bereits bis auf die Socken durch. Normalerweise nahm er an solchen Tagen seine Bergschuhe, die waren bequem, rutschsicher, wasserdicht und – standen in St. Gilgen im Vorzimmer!

Schon nach wenigen Metern raste das Schlauchboot mit siebzig dahin, was sich auf dem Wasser und in den engen Kanälen doppelt so schnell anfühlte.

Vorsichtig spähte Ruprecht über den Rand, sofort peitschte ihm der Fahrtwind den Regen wie feine Nadeln ins Gesicht. Sie waren bereits am Ende der Bloemgracht und schossen in forcierter Fahrt unter der Brücke bei der Marnixstraat hindurch. Instinktiv zog Ruprecht den Kopf ein und bewunderte die Sicherheit, mit der De Nijs das Boot zwischen den engen Brückenpfeilern durchsteuerte. Kaum den schmalen Tunnel hinter sich, drifteten sie in einem weiten Bogen beim Raampoort, der Brücke beim ehemaligen Stadttor, in den Westerkanal hinein. Hier im breiten Hauptkanal, der bis ins Mittelalter die alte Stadtmauer umrundete, schob De Nijs den Gashebel des Schnellboots auf Anschlag.

Zwanzig Minuten bis zum Start von Havenbrooks Helikopter. Wenn es keinen unerwarteten Aufenthalt gibt und wir das hohe Tempo weiter halten können, schaffen wir es, dachte Ruprecht. Aber es würde knapp werden! Er suchte sein Handy in der Jackentasche – es war an der Zeit, Hogge zu verständigen.

*

Der hatte, nachdem er in Schiphol ins Taxi gestiegen war, tatsächlich eine kleine Rundfahrt durch den Hafen unternommen, und klapperte die Anlegestellen der Fähren ab. Bei vielen gab es keine passenden Abfahrten, da die meisten Schiffe schon am Vormittag ausliefen. Seltsam fand er, dass – verglichen mit früher – sehr wenige Verbindungen angeboten wurden. Sogar von der Anlegestelle direkt beim Zentralbahnhof fuhren nur lokale Dienste in die nördlichen Bezirke und Sightseeing-Boote für Grachtenrundfahrten ab.

Überdies schien das Gebiet, das einmal ein ganz normaler Hafen gewesen war, während der letzten Jahre ein angesagtes In-Viertel mit vielen Kaffees, Galerien und teuren Apartments geworden zu sein. Alles war stilvoll renoviert, wirkte perfekt organisiert und aufgeräumt, aber er vermisste die Atmosphäre.

Auf einem Pier, mittlerweile fuhr das Taxi schon draußen in den äußeren Houthavens, fand gerade eine Verladung statt. Auch dort nur vier Fahrzeuge und keine Spur von Havenbrook.

»Im Unterschied zu anderen großen Städten«, erklärte ihm der Fahrer, »pendeln die Amsterdamer zum Arbeiten lieber aus der Stadt hinaus. Somit sind bei uns am Abend hauptsächlich einkommende Fahrgäste. Viele Fähren fahren sogar nur morgens raus, bleiben den Tag über liegen und kommen erst abends retour. Es ist wegen der Kosten, Halbleerfahrten sind einfach zu teuer geworden.«

»Aber trotzdem scheint mir«, entgegnete Hogge, »als wären eine Menge Destinationen weggefallen. Ich kenne den Hafen recht gut und früher fuhr man von hier aus fast überall hin.«

»Ja, weil sie viele Verbindungen an die Küste verlegt haben. Die großen Fähren nach England gehen ja schon seit Mitte der Neunzigerjahre direkt vom Pier draußen in der Nordsee ab.«

Hogge wollte schon sagen, bringen sie mich hin, überlegte es sich aber wieder. Wenn er Havenbrook dort nicht fand, war er für jede weitere Aktion zu weit weg. Stattdessen verließ er das Taxi lieber. Zwischen den unzähligen Zufahrten und Ladestellen bei den Industriebecken war er zu Fuß auf jeden Fall schneller unterwegs als mit dem Auto.

Vielleicht habe ich bei den vielen kleinen Firmen mehr Glück, überlegte er, da gibt es Boote zu mieten, oder Havenbrook versuchte, mit einem Frachter wegzukommen.

Keine fünf Minuten später läutete sein Handy, es war Ruprecht.

»Und, habt ihr ihn?«, war Hogges kurze Frage.

»Waas? Nein!«, rief es laut von der anderen Seite. »Er ist … He…po…t!«

»Wie?«

»H e l i p o r t !« Ruprecht war fast nicht zu verstehen, so verrauscht und zerrissen kam seine Stimme. »Sorry, aber wir ras…n durch die K…näle und das Boot ist teufli… laut. Havenbr…k hat einen Hubschr…ber gemietet … vom Heliport. Der ist … der ist genau an der Einmünd…ng des Westhafens in den Nordseek…nal, direkt … hinter dem Car Terminal …«

»Okay, verstehe«, sagte Hogge zurück. Heliport beim Car Terminal – soviel hatte er mitbekommen.

»Wie? Verst…st du mich …? Car Terminal – wo die Importeure ihre Autos stehen hab…n.«

»Jaaa?«, schrie jetzt auch Hogge zurück. »Ich bin gerade im Westhafen, ich schaue mich um.«

»Waas …?«

»Wir treffen uns dort!«

Es hatte keinen Sinn gegen den Lärm auf Ruprechts Seite anzuschreien, Hogge legte auf. Er war gerade am Sonthaven, bei den inneren Hafenbecken im Westpoort, wo die großen

Tankgesellschaften ihre runden Mineralölkessel stehen hatten. Dahinter lag das Bulk-Terminal, die Lagerflächen der Amsterdamer Metallindustrie, auf denen sich riesige Schüttkegel mit diversen Erzen türmten.

Ein kurzer Blick ins Handy zeigte, dass sich der gesuchte Heliport genau auf der anderen Seite des Hafenbeckens befand. Wollte Hogge nicht zwei Kilometer weit außen herum laufen, wofür die Zeit zu knapp war, musste er die Abkürzung über das Gelände der Erzlager nehmen.

Verdammt, dachte er, ich habe gerade das Taxi weggeschickt. Er ging bis zur nächsten Einfahrt und zwängte sich zwischen dem geschlossenen Tor und einem angerosteten Pfeiler der Umzäunung durch auf das Grundstück. Ein schmaler Weg führte gleich bei den Steinhalden durch die Anlage bis zum Wasser.

Es herrschte die übliche Betriebsamkeit und am Ende der Zufahrtsstraße löschte ein Frachter gerade sein Schüttgut über das Förderband einer Entladerampe. Die Erzbrocken fielen trotz des Regens aus dem Endrohr in einer Staubwolke auf einen der Haufen.

Hogge passte das gut. Je mehr zu tun war, desto weniger fiel ein Fremder auf. Er ging mit sicherem Schritt durch die arbeitenden Männer am Kai, als hätte er vorne bei den Büros zu tun. Keiner beachtet ihn, als er ohne einen Seitenblick das Dock querte und zwischen den Lagerhallen verschwand.

Kaum war er außer Sicht, bog er jedoch von dem Weg ab, lief auf einer der Schüttrutschen hinauf und stieg auf die andere Seite hinüber. Die Metallsegmente der Förderrinne glänzten spiegelglatt in der Nässe, und für wenig geübte Kletterer reichte ein unbedachter Schritt, um zu stürzen und zehn Meter tiefer auf dem schwarzen Haufen scharfkantigen Erzgesteins zu landen. Doch Hogge, der glitschige Untergründe und schwankende Böden von seiner Zeit auf den Fangschiffen kannte, turnte mit einer für sein Alter beispiellosen Behändigkeit über das Stahlgerüst. Das Hindernis überwunden, rannte er bis zur Einzäunung am Hafenbecken, versicherte sich mit einem kurzen Rundblick, dass ihn niemand beobachtet hatte, und sprang über den Eisenzaun.

Der erste Teil der Abkürzung war geschafft, er musste nur noch hinüber, auf die andere Seite des Beckens. Er sah sich um. Ein Stück weiter oben am Kai, außerhalb der Ladezonen, lagen zwei alte Boote im Wasser. Eines davon schien halbwegs intakt und klein genug, dass es sich rudern ließe. Hogge fand eine längere Holzlatte, sprang in das Boot und stieß sich von der Kaimauer ab.

Die Strecke zum Übersetzen war kurz, an die hundert Meter. Aber dennoch brauchte er mit der einzelnen Latte als Paddel mehrere Minuten. Um das Boot überhaupt in Gang zu halten, musste er seine ganze Kraft einsetzen. Dabei hatte er Glück, dass gerade kein Schiff zum Löschen hereinkam, das ihn in dem engen Kanal unweigerlich gerammt hätte. Schwer beladene Kähne brauchten, selbst wenn sie im Hafen bereits in der Kriechfahrt waren, die ganze Länge des Beckens, bis sie zum Stehen kamen, und ausweichen war hier wegen der engen Fahrrinne unmöglich. Auch würde ihn der Lotse eines Schleppers von seiner erhöhten Position aus in dem kleinen Boot in der beginnenden Dunkelheit sicher gar nicht bemerken.

27

Ich muss geschäftlich und gelassen wirken, dachte Havenbrook und hoffte, dass die Fahndung hier noch nicht auflag, als ihn das Navi von der Amsterdamer Stadtumfahrung in den gewundenen Hornweg hineinlotste. Er zögerte und verlangsamte sein Tempo. Es war die einzige Zufahrtsstraße zu den Anlagen entlang der Kais, was sich ein wenig mulmig anfühlte. Würde etwas schieflaufen, gab es kein Zurück – zumindest nicht über die Straße. Weiter ging es nur mehr in der Luft oder auf dem Wasser.

Schließlich aber vertraute er auf die allgemeine Gedankenlosigkeit bei der Polizei. Man kontrollierte bei Fahndungen die großen Flughäfen, die internationalen Fähren und die Grenzen an den Autobahnen, aber wer dachte schon an den kleinen, hauptsächlich von privaten Firmen für Rundflüge genutzten Heliport.

Nach dem Zwischenfall mit dem Radfahrer war er trotz seiner Nervosität immer nur mit der erlaubten Geschwindigkeit unterwegs gewesen, um bei keiner Verkehrskontrolle aufzufallen. Er sah auf die Uhr und atmete auf – er würde pünktlich zum Start eintreffen. Es ging ihm weniger um den Heli, den hatte er bezahlt und der würde warten, als vielmehr darum, keinen Anlass für eine Nachfrage der Flugsicherung wegen einer Verspätung im Flugplan zu geben.

Er nahm die Zufahrt zur Landestelle. Bei der Abzweigung gab es nicht einmal eine sonst übliche Hinweistafel. Der Audi rumpelte über das Kopfsteinpflaster und rollte nach vorn zur Umzäunung. Er hatte Glück, innen auf dem kleinen Parkplatz seitlich des Flugfelds war ein Platz frei. Hier konnte das Auto ein paar Tage unbemerkt stehen. Auf den Stellflächen draußen entlang der Straße würde es die Polizei schnell entdecken. Er überlegte, von England aus die Schlüssel seinem Anwalt zu schicken, damit dieser den Audi von hier abholte und zum Verkauf anbot.

»Kostet mich bestimmt wieder eine satte Provision«, murrte er, während er ausstieg und sein Gepäck aus dem Kofferraum nahm. »Die ganze Welt will nur mein Geld …«

Die monatlichen Rechnungen des Juristen waren ziemlich gesalzen und Havenbrook ärgerte sich jedes Mal über die angehängte Aufstellung mit den sogenannten Beratungsgesprächen, wo die Länge der gesprochenen Minuten von jedem Telefonat peinlich genau aufgelistet waren.

Im Moment hatte er jedoch andere Sorgen.

»Ihr Kopter ist leider noch nicht da«, sagte der Mann in der Abfertigung. »Sollte aber bald im Anflug sein.«

»Na ausgezeichnet«, reagierte Havenbrook darauf empört, »da hetzt man sich, um pünktlich zu sein, und dann ist die Fluggesellschaft nachlässig. Gibt es eine Idee, wann sich mein Pilot bequemen wird, einzutreffen? Immerhin sollten wir in fünf Minuten abheben.«

Der Mann vom Flugfeld blieb ungerührt. Er kannte solche Reisegäste, die Geld für einen privaten Flieger ausgaben, zur Genüge – kamen sie selbst zu spät, war das nicht erwähnenswert, aber wenn sich der Abflug etwas verzögerte, brach anscheinend die Welt zusammen.

»Ich mache hier nur die Papiere«, meinte er deshalb und zuckte mit den Achseln. »Übrigens gab es eine Anfrage von der Polizei – wegen des Flugs …«

Havenbrook zuckte zusammen und drehte sich zur Seite, um den Schock zu verbergen.

»Was …«, fragte er dann und wischte sich den Schweiß von der Stirn. »Was haben die gefragt?«

»Eigentlich nichts Konkretes, nur ob heute noch ein Start ins Ausland vorgesehen ist und wer gebucht hat.«

»Und?« Havenbrook wurde gleich wieder giftig. »Schon etwas von Datenschutz gehört?«

»Ich habe keine Details zu Passagieren genannt«, verteidigte sich sein Gegenüber sofort, »sondern nur die reinen Flugdaten bekanntgegeben. Die liegen ja sowieso offiziell auf.«

Die Polizei wusste also wann und wohin geflogen wurde, überlegte Havenbrook, aber zumindest nicht, wer an Bord sein würde. Es konnte auch nur eine übliche Routineanfrage gewesen sein und Flüge ins Ausland gab es wahrscheinlich von überall. Trotzdem wäre es sinnvoll, bald abzuheben.

Unruhig schaute er nach draußen und suchte den Himmel ab, ob der Helikopter schon zu sehen sei, aber außer den Silhouetten der Ladekräne am Pier war alles leer.

*

Hogge spähte über die Dächer der abgestellten Fahrzeuge. Auf der Rückseite des Geländes erkannte er im Dunkeln Rotorblätter von mehreren Hubschraubern. Das musste der Landeplatz sein. Er lief geduckt zwischen den Autos hindurch und kam zu den Geleisen des Bahnzubringers, der das Car Terminal von dem Flugfeld trennte. Er überquerte sie und hetzte weiter den Bahndamm hinauf bis zur Straße. Auf der anderen Seite, gleich beim Zaun des Heliports, gab es eine Bucht mit abgestellten Müllcontainern, die er als Deckung benutzen konnte.

Schwer atmend blieb er dahinter stehen. Trotz des kühlen Regens war sein Hemd bereits total verschwitzt und vom Laufen pochte sein Herz wie wild.

Verdammtes Alter, dachte er ärgerlich und sah sich vorsichtig um. Ein Helikopter stand direkt abgestellt vor ihm, die Hauptscheinwerfer des Platzes waren ausgeschaltet, lediglich die Begrenzungsleuchten der beiden Landefelder brannten. Ein Securitymann lehnte an dem Fluggerät und rauchte. Er drehte sich jedes Mal weg, wenn eine Böe den Regen über das Feld trieb.

Das muss ich abwarten, dann kann ich über den Zaun, rechnete sich Hogge eine Chance aus, unbemerkt an dem Mann vorbeizukommen. Er wartete bis zum nächsten Windstoß, dann lief er zu dem niedrigen Zaun, fasste einen Steher und schwang sich auf die andere Seite hinüber. Der Sicherheitsmann schnippte seinen Zigarettenrest weg und drehte sich in seine Richtung.

Jetzt musste Hogge rasch handeln, wollte er nicht einen Alarm riskieren und Havenbrook, falls er schon auf dem Gelände war, am Ende noch warnen. Er ging dem Mann rasch entgegen, der sich ebenfalls vom Helikopter löste, ihn laut zum Stehenbleiben aufforderte und mit einer Taschenlampe herüberleuchtete. Dazu griff der andere nach etwas an seinem Gürtel.

Hogge war schon bei ihm, fasste seinen Arm und wollte ihn zu Boden drücken. In seiner Zeit auf See hatte er schwere Reusen, voll mit Fischen, an Deck gehievt, dementsprechend war die Kraft seiner Arme enorm. Der andere stöhnte leise unter dem Griff und ging zu Boden. Bevor ihn Hogge jedoch ausschalten konnte, durchzuckte es ihn wie ein Blitz. Sofort verließ ihn die Kraft, den anderen festzuhalten, er taumelte und fiel vornüber.

Ein zweiter Security, der unsichtbar im Schatten des Helikopters gestanden war, hatte ihm mit einem Gummiknüppel ins Genick geschlagen. Glücklicherweise traf er nur die Schulter, sonst hätte Hogge das Bewusstsein verloren. So konnte er sich im Fallen umwenden und versuchte, den zweiten Angreifer zu fassen und mit sich zu reißen. Doch mit dem höllischen Schmerz in der Schulter und gegen zwei durchtrainierte Sicherheitsmänner hatte auch ein ehemaliger Seemann keine Chance. Die beiden überwältigten ihn, rissen ihn in die Höhe und nahmen ihn zwischen sich. Sie zerrten ihn in Richtung eines Mannschaftscontainers neben dem Parkplatz, der als Stützpunkt für den Wachdienst diente.

»Jij komt met, dan bellen we de politie!«, brüllte der eine.

Das wird wahrscheinlich heißen, ich muss mit und sie holen die Polizei, schloss Hogge aus ihren Worten und dann dachte er noch: Scheiße!

*

Zwei Bulkfrachter lagen längsseits der Schwimmpontons beim Westhafen. De Nijs steuerte das Schnellboot mitten hindurch und kurvte dann in einer steilen Kehre zur Entladerampe beim Hafengebäude. Dort konnten sie ohne hinderliche Absperrung an Land gehen. De Nijs hielt unmittelbar am Pier. Einer seiner Männer nahm einen riesigen Bolzenschneider aus dem Boot mit. Es musste der Kräftigste des Teams sein, da er zuvor in der Bloemgracht auch die Ramme mitschleppen musste.

Sie liefen die Wiese hinter dem Terminal im Schnellschritt hinauf und überquerten die Straße beim Zaun des Heliports. Am Flugfeld brannte nur die Beleuchtung bei den Gebäuden, die abgestellten Hubschrauber standen im Halbdunkel.

Ruprecht sah auf die Uhr – Punkt sieben. Der Hubschrauber müsste eben zum Start ansetzen, überlegte er, oder zumindest bereits kurz davor sein. Sind wir am Ende bereits zu spät?

Doch als die Männer den Bolzenschneider am Stahldrahtgitter ansetzten, flammten innen die Scheinwerfer auf und wenig später, sie krochen eben durch die Öffnung im Zaun, hörte man, dass ein Heli im Anflug war.

Und noch etwas bemerkte Ruprecht, als er sich drehte, um durch den Zaun zu kommen. Da war etwas Gelbes auf der anderen Seite des Geländes, ein greller Punkt, der in dem taghellen Licht plötzlich herüberstrahlte. Er richtete sich auf und spähte hinüber. Dort zerrten zwei bullige Männer einen dritten zwischen sich zu einem Bürocontainer mit beleuchteten Fenstern. Der Mann in der Mitte hatte eine gelbe Jacke an. Ruprecht erkannte sofort das alte Ölzeug, das Hogge aus seiner Zeit am Schiff hatte.

Er stieß De Nijs an, deutete hinüber und lief los. De Nijs begriff die Situation, befahl seinen Männern, das Flugfeld zu sichern und rannte hinter Ruprecht her.

»Release the man!«, schrie Ruprecht auf Englisch schon von Weitem den Securitys entgegen. »Immediately!«

Die zwei Männer dachten überhaupt nicht daran. Im Gegenteil, sie drückten Hogge nur enger zwischen sich und einer der beiden griff nach seinem Schlagstock.

Verdammt, dachte Ruprecht und überlegte, wie er die beiden ohne Waffe außer Gefecht setzen könnte.

»Laat de man onmiddellijk vrij!«

Der Befehl, den Mann in sofort freizulassen, kam unmittelbar und mit einer Stimme, die keinen Widerspruch zuließ. De Nijs war einen Bogen um die Sicherheitsleute gelaufen und stand, wie aus dem Nichts kommend, plötzlich hinter ihnen. Der Auftritt des Polizisten im Kampfdrillich und mit seiner Pistole im Anschlag kam für die beiden so überraschend, dass sie jede Gegenwehr aufgaben.

Sie ließen Hogge los und hoben mechanisch die Hände. Der neben Ruprecht ließ seinen Schlagstock fallen. De Nijs deutete, sie mögen in den Container hineingehen und rief ihnen etwas zu, was für Ruprecht nach »und bleibt gefälligst drinnen« klang.

Hogge putzte sich ab und murmelte etwas zur Entschuldigung. Dann hob er plötzlich den Arm und deutete zum Parkplatz hinüber.

»Er türmt …!«

Havenbrook war im Abfertigungsgebäude am Fenster gestanden und hatte mit den Fingern nervös auf die Scheibe getrommelt und dabei mehrmals auf die Uhr geschaut, doch die Zeiger schienen wie bewegungslos angeklebt.

Erst nach einer gefühlten Ewigkeit hatte es die ersehnte Funkmeldung gegeben und der Mann hinter dem Pult schaltete die großen Flächenleuchten als Landesignale ein. Fast zuckte Havenbrook zusammen, so hell wurde es mit einem Mal vor den Fenstern.

»Na endlich«, murmelte er, griff nach seiner Reisetasche und wollte nach draußen aufs Flugfeld.

Kaum hatte er jedoch die Türe einen Spalt weit geöffnet, prallte er, wie von einem Schlag getroffen, zurück. Draußen standen irgendwelche bewaffneten Einsatzkräfte rund um den Landeplatz, sie hatten Sturmgewehre in der Hand und einer deutete gerade zu dem Piloten hinauf, er möge in dem Bereich zwischen ihnen aufsetzen.

Zu spät, fuhr es Havenbrook durch den Kopf, sie sind schon da! Was mache ich jetzt nur …?

Er verspürte eine chaotische Verzweiflung in sich aufsteigen, fühlte sich wie ein in die Enge getriebenes Tier und sah sich flüchtig um. Die einzige Chance, die er erkennen konnte, war eine Flucht mit dem Auto. Das stand auf der anderen Seite des Geländes. Von der Landezone aus war der kleine Parkplatz hinter dem Abfertigungsgebäude nicht einzusehen. Er wusste zwar, dass es nur die eine Straße hinaus gab, die sie vielleicht schon blockiert hatten, aber er musste es versuchen.

Er ließ sein Gepäck achtlos fallen, drückte sich aus der Tür hinters Haus und hastete die wenigen Schritte bis zum Audi. Er war froh, in seiner Hektik nicht nach dem Schlüssel in seiner Hosentasche suchen zu müssen und ihn womöglich zu verlieren. Der neue Audi sperrte automatisch auf und startete auf Knopfruck, sobald sich der Schlüssel im Wagen befand.

Havenbrook wunderte sich tatsächlich, dass er unbehelligt bis zum Wagen kam, ließ sich hineinfallen, und sobald der Motor ansprang, schob er mit Vollgas zurück, drosch den Automatikhebel auf *Drive* und schoss durchs Tor hinaus in die Zufahrt.

Es war genau der Augenblick, als Havenbrook die letzten Meter zum Auto lief, in dem De Nijs die Securitys in den Container scheuchte, vorne der Helikopter aufsetzte und Hogge zum Parkplatz hinübersah.

»Er türmt«, rief Hogge und sah sofort, dass der Versuch, den Holländer vor der Ausfahrt zu stellen, sinnlos wäre. Der riss drüben bereits die Autotür auf.

Zugleich erinnerte sich Hogge spontan an den kleinen Platz am anderen Ende des Flugfelds, wo die Müllcontainer neben der Straße standen. Wenn es die einzige Straße war, die aus dem Hafenteil hinausführte und Havenbrook rund um das Gelände fahren musste, ging es sich aus.

Als der Audi mit durchdrehenden Reifen auf der regennassen Straße vom Platz schleuderte und mit dem Heck einen der Torpfeiler touchierte, rannte Hogge bereits los – in die Gegenrichtung, zu der Stelle, wo er über den Zaun gesprungen war.

Hinter ihm versuchte De Nijs mit gezielten Schüssen die Reifen des Audis zu treffen, erwischte aber nur zweimal das Heck. Ruprecht griff nach seinem Handy. Er versuchte, Wöss zu erreichen, ob er mit dem zweiten Team schon in der Nähe wäre, dann könnten sie bei der Abzweigung von der Stadtumfahrung die Zufahrtsstraße blockieren.

Das bekam Hogge, der schon auf der anderen Seite der Landezone war und über das Feld zur Umzäunung stürmte, nicht mehr mit. Mit einer schnellen Bewegung schlüpfte er im Laufen aus dem gelben Ölzeug, das seine Bewegung behinderte und ließ es hinter sich zu Boden fallen. In der jetzt hellen Beleuchtung des Flugfelds suchte er sich die beste Stelle, wo der Zaun ein wenig niedergedrückt war, und sprang mit einem Satz über das Eisengitter.

Sofort begann sein Knöchel teuflisch zu stechen, er musste in der Hast schlecht aufgekommen sein. Trotzdem hob er nach einigen schnellen Schritten den Sperrhaken des ersten Müllcontainers aus der Verankerung und löste die Bremse der Rollen. Er zog den Behälter aus dem Sicherungsgestell, versuchte den Schmerz im Fuß nicht zu beachten, und stemmte sich mit aller Kraft dagegen.

Havenbrook durfte es nicht bis auf die Autobahn schaffen, war sein einziger Gedanke, sonst würde er ihnen möglicherweise entwischen.

Dasselbe dachte Havenbrook – bin ich erst einmal auf der Autobahn, könnt ihr mich lange suchen! Er riss das Auto von der Flughafenzufahrt hart in den Hornweg hinein. Er musste rund um das Gelände, aber in zwei oder drei Minuten würde er auf die Stadtumfahrung verschwinden, und seine Verfolger das Nachsehen haben.

Er fuhr, so schnell es ging, durch die langgezogene Rechtskurve, die am Heliport und den Hafenanlagen vorbeiführte. Die Straße war glitschig und das Heck driftete immer wieder unruhig zur Seite. Einmal stand er beinahe quer und konnte nur mit Mühe verhindern, nicht am Mast einer Straßenbeleuchtung zu landen, da halfen auch die vielen Regelsysteme des Audis nichts mehr.

Endlich war er durch und wieder auf der Geraden. Nun sind es nur noch zwei Kilometer, überlegte er, dann kann ich im Abendverkehr untertauchen. Es wäre doch gelacht, wenn das nicht gelingen würde.

Doch was war das …?

Irritiert von einem Schatten, der sich unmittelbar vor ihm auftat, blendete er die Scheinwerfer auf und zuckte instinktiv zurück. Ein riesiger Müllcontainer rollte wie in Zeitlupe auf ihn zu. Es war viel zu spät, um zu bremsen! In einer unwillkürlichen Reaktion riss er am Lenkrad, der Audi brach aus, schlitterte unkontrollierbar zur Seite und landete auf dem regenweichen Wiesenstreifen neben der Fahrbahn.

Zornig drosch Havenbrook mit seiner Faust auf das Lenkrad und gab Gas. Doch der Wagen rührte sich keinen Millimeter mehr, sondern grub sich mit durchdrehenden Rädern immer tiefer in den Matsch der Wiese. Bevor er fähig war, auf die für ihn aussichtslose Lage zu reagieren, kamen Scheinwerfer auf ihn zu.

An der Straße hielt ein VW-Bus mit abgedunkelten Scheiben. Einige Männer sprangen heraus. Sie hatten die gleichen Drilichanzüge wie die auf dem Flugfeld an und bauten sich neben dem festsitzenden Audi auf.

»Schicken die Arschlöcher eine ganze Armee, um mich zu bekommen?«, murmelte Havenbrook verwirrt und schaute fassungslos an sich hinunter, wo die Laserpointer der Sturmgewehre rote Punkte auf seine Brust zeichneten.

Mit einer langsamen, beinahe müde wirkenden Bewegung stellte er den Motor ab und hob die Hände.

28

Komm, lieber Mai, und mache
die Bäume wieder grün,
und lass mir an dem Bache
die kleinen Veilchen blüh'n!

Die zierliche Tänzerin in einem vergilbten bunten Blumenkleid drehte sich anmutig auf einer grün lackierten Scheibe mit aufgemalten Elfenblumen. Sie stand in einem zur Hälfte verspiegelten Glassturz, der ihren schlanken Körper mit der hoch erhobenen Hand je nach Blickwinkel vervielfachte, so als würde sie den Mai gemeinsam mit ihren Zwillingsschwestern begrüßen.

Die Melodie von Mozarts Kinderlied kam aus dem hölzernen Sockel unter dem Tanzboden, gespielt von feinen Stahlzungen über einer Messingwalze. Mehrere davon waren bereits gebrochen, ließen einzelne Noten der Melodie stumm bleiben und kurze Pausen entstehen.

Rottwanger saß in seinem gemütlichen Chefsessel beim Schreibtisch und schaute der Tänzerin zu. Ihn störten die fehlenden Töne nicht, so kannte er das Lied schon seit seiner Kindheit. Wahrscheinlich hätte es ihn sogar irritiert, wenn die Klänge der Spieluhr komplett gewesen wären.

Die Lichter der Luzerner Altstadt fielen durch das breite Panoramafenster in sein Büro auf dem Gerlisberg herein. Von den Vorgängen in Amsterdam und der versuchten Flucht Havenbrooks hatte er keine Ahnung, außerdem hätte es ihn nur wenig interessiert. Auch die abendliche Kulisse der Stadt am anderen Seeufer und das letzte Sonnenlicht auf den Bergspitzen dahinter berührten ihn nicht sonderlich. Alles, was er haben wollte, lag vor ihm auf dem Tisch – der von Sophia Röhm unterschriebene Vertrag!

Seine Pläne, die er taktisch minutiös plante, waren wieder einmal aufgegangen. Dass sich Havenbrook zu irgendwelchen schrägen Taten hatte hinreißen lassen, die Rottwanger die Provision für den Lobbyisten ersparten, war ein willkommenes Zubrot, aber nicht mehr. Die Biodon wuchs weiter, das war es, was zählte. Der Konzern wurde größer als alle anderen in der Branche und das schneller, als seine Aktionäre gedacht oder seine Konkurrenten erwartet hatten.

In der heutigen Zeit zählten nur mehr Langzeitpräparate, die man über mehrere Jahre gewinnbringend vermarkten konnte. Für alles andere waren die ständig steigenden Entwicklungskosten einfach zu hoch geworden. Und nichts konnte mit gut funktionierenden Beauty-Artikeln mithalten, die ewige Jugend versprachen und ihre medizinische Wirksamkeit behaupten durften, ohne sie tatsächlich beweisen zu müssen.

Aber statt ein Produkt mühsam selbst zu entwickeln, kaufte man einfach eine Firma, die es bereits hatte. Ein todsicheres Konzept, das sich schon bei seinen anderen Akquisitionen bewiesen hatte. Und die kleine Salzburger Firma war nicht nur sein elftes Unternehmen, sondern mit ihrem Patent eines der wichtigsten für den Konzern.

Die Melodie wurde langsamer, die Kraft des Federaufzugs näherte sich dem Ende. Die Spieluhr hatte zuerst seiner Großmutter und danach seiner Mutter gehört. Er liebte das harmlose Lied, das ihn als Kind oft in den Schlaf begleitet hatte.

Mutter wäre sicher stolz auf mich, dachte er, wenn sie sehen könnte, was aus dem letzten Spross derer von Beulen-Rottwang geworden ist. Als Nachkomme des alten Adelsgeschlechts war sie daran gewöhnt gewesen, alles, was sie wünschte, auch zu bekommen. So war es für sie unerträglich gewesen, als sein Vater sich mit Getreidegeschäften verspekulierte und alles verlor, sogar das Landhaus, und sie in eine Vierzimmerwohnung nach Bern ziehen mussten. Für sie brach eine Welt zusammen. Sie haderte mit ihrem Schicksal, wurde immer trauriger und hörte schließlich auf zu sprechen, bis sie sich schließlich …

Die Melodie war verklungen. Die Tänzerin mit dem vergilbten Kleid hatte aufgehört, sich zu drehen. Sie stand still und hob ihren Arm genau ihm entgegen, so als würde sie sagen: Schau nach vorn, noch tanzen wir!

Behutsam schob er die Spieluhr wieder zurück auf ihren Platz neben der schwarz glänzenden Zen-Schale mit seinen beiden Füllfedern. Es war die einzige Sentimentalität, die er sich gestattete, aber nur dann, wenn ein Geschäft gelungen und er allein im Büro war.

*

»Nein!«, verteidigte sich Havenbrook lautstark, als ihm klar wurde, dass sich alle auf ihn einschossen. »Alles geschah nur im Interesse der Biodon AG.«

Keine Stunde war seit seiner Verhaftung vergangen. Er saß gegenüber von zwei Vernehmungsbeamten des Kriminaldienstes der Landespolizei im Hochhaus am Amsterdamer Westerdocksdijk 421.

Woher hatte dieser Kommissar aus Österreich die ganzen Informationen? Was hatte Doppler erzählt? Welche Dinge sollte er zu seiner Rechfertigung vorbringen? War es möglich, die ganze Schuld auf Rottwanger zu schieben? Havenbrook überlegte fieberhaft, was er zugeben konnte, ohne sich mehr zu belasten als nötig.

Freiwillig werde ich nicht den Sündenbock spielen, dachte er zornig und befürchtete, dass sie versuchen würden, ihm die ganze Schuld an der Sache anzuhängen.

Am anderen Ende des Tischs lehnte sich Ruprecht zurück und verschränkte die Hände hinter seinem Kopf. Es war deutlich, dass er kein Wort von Havenbrooks angeblicher Unschuld glaubte.

»Erzählen Sie uns einmal davon«, sagte er gedehnt. »Wie würden Sie Ihre Aufgabe bei der Sache beschreiben?«

»Als ganz unbedeutend! Es ging lediglich um einen Kontakt zur Röhm Chemie. Ich bin, wie Sie inzwischen wissen, neben der Tätigkeit für die EMA, manchmal dem Schweizer Konzern hilfreich zu Diensten.« Havenbrook versuchte seinen Nebenjob möglichst harmlos darzustellen. »Das ist bei allen Kollegen eine übliche Praxis.«

Ruprecht nickte. »Das verstehe ich gut. Solche Grauzonen gibt es ja anscheinend überall. Als Zulassungsbehörde bekommt man vertrauliche Informationen über neue Präparate und weiß, für wen etwas interessant sein könnte. Und wenn die Dinge zusammenpassen, ist scheinbar allen geholfen.«

»Das ist richtig.«

»Für die Industrie sind Sie also – wie ich das überblicke – eine wertvolle Schnittstelle. Etwa für Firmen, die sich zusammenschließen möchten …«

»So ist es!« In Havenbrooks Stimme schwang unterschwellig ein leiser Stolz mit.

»In so einer wichtigen Position ist man sicher nicht nur mit den starken Seiten vertraut, sondern kennt auch die Schwachstellen der Klienten.«

»Ja, möglich«, räumte der Holländer vorsichtig ein. »Ein paar bekommt man da schon mit.«

»Und benützt sie als Druckmittel?«

»So würde ich das nicht nennen«, wehrte Havenbrook sofort ab. »Und wenn, dann nur in Ausnahmefällen. Denn natürlich wollen beide Seiten ihre Vorteile haben, aber trotzdem müssen derartige Verträge wasserdicht sein.«

»Wofür Sie gewiss ein Spezialist sind«, meinte Ruprecht mit einem anerkennenden Unterton, »und sich besser auskennen als die Firmen selbst. Müssen Sie da nicht ständig alles erklären?«

»Nein, da gibt es klare Fronten. Sonst würden wir doch nie zu einem Ergebnis kommen. Bei den Verhandlungen habe ich freie Hand.«

»Wobei es vermutlich einiges an Hürden zu nehmen gilt. Ich stelle mir diese Beratungen als eine sehr komplizierte Sache vor, die eine Menge an Fingerspitzengefühl erfordert.«

Havenbrook streckte seinen Rücken und nickte. Er entspannte sich ein wenig – der Österreicher hatte offenbar ein gutes Gespür für die Schwierigkeiten, mit denen man als Lobbyist konfrontiert war.

»Und wie kommt so etwas zustande?«, fragte Ruprecht weiter. »Ich meine, wie fädeln Sie einen derart heiklen Deal ein? Sie sind doch nicht bei allen Überlegungen der möglichen Partner dabei. Da gibt es unter Umständen doch Widerstände im Management.«

»Da haben Sie vollkommen recht!«, bejahte Havenbrook.

Seinem Gesicht war anzusehen, dass er sich über den Verlauf des Gesprächs zu wundern begann. Wollte der Polizist von ihm eine Nachhilfestunde in Lobbyismus? Aber bitte, da kannte er sich aus, und es war besser als die dauernden Beschuldigungen.

»Genau dafür brauchen Sie eben in jedem Unternehmen einen Verbindungsmann«, versuchte er daher zu erklären, »auf den Sie sich verlassen können …«

«… und der nicht immer leicht zu finden sein wird«, ergänzte der Chefinspektor.

»Das können Sie annehmen!« Havenbrook lehnte sich geschäftig nach vorne. »Es gehört wahrscheinlich zu den schwierigsten Aufgaben im Vorfeld derartiger Verhandlungen, den richtigen Mann zu finden.«

»Auf den man sich in jedem Fall verlassen können muss«, schloss Ruprecht wieder nahtlos an.

Havenbrook nickte. »Was zu seinem eigenen Vorteil ist, denn er erhält dafür eine entsprechende Gegenleistung.«

»Sie meinen, er bekommt Geld oder einen Job?«

»Ja, natürlich.«

»Und der deshalb hundertprozentig loyal alle Anweisungen ausführt.«

Wieder nickte Havenbrook eifrig. »Ausführen *muss*, wenn er seine Entschädigung nicht verlieren will.«

»So wie Doppler?«, fragte Ruprecht beiläufig.

»Da haben Sie vollkommen recht«, antwortete Havenbrook spontan. Im gleichen Augenblick spürte er den Fehler, den er gemacht hatte. Er begann zu stottern. »Aber … ich wollte sagen … das ist normal …«

»Schon gut«, meinte Ruprecht beruhigend. »Das leuchtet mir ein. Es ist in der Wirtschaft ja üblich, für Leistungen zu bezahlen.«

»Eben! In irgendeiner Form muss man den Kontaktmann für seine Mühe entschädigen.«

»Der in diesem Fall mit den steigenden Forderungen von Jonas und mit Sophia, die nicht verkaufen wollte, zweifellos eine schwere Aufgabe hatte.«

»Ja, es waren überhaupt die schwierigsten Verhandlungen, seit ich das Geschäft mache.«

Ruprecht schaute plötzlich auf.

»Ich denke, das war's«, sagte er und stand auf. »Jetzt werden meine Kollegen aus Amsterdam weitermachen.«

Havenbrook verstand nicht. »Wie meinen Sie das?«

»Nun, Sie haben alles zu Protokoll gegeben, was für unsere Gerichte für den Auslieferungsantrag nötig ist. Über die weiteren Details, die schlussendlich zum Tod von Jonas Röhm und zu der Erpressung geführt haben, unterhalten wir uns dann in Österreich.«

»Waas?« Havenbrook sprang auf und wurden von den Beamten des Kriminaldienstes sofort wieder unsanft auf seinen Sessel gedrückt. Er sah Ruprecht feindlich an. »Wegen der unerlaubten Tätigkeit für den Konzern werde ich mich hier verantworten müssen. Aber mit der ganzen Sache bei Ihnen habe ich nichts zu tun. Die Verantwortung trägt ausschließlich die Biodon, die haben jeden Schritt beauftragt.«

»Aber haben Sie nicht behauptet, die Firmen mischen sich nicht ein und sie haben freie Hand bei den Verhandlungen?«

»Ja, verdammt!« Havenbrook hasste es, in die Enge getrieben zu werden. »Aber vorher gibt es natürlich Absprachen!«

»Und welche Absprache gab es mit der Biodon?«

»Na ja, bei Röhm entschieden vorzugehen.«

»Schließt das in Ihrem Sinne auch Mord ein?«

Havenbrook hob verzweifelt die Arme. Er dachte an sein letztes Telefonat mit Rottwanger. Er hatte nicht den geringsten Beweis gegen den Schweizer in der Hand.

»Aber das war angeblich ein unglücklicher Unfall. Und es war allein Doppler!«, versuchte er es deshalb auf den Produktionsleiter abzuwälzen. »Das ist auf seinem Mist gewachsen! Er wollte sich wichtig machen. Ich wusste davon nichts.«

»Das verstehe ich nicht. Sie geben doch Ihrem Kontaktmann die Anweisungen, die er strikt befolgen muss, sonst gibt es kein Geld und keinen Job! Das haben Sie eben ausgesagt.«

»Ja, schon.«

»Da hätte Doppler doch alles, wofür er gearbeitet hat, aufs Spiel gesetzt, wenn er eigenmächtig ohne Ihren Auftrag gehandelt hätte! Oder nicht?«

Havenbrook gab keine Antwort.

»Außerdem«, Ruprecht blieb an der Tür stehen, »benützen Sie doch Ihr Wissen über die Schwachstellen bei den Firmen, um Druck zu machen.«

»In Ausnahmefällen, habe ich gesagt ...«

»Wollen Sie mir erzählen, das war kein Ausnahmefall? Diese Sache mit Röhm, Ihre angeblich schwerste Verhandlung, wie Sie gerade selbst einräumen mussten, soll kein Ausnahmefall gewesen sein?«

Deprimiert sank Havenbrook in seinem Sessel zusammen. Er begriff, dass er sich durch jede Antwort auf Ruprechts vermeintlich harmlos gestellte Fragen nur noch mehr belastete. Da er nie gedacht hätte, sich für seine Geschäfte jemals rechtfertigen zu müssen, hatte er auch keinen Plan für ein derartiges Gespräch. Eine ohnmächtige Wut loderte in seinen Augen – er würde ohne Rechtsbeistand gar nichts mehr sagen.

»Ich bin unschuldig!«, krächzte er. »Das werde ich beweisen. Und gegen die Auslieferung werden die besten Anwälte ankämpfen, die man für Geld bekommen kann. Das können Sie mir glauben!«

»Ich glaube, wir werden uns trotzdem in Salzburg wiedersehen«, entgegnete Ruprecht trocken und ging.

*

Am nächsten Tag, es war ein klarer warmer Sonntagvormittag, landete der Airbus der Lufthansa mit Ruprecht, Wöss und Hogge an Bord zum Zwischenstopp in Frankfurt. Die drei waren mit dem Ergebnis der Reise hoch zufrieden und bester Laune. Ruprecht kaufte bei *Picard* eine ziemlich teure Handtasche aus buntem Stoff für Konstanze – als kleinen Ausgleich für die Anspannung in den letzten Wochen. Wöss konnte im Shop daneben an den neuen *Nike Air Carbon* in Apfelgrün nicht vorbeigehen. Nur Hogge entzog sich dem Shopping bei einem kühlen Bier. Er war froh, beim Rückflug zumindest in ordentlichen Flugzeugen zu sitzen, und dachte mit Schaudern an die enge Konservendose zurück.

Mittags waren Ruprecht und Wöss zurück im LKA in Salzburg, wo ihnen Wieland bereits hektisch auf dem Gang entgegenkam.

»Das wird bei euch anscheinend zur Gewohnheit, die Fälle am Sonntag abzuschließen«, meinte er scherzhaft.

»Ella …!«, hörte man Frieda aus dem großen Meetingraum am anderen Ende des Gangs rufen, doch Ella schoss bereits bellend durch die offene Tür heraus und sprang zur Begrüßung freudig an Ruprecht hoch.

»Sie war die ganze Zeit über im Amt!«, meinte Wieland tadelnd, dann beugte er sich zu Ruprechts Überraschung jedoch hinunter und kraulte sie hinterm Ohr. »Wir haben die zwei Tage benutzt, um uns ein wenig anzufreunden. Aber wir müssen uns jetzt absprechen …«

»Absprechen? Weswegen?«, fragte Ruprecht.

»Frieda hat eine kleine Pressekonferenz organisiert«, antwortete Wieland beinahe fröhlich und ging voraus ins Sitzungszimmer, aus dem der Duft von frischem Kaffee drang. »Es ist ein großer Erfolg für uns, einen derartigen Fall von Korruption aufgedeckt zu haben, in den sogar Mitglieder der Chefetage einer EU-Behörde verstrickt sind. Und unseren Fall haben wir nebenbei ebenfalls aufgeklärt.«

Ruprecht schmunzelte in sich hinein.

Die Aufklärung eines Mordes interessierte Wieland anscheinend nur am Rande, wenn er stattdessen die spektakuläre Aufdeckung eines internationalen Skandals verlautbaren konnte.

Frieda hatte wieder einmal ganze Arbeit geleistet. Trotz des schönen Frühsommersonntags war der Raum bei der Pressekonferenz gut besetzt und neben dem ORF Salzburg auch das Bayerische Fernsehen mit einem Team vertreten. Wieland sprach von den hervorragenden Leistungen der Abteilung und erwähnte, dass sich die Aufklärungsquote deutlich zum Positiven entwickelt hätte, seit er für die Leitung des Kriminalamts verantwortlich war. Er führte das auf seine umfassende Sichtweise, wie Dinge miteinander zusammenhingen, zurück. Das benützte er als Überleitung zu den aktuellen Fällen und ließ Ruprecht kurz von der Aufklärung des inszenierten Unfalls mit tödlichem Ausgang am Dürrnberg berichten. Danach sprach er selbst sehr ausführlich über die zunehmende Verfilzung von öffentlicher Verantwortung und privatem Lobbyismus bei europäischen Behörden.

Ruprecht wurde durch die Ruhe nach den Ereignissen des Vortags angenehm müde, unterdrückte ein Gähnen und sah während Wielands Vortrag mehrmals verstohlen auf die Uhr. Wöss erging sich währenddessen in der eingehenden Betrachtung seiner apfelgrünen Laufschuhe, die er im Flugzeug bereits angezogen hatte. Selbst die Journalisten wirkten etwas gelangweilt und waren sichtlich froh, als sie endlich ein paar Fragen stellen durften.

»Ein tolles Ergebnis«, meinte Wöss nach der Konferenz, als sie über den Gang zu den Büros zurückgingen. »Siehst du das genauso?«

»Auf jeden Fall!« Ruprecht klang sehr zufrieden. »Wir haben ein Geständnis von Jackl für den Mord – ein solcher bleibt es, auch wenn die Absicht eine andere war – und mit Doppler diesmal sogar den Auftraggeber wegen der Anstiftung überführt. Der wird sich außerdem für die Erpressung verantworten müssen.«

»Und ganz nebenbei haben wir einem windigen Lobbyisten das Handwerk gelegt!«

»Der jetzt mit guten Anwälten sicher versuchen wird, sich auf ein großes Missverständnis herauszureden, um mit einem blauen Auge davonzukommen.«

»Zumindest ist er seinen Job los und vielleicht hilft die Sache, wenn sie durch die Medien geht, zu einer Verschärfung der Situation für die anderen, die ihre Position für solche Nebengeschäfte missbrauchen.«

»Bliebe zu unserem vollständigen Erfolg nur noch der wahre Hintermann, dessen hemmungslose Gier alles in Gang gesetzt hat. Aber, das kennen wir ja, solche Leute erwischt man am Ende meistens nicht.«

»Du meinst Rottwanger?«

Ruprecht nickte.

»Vielleicht«, überlegte Wöss, »entdeckst du ja bei den abschließenden Verhören eine Schwachstelle, wo wir gegen ihn einhaken können.«

»Das glaub ich nicht. Dazu ist er bestimmt zu klug«, entgegnete Ruprecht. »Diese glatten Managertypen, die nur auf Maximierung in allen Bereichen aus sind, geben sich selten eine Blöße, die sie angreifbar macht.«

Sie waren in Ruprechts Büro angekommen, der nur kurz hineinging, um die Tasche zu holen, die er in Frankfurt für Konstanze gekauft hatte.

Wöss blieb in der Tür stehen. »Fährst du nach Dahnberg, um die Entschuldigung abzugeben?«

»Ja, schließlich hab ich einiges gut zu machen. Konstanze wurde durch ihre Bekanntschaft mit Sophia in den Fall hineingezogen, was ich verhindern wollte. Dadurch war es in der letzten Zeit etwas angespannt zwischen uns.« Ruprecht schloss die Tür und sie spazierten hinunter zum Ausgang. »Aber vorher fahr ich auf einen Sprung nach Berchtesgaden zu Emilia …«

»Zu wem?«

»Zur Freundin von Jonas. Das Mädchen aus der Bar.«

»Oh?« Wöss klang anzüglich.

Ruprecht ging nicht darauf ein. »Ich denke, sie hat ein Recht darauf, zu erfahren, was tatsächlich geschehen ist. Außerdem hab ich's ihr versprochen. Und du?«

»Auf mich wartet die Straße!« Wöss grinste. »Zehn Kilometer braucht sie mich heute noch …«

Zwei Wochen später

Hallein

»Wir sind im Aufbruch!« Pause.

»Es ist die Phase der wichtigsten Entwicklung, seit dieses Unternehmen besteht!« Pause.

»Alles hängt vom Gelingen der neuen Linie ab. Doch dafür befinden Sie sich nun in einem strategischen Verbund mit zehn bedeutenden Unternehmen der Branche, und sind im Schoße eines multinationalen Konzerns eingebettet! Somit kann die Röhm Chemie die Schwierigkeiten der Vergangenheit überwinden und sich wie Phönix aus der Asche heben.«

Rottwanger liebte solche Metaphern, wenn er zu Mitarbeitern sprach. Überhaupt wenn sich dazu Presse und Fernsehen versammelt hatten.

Er stand auf demselben Platz in der Auslieferungshalle und auf derselben Palette wie vor einigen Tagen Sophia. Die Mannschaft der Röhm Chemie war geschlossen angetreten, um der ersten Rede ihres neuen Eigentümers zu folgen. Die meisten lehnten bedrückt an den Wänden der Halle und vermieden den direkten Blickkontakt mit der neuen Führung, um nur ja nicht irgendwie negativ aufzufallen. In ihren Gesichtern spiegelte sich eine allgemeine Verunsicherung, was nun auf sie zukäme.

Rottwanger schloss ein paar Worte zur allgemeinen Begrüßung an, lobte die Tüchtigkeit der Anwesenden und stellte den neuen Vorstand des Unternehmens vor – drei jüngere Herren, die er aus der Schweiz mitgebracht hatte. Sie standen seitlich hinter ihm und nickten bei jedem zweiten Satz beifällig in die Runde.

»Aber … – Teil eines großen Konzerns zu sein, bedeutet nicht nur Sicherheit, sondern auch Verantwortung!«, nahm Rottwanger den Gedanken vom Anfang wieder auf. »Und in diesem Sinne müssen wir die ganze Kraft bündeln und folgen mit der größtmöglichen Effizienz unserem klar definierten Ziel …«

Rottwanger machte eine kleine Pause und breitete die Arme mit einer Geste aus, um die folgenden Worten zusätzlich zu unterstreichen. »Und das Ziel ist – die Schönheit der Frau!«

Die drei Männer hinter ihm klatschten spontan in die Hände, so als wären sie auf den Text geschult worden. Einige der Umstehenden in den vorderen Reihen applaudierten etwas lustlos mit.

Rottwanger winkte mit einer gönnerhaften Geste ab. »Dafür überlassen wir nichts mehr dem Zufall! Ab nun ordnet sich alles im neuen Leben der Firma diesem Ziel unter. Somit freut es mich, Ihnen als erstes mitzuteilen, dass wir zukünftig unter einem neuen Namen auftreten werden: *Biodon Beauty Essences!*«

Er machte eine kleine Pause und winkte einen der jungen Schweizer zu sich. »Alles Weitere erklärt Ihnen Herr Mattweiler, Ihr neuer Geschäftsführer.«

Der Angesprochene kam nach vorn, räusperte sich wichtigtuerisch und nahm einen vorbereiteten Zettel aus der Tasche seines Sakkos.

»Da unsere ganze Kraft künftig auf der Beauty-Linie liegt«, sagte er nach einem Blick darauf ohne Umschweife und ohne Begrüßung, »schließen wir die Bereiche, in denen man mit einer langen Anlaufzeit nach Lösungen forschen muss und nur über Ärzte an die Verbraucher herankommt. Für unser bereinigtes Sortiment benötigen wir weder ein Labor noch eine Infrastruktur für den Spitalsvertrieb. Demnach werden wir den medizinischen Teil mit sofortiger Wirkung einstellen. Stattdessen konzentrieren wir uns mit vollem Elan auf die *Schönheit der Frau.*«

Die letzten Worte betonte er in der gleichen Art wie zuvor Rottwanger. Eine Mitarbeiterin in der ersten Reihe, eine Biologin der Entwicklungsabteilung, unternahm den zaghaften Versuch gegen die Schließung zu protestieren.

»Ihre Vorstellung, ein Pharmakonzern müsse zwangsläufig hohe Mittel in die Forschung stecken, ist eine Fehleinschätzung«, schnitt ihr Mattweiler unsanft das Wort ab und sah sie strafend an. »Die enormen Kosten setzen sich in der Regel nicht in Gewinn um. Und da Frauen ihre Kosmetika gern ein Leben lang unverändert verwenden, ist das ein Segment, in dem Produkte über lange Zeit unverändert zu vermarkten sind.«

Während der junge Mann weitersprach und der Belegschaft eine Reihe von unangenehmen Mitteilungen überbrachte, ging Rottwanger in Begleitung des Fernsehteams bereits wieder hinaus zum Parkplatz, wo sein Chauffeur wartete. Er beantwortete kurz ein paar Fragen des Reporters mit belanglosen Floskeln und stieg dann mit einem entschuldigenden Lächeln in seinen Mercedes – er könne bei der anschließenden Feier zur Übernahme leider nicht bleiben, ein wichtiger Termin in München warte.

Dahnberg

»Das ist wieder typisch!« Konstanze schaltete den Ton des Fernsehers auf stumm. »Es entwickelt sich genau so, wie Sophia es befürchtet hatte. Bei allen Firmen, die Rottwanger gekauft hat, fand hinterher ein Kahlschlag statt. Da trifft es stets die Entwicklungsabteilungen, da sperrt er, unter dem Deckmantel einer neuen Linie, alles zu, was Geld kostet.

»Und schmeißt wahrscheinlich die halbe Belegschaft hinaus. Dass es immer die Arschlöcher sind, die am Ende davonkommen …«, ärgerte sich Hanna kopfschüttelnd. »*Biodon Beauty Essences* – so ein banaler Schwachsinn!«

Sie saßen gemeinsam bei Konstanze im Wohnzimmer und verfolgten den Beitrag aus Hallein auf *Salzburg heute.* Seit der Rückkehr aus Amsterdam war bei Ruprecht wieder etwas Ruhe eingekehrt, der Fall lag abgeschlossen beim Staatsanwalt und Konstanze lud danach alle nach Dahnberg ein. Hanna und Lukas wollten sogar einige Tage bleiben und Lukas, der natürlich seine Kamera mitgenommen hatte, begann, die Pferde und die alten Stallungen zu fotografieren.

Ruprecht war völlig überrascht, als sich Lukas als guter Reiter entpuppte. Obwohl er seinen Schwager seit über zwanzig Jahren kannte, war ihm diese Seite bisher verborgen geblieben. Er selbst nahm nach einem neuerlichen Versuch, zu dem ihn Lukas überredete, wieder Abstand vom Sattel.

»Rottwanger ist nicht bloß davongekommen«, warf er jetzt in das Gespräch ein. »Er macht auch finanziell einen saftigen

Schnitt. Die Röhm Chemie ist durch das Patent ein Vielfaches von dem wert, was er dafür bezahlt hat.«

»Und er erspart sich dank deiner Arbeit sogar noch die Provision für Havenbrook«, meinte Konstanze aufgeräumt. »Fairerweise sollte er sie dir überweisen!«

»Ja, das wär nicht schlecht.« Ruprecht grinste. »Du kannst ihm ja ein Mail schreiben.«

»Seid mal still …!« Hanna nahm die Fernbedienung des Fernsehers, drehte den Ton wieder auf und ging einen Schritt näher zum Gerät.

Es lief der Bericht über einen Politiker, den man am Morgen im Schwimmbad eines Wiener Hotels ertrunken aufgefunden hatte. Im Gegensatz zu Hanna, deren journalistischer Ehrgeiz bei solchen Meldungen sofort ansprang, interessierte Ruprecht die Sache nur wenig. Er nahm eine duftende Alonso Menendez aus dem Humidor neben der Terrassentür – den gab es hier, seit er mit Konstanze zusammen war – und wollte hinaus ins Freie, wo Ashley und Ella herumtollten.

»Warte doch«, sagte Hanna und zupfte ihn am Ärmel. »Du musst dir das anhören!«

»Nein danke«, entgegnete Ruprecht. »Leichen in Wien gehen mich nichts an.«

»Das würd ich nicht sagen, immerhin ist – oder war – der Tote ein Abgeordneter der Salzburger Grünen.«

»Ich kenn ihn trotzdem nicht.« Ruprecht ging hinaus auf die Terrasse und zündete sich die Zigarre an.

»Weil du keine Zeitungen liest und keine Nachrichten hörst!«, meinte Hanna lebhaft und folgte ihm nach draußen. »Der Grüne hat erst unlängst für Schlagzeilen gesorgt, weil er sich um das Salzburger Wasser kümmert.«

»Na ja, dann hätte er vielleicht schwimmen lernen sollen«, antwortete Ruprecht mit einem spöttischen Unterton und fischte sein Handy aus der Hosentasche, das zu läuten begonnen hatte.

Es war Wieland. Er klang aufgeregt.

»Ich hoffe, du siehst gerade die Nachrichten!«

Kulinarium

Römischer Auflauf

Zutaten

Butter
Zucker
Mehl
Obers
Eier

Hollerkoch oder Kompott

Zubereitung

Je ein Viertelkilo Butter und Zucker werden mit sechs Eigelb schaumig gerührt. Hierauf ein Viertelkilo Mehl und ein Achtelkilo Obers zugeben. Zuletzt wird der fest geschlagene Schnee von den sechs Eiklar untergezogen. Dann füllt man die Masse in eine gut mit Butter ausgestrichene Rein und bäckt sie langsam bei 180 Grad etwa vierzig Minuten im Rohr, damit sie schön aufgeht.

Zu Tisch bringt man den Auflauf je nach Geschmack mit Hollerkoch oder Kompott.

Biervlees met Dumplings

Zutaten

Rindfleisch (Tafelstück oder Rose)
Salz, Pflanzenfett
Zwiebelscheiben
Wurzelwerk
Essig, Zitronenschale
Zucker
Schwarzbrotscheibe
Bier

Zubereitung

Ein Dreiviertelkilo gut abgelegenes Rindfleisch wird geklopft, gesalzen und mit etwas Fett an allen Seiten rasch angebraten. Dann gibt man Zwiebelscheiben, ein klein wenig Wurzelwerk, etwas Essig, Zitronenschale, Zucker, eine Scheibe Schwarzbrot und nach und nach einen halben Liter Bier dazu.

Man lässt den Braten im Rohr zugedeckt gut weich schmoren. Dann wird er herausgelegt, der Saft durchpassiert und das Fett abgeschöpft. Die Soße soll schön sämig und nicht zu hell sein.

Dazu schmecken am besten Kartoffelknödel und Krautsalat als Beilage.

Speckknödel in Tomatensauce

Zutaten

Semmelwürfel
Räucherspeck
Milch
Eier
Zwiebel
Petersilie
Mehl
Butter, Salz, Pfeffer

Für die Sauce
Tomaten
Lauch
Olivenöl
Salz
Knoblauch
Pfeffer
Zucker

Zubereitung

Eine große rote Zwiebel schneiden und glasig anschwitzen, darin ein Viertelkilo Speck auslassen und Petersilie zugeben. Dann gemeinsam mit einem halben Kilo Semmelwürfeln, einem Viertelliter Milch, fünf Eiern und zehn Dekagramm Mehl in einer Schüssel gut durchkneten, salzen und pfeffern. Die Masse ruht danach eine halbe Stunde.

Inzwischen den klein geschnittenen Lauch anschwitzen, ein halbes Kilo zerdrückte Tomaten daruntermischen, mit Salz, Pfeffer, Knoblauch und einer Prise Zucker abschmecken und mit Mehl stauben. Dann eine Viertelstunde bei öfterem Rühren kochen.

Gleichzeitig aus der Semmelmasse Knödel formen und in mäßig kochendem Wasser ebenfalls eine Viertelstunde sieden. Nach dem Abtropfen beides zügig zu Tisch bringen.

Palak Paneer mit Curry

Zutaten

Indischer Paneer
(als Ersatz auch Tofu oder Halloumi)
Blattspinat
Tomaten
Lorbeerblatt
Zwiebel
Naturjoghurt
Salz
Zitronenschale

Curry-Mischung:
Koriander
Kümmel
Garam Masala
Chili oder Paprika
Muskatnuss
Kurkuma

Zubereitung

Zuerst ein halbes Kilo Paneer würfelig schneiden und in einer Pfanne goldgelb anbraten sowie ein halbes Kilo frischen Spinat kurz blanchieren, abtropfen lassen und pürieren.

Eine große gelbe Zwiebel fein schneiden und gut anschwitzen, Lorbeerblatt, ein Viertelkilo geschälte Tomaten und die Curry-Mischung (oder die einzelnen Gewürze) unter ständigem Rühren gut aufkochen. Danach den Paneer und den Spinat zugeben, noch einige Minuten köcheln lassen und währenddessen langsam ein Achtelkilo Joghurt zugeben. Am Schluss mit Salz und Zitronenschale abschmecken.

Hannas Cheddarkekse

Zutaten

Irischer Cheddar
Butter
Mehl
Salz

Eigelb
Whiskey
Kümmel

Zubereitung

Ein Viertelkilo fein geriebenen Cheddar mit der gleichen Menge Mehl und Butter vermengen, salzen und zu einem Teig kneten. Diesen in eine Frischhaltefolie einschlagen und über Nacht im Eiskasten ruhen lassen.

Am nächsten Morgen den Teig dick ausrollen, Formen ausstechen und mit Eigelb und Whiskey bestreichen. In den nassen Bestrich den Kümmel streuen. Dann im Rohr bei 160 Grad unter Beobachtung etwa 15 Minuten goldgelb backen.

Dank

Auch beim zweiten Fall der Ruprecht-Reihe gilt mein Dank Herrn Chefinspektor Hans J. Wolfgruber MA, Leiter des Referats Medien der Landespolizeidirektion Salzburg, für seine fachlichen Ratschläge.

Sie geben der Handlung den notwendigen Bezug zum tatsächlichen Alltag eines Ermittlers im LKA Salzburg.

Ernst Kaufmann
BITTERE
QUELLEN
Inspektor Ruprecht
und das Wasser
VERLAG ANTON PUSTET

Ernst Kaufmann

BITTERE QUELLEN

Inspektor Ruprecht und das Wasser

Wien

Nervös tastete Mathias in der Mittelkonsole nach seinen Zigaretten, während er den Wagen abrupt in die Straße beim Parlament hineinlenkte. Die Lichter des Fahrzeugs hinter ihm verschwanden kurz aus seinem Rückspiegel, aber nach wenigen Metern waren sie wieder da.

Ich hab es geahnt, fuhr es ihm durch den Kopf, die sind hinter mir her. Schon seit Tagen hatte er das unbestimmte Gefühl, verfolgt zu werden.

Der Wagen mit einem Typen hinter dem Lenkrad war am Parkplatz vor der Hofburg in der hinteren Reihe gestanden. Fast gleichzeitig waren sie losgefahren und der andere folgte ihm wie eine Klette hinaus auf die hell beleuchtete Ringstraße. Dort ließ sich sein Verfolger etwas zurückfallen. Mathias hatte absichtlich mehrmals das Tempo gewechselt – die Scheinwerfer blieben stets im gleichen Abstand ein oder zwei Fahrzeuge hinter ihm.

Nach dem Termin mit seinen Kollegen aus der Partei in Wien war er ziellos in der Stadt herumgewandert und hatte danach in einer kleinen Pizzeria zu Abend gegessen. Normalerweise wäre er an einem so wunderbar lauen Sommerabend mit den Wienern noch privat in einem Schanigarten zusammengesessen, nur heute war ihm nicht nach Gesellschaft zumute. Er versuchte, den nötigen Abstand zu gewinnen und die ganze Situation mit der geplanten Pressekonferenz nochmals durchzudenken. Die Besprechung war frustrierend gewesen, keiner der anderen wollte sich auf seine Seite stellen, obwohl er ihnen klargemacht hatte, was in Salzburg gerade los war.

Die haben alle die Hose gestrichen voll, dachte er, keiner will sich exponieren. Eine schöne Partei sind wir geworden!

Eigentlich wusste Mathias gar nicht so richtig, warum er sich der Sache annahm. Schließlich war er nur Bezirkspolitiker und saß nicht einmal im Landtag. Trotzdem empfand er eine persönliche Verantwortung, solche Vorgänge anzusprechen, wenn sie in seiner Region geschahen.

Zuerst hatte er sich ja nur ein wenig umhören wollen, wie die anderen in der Partei die Abgabe der Quellgebiete beurteilten, die einem Ausverkauf gleichkam. Aber wann immer er versuchte, eine Unterhaltung in diese Richtung zu lenken, gingen alle sofort auf Abstand, überhaupt wenn Presseleute dabei waren oder jemand aus der Wirtschaft in der Nähe stand. Er musste feststellen, dass die meisten seiner Parteikollegen von den Grünen froh darüber waren, wenn sie in den Berichten über die Geschäfte des französischen Wasserkonzerns *Eauclaire* nicht auftauchten. Und seit er angekündigt hatte, die Angelegenheit öffentlich zu machen, kam er sich in Salzburg völlig isoliert vor.

Sogar die Wiener, die sich sonst immer in alles einmischten, hatten sich bei dem heutigen Gespräch entschieden von seinem Vorgehen distanziert. Es wäre derzeit kein Schwerpunktthema, meinten sie, und er solle sich doch in seiner Region besser für die Reduktion der Emissionen starkmachen.

Er würde morgen bei der Pressekonferenz also allein vorne sitzen und die Folgen tragen. Die Folgen – jäh rissen ihn die Scheinwerfer des Fahrzeugs im Rückspiegel wieder in die Realität zurück.

Mathias zerdrückte einen Fluch zwischen den Zähnen. Dieses Arschloch war noch immer da!

Er zündete sich jetzt die Zigarette an und raste durch die enge Gasse, nur um Fingerbreite vorbei an den parkenden Fahrzeugen, wieder hinaus auf die Ringstraße. Inzwischen gab es einen dichten Abendverkehr und nach einigen harschen Überholmanövern konnte er die Lichter seines Verfolgers nicht mehr erkennen. Trotzdem entschied er sich, für die Weiterfahrt die U-Bahn zu nehmen. Sein Hotel lag etwas außerhalb des Zentrums direkt neben einer Station. Mathias ließ den Wagen in einer Nebenstraße stehen, den würde er morgen vor seiner Rückfahrt nach Salzburg holen. Untertags fühlte er sich sicherer. Er ging bis zur Haltestelle Schottenring zu Fuß und blickte sich um, bevor er die Stufen zum Bahnsteig hinunterrannte.

Fieberhaft überlegte er immer wieder, wer ihm diesen Verfolger auf den Hals gehetzt haben konnte, ob es mit dem morgigen Pressetermin zusammenhinge und wie lange man seine Schritte schon beobachtete. Diese Gedanken begleiteten ihn die ganze U-Bahn-Fahrt über und auch noch, als er über die Rolltreppe in der Station Meidling hinauffuhr, sich nochmals umblickte und dann zum Hotel ging. Er ersuchte den Portier, man möge ihn nicht stören und keine Auskunft geben, wenn jemand nach ihm fragen sollte. Um jede Diskussion zu vermeiden, legte er noch einen größeren Geldschein für die Bemühung dazu.

Nachdem er die Tür seines Zimmers hinter sich geschlossen hatte, lehnte er sich in dem kleinen Vorraum geschafft an die Wand. Er würde das schützende Hotel nicht mehr verlassen, erst in der Früh ein Taxi in die Stadt zum Auto nehmen und direkt zurück nach Salzburg fahren. Zu Hause in seiner Heimatgemeinde Großarl fielen Fremde auf, dort würde man ihn wahrscheinlich nicht belästigen, und am Abend war endlich die Pressekonferenz in Salzburg. Dann war die Sache durch die Medien öffentlich gemacht, und für einen Versuch ihn einzuschüchtern, gab es keinen Grund mehr.

„Guten Abend", grüßte im selben Augenblick eine Stimme im Zimmer.

Mathias zuckte zusammen. Gleichzeitig bemerkte er, dass drinnen Licht brannte. Er stieß sich von der Wand ab, machte die zwei Schritte bis zur Tür und schaute hinein. Neben der Stehlampe im Fauteuil saß ein großer dunkelhaariger Mann in Hemdsärmeln. Das Sakko hatte er ausgezogen und über die Lehne gelegt. Neben ihm stand ein halbvolles Glas.

„Verzeihen Sie, dass ich mich aus der Minibar bedient habe, aber ich musste eine Weile auf Sie warten", sagte er mit einem deutlichen französischen Akzent. „Aber bitte, setzen Sie sich doch."

Mathias war derart überrumpelt, dass er sich tatsächlich, ohne auch nur darüber nachzudenken, auf einen freien Stuhl fallen ließ.

„Haben Sie sich im Zimmer geirrt?", stotterte er fassungslos.

„Nein, ich denke nicht. Sie sind doch Mathias Baumgartner?"

„Ja, schon", antwortete Mathias mechanisch. Langsam gewann er seine Fassung zurück, räusperte sich und richtete sich auf. „Aber wer sind Sie und wie sind Sie hier hereingekommen?"

„Ich habe eine Frau vom Putzpersonal um ihren Zentralschlüssel gebeten. Ich sagte, ich hätte mich ausgesperrt."

„Und sie hat Ihnen einfach aufgeschlossen?"

„Gegen ein entsprechendes Trinkgeld natürlich", über das Gesicht des Fremden huschte ein Lächeln, „das Personal ist doch überall gleich …"

Mathias ärgerte das sichtlich. „Trotzdem werde ich mich beschweren! Ich werde jetzt bei der Rezeption anrufen, damit sie jemanden vom Sicherheitsdienst schicken …“

„Das ist nicht nötig“, die Stimme des Besuchers klang höflich, „ich möchte mich doch nur ein wenig mit Ihnen unterhalten.“

Mathias lehnte sich zurück. „Also gut: Was wollen Sie und von wem kommen Sie?“

„Sie haben eine Mitteilung an die Medien gesandt, die auf einige unerfreuliche Dinge hindeutet, über die Sie bei einem Pressetermin sprechen wollen.“

Mathias atmete innerlich auf und entspannte sich ein wenig. Wenn der Fremde von der Aussendung wusste, war er wahrscheinlich Reporter einer französischen Zeitung.

„Ja, das werde ich, aber erst morgen!“, sagte er bestimmt. „Wenn Sie die Details erfahren möchten, muss ich Sie bis dahin vertrösten.“

„Was Sie andeuten“, fuhr der andere fort, ohne auf die Bemerkung einzugehen, „könnte dem Konzern empfindlich schaden und einige der Geschäftspartner in Schwierigkeiten bringen. Das muss Ihnen doch klar sein!“

„Sie meinen damit solche, die unsere Ressourcen an den Meistbietenden verschachern und damit die Zukunft unserer Kinder aufs Spiel setzen?“, fragte Mathias nun forsch zurück. „Ja, das ist mir klar.“

„Für die Wirtschaft Ihres Landes wäre es ebenfalls nicht zuträglich, Dinge dieser Art anzusprechen.“

„Auch das weiß ich!“ Mathias nickte und schaute dem Fremden direkt in die Augen. „Es ist aber die einzige Möglichkeit, dass sich gewisse Leute daran erinnern, in welchem Land sie leben und wem gegenüber sie letztlich verantwortlich sind.“

„Na gut, meine Sache ist es nicht, das zu beurteilen“, meinte der Franzose darauf mit einem versöhnlichen Unterton. „Darf ich Sie nur fragen, wo Sie die Unterlagen zu den verschiedenen Verträgen deponiert haben?"

„Deponiert?" Mathias wunderte sich über die Frage. „Die habe ich bei mir! Glauben Sie etwa, ich lasse die herumliegen?"

„Ausgezeichnet." Der Fremde wirkte zufrieden. „Und die Presse? Kennen die Journalisten bereits die näheren Details?"

„Natürlich nicht, ich bin doch kein Anfänger." Mathias sprang auf, die dauernden Fragen gingen ihm auf die Nerven. Er nahm sich auch ein Getränk aus der Minibar, das er in ein Glas hineinkippte. Offenbar wollte ihn der Mann aus Frankreich noch immer dazu bringen, ihm die Unterlagen schon vorweg zu geben. Er deutete deshalb auf seine Aktentasche. „Alle Angaben und die Kopien sind hier sicher verwahrt. Die gibt es erst morgen beim Pressetermin, keine Minute früher."

„Vielleicht geht es mir gar nicht darum." Der Fremde beugte sich vor und sah Mathias fragend an. „Was wäre, wenn Ihnen jemand eine größere Summe für das Material und Ihr Schweigen anbieten würde?"

Jetzt fühlt er mir auf den Zahn, ob ich bestechlich bin, überlegte Mathias. Das übliche Spiel von Journalisten, um festzustellen, ob jemand nur auf Geld aus ist, dann ist an einer Sache meistens nichts dran.

„Keine Angst", sagte er deshalb bestimmt und stürzte das scharfe Getränk in einem Zug hinunter. „Derjenige würde auf Granit beißen."

„Und Sie sind davon durch nichts abzubringen?"

„Hören Sie", antwortete Mathias ungehalten, „Ich weiß nicht, was ich Ihnen noch sagen soll. Niemand wird mich davon abbringen, die Sache an die Öffentlichkeit zu bringen. Bitte gehen Sie nun, ich hatte einen langen Tag."

„Gut!" Der andere nickte und stand auf. „Ich weiß jetzt, woran man mit Ihnen ist."

Mathias wertete diese Bemerkung als positiv und war froh, den Mann loszuwerden.

„Übrigens", wollte er noch wissen, „haben Sie mich beschatten lassen?"

„Keineswegs, warum sollte ich das tun?"

„Aber da war ein Auto, das mir gefolgt ist …"

Der Fremde zuckte nur mit den Achseln. Er nahm sein Sakko vom Fauteuil und streckte sich. „Waren Sie schon einmal oben im Schwimmbad des Hotels?"

Mathias schüttelte verständnislos den Kopf über die Frage, deutete zur Tür und ging voraus in den Vorraum.

„Der Blick über die Stadt ist atemberaubend", sagte der Fremde hinter ihm und zog etwas aus seiner Tasche.

Mathias nahm die Bewegung noch im Augenwinkel wahr, kam aber nicht mehr dazu, sich umzudrehen, so schnell wand sich der Metalldraht zwischen den beiden Holzgriffen um seinen Hals. Für einen Moment war er überrascht, keinen Schmerz zu spüren, als sich das Blut in seinem Kopf staute.

Meine Frau weiß nicht, wo das Auto steht, war sein letzter Gedanke, bevor er das Bewusstsein verlor und die gelben Kreise auf dem Teppich des Wiener Vorstadthotels zu langsam verlöschenden Sternen wurden, an denen er mit ungläubig offenen Augen vorbei in die Dunkelheit raste.

Ernst Kaufmann
BLANKE GIER
Inspektor Ruprecht und die Kunst
VERLAG ANTON PUSTET

Christoph Lindenmeyer

Teufelsgasse

Roman

Der sauber geknüpfte Handlungsstrang skizziert die – innere und aufgezwungene – Veränderung, die die drei Hauptdarsteller durchmachen und lässt uns erahnen, warum ein Täter zum Täter wird, ein Ermittler zum Ermittler.

320 Seiten, Softcover
ISBN 978-3-7025-0999-6, € 22,–
eISBN 978-3-7025-8080-3

Christoph Lindenmeyer

Hexenloch

Roman

Ein in sich gekehrter Hörfunkregisseur, eine Schauspielerin am Ende ihrer Karriere, ein Toningenieur im Krankenbett, ein undurchsichtiger Salzburger Kunsthändler. Was verbindet sie miteinander?

336 Seiten, Softcover
ISBN 978-3-7025-1058-9, € 22,–
eISBN 978-3-7025-8095-7

Heidi Emfried

Wiener Wiederauferstehung

Kriminalroman

Der Programmierer Adrian Stuiber und sein exaltierter Freundeskreis scheinen den Tod überwinden zu können. Chefinspektor Leo Lang beobachtet nach Stuibers Ableben mit Sorge, wie künstliche Intelligenz das Gefühlsleben derer, die sie nutzen, beeinflusst.

Nominiert für den
Leo-Perutz-Preis 2022

336 Seiten, Softcover
ISBN 978-3-7025-1049-7, € 22,–
eISBN 978-3-7025-8093-3

Jago Prinz

Mozarts letztes Requiem

Kriminalroman

Eine Serie unerklärlicher Morde erschüttert das Konzertleben im winterlichen Salzburg. Was auf den ersten Blick wie ein gewöhnlicher Kriminalfall erscheint, entwickelt sich zu einer packenden Geschichte über die Macht der Musik.

512 Seiten
Hardcover mit Lesebändchen
ISBN 978-3-7025-0969-9, € 24,–
eISBN 978-3-7025-8075-9